全面解读一生不容错过的古典名著

·名家解读古典名著·

世情讽喻小说（下）

侯忠义 主编

解读

《歧路灯》

《儒林外史》

天花藏主人的小说

辽宁教育出版社

图书在版编目（CIP）数据

名家解读古典名著. 世情讽喻小说. 下 / 侯忠义主编. —沈阳：辽宁教育出版社，2013.1

ISBN 978-7-5382-9967-0

Ⅰ. ①名… Ⅱ. ①侯… Ⅲ. ①讽刺小说—小说研究—中国—古代 Ⅳ. ①I207.41

中国版本图书馆 CIP 数据核字(2013)第 018451 号

辽宁教育出版社出版、发行
（沈阳市和平区十一纬路 25 号 邮政编码 110003）
沈阳新华印刷厂印刷

开本：710 毫米×1010 毫米 1/16 字数：220 千字 印张：13
印数：1—5000 册

2013 年 1 月第 1 版 2013 年 1 月第 1 次印刷

责任编辑：严中联 责任校对：王玉昆
封面设计：谭慧丽 张 瑞 版式设计：王 萌

ISBN 978-7-5382-9967-0

定价：25.00 元

目　录

名家解读古典名著

世情讽喻小说(下)

解读《儒林外史》

陈美林　著

《儒林外史》是我国文学史上第一部以知识分子生活为题材的长篇小说，树立了一座讽刺小说的丰碑。本书以通俗的语言，从介绍《儒林外史》的作者吴敬梓生活的时代及其家世、生平和学养开始，深入浅出地解读了《儒林外史》的时代背景、思想内容和艺术成就，展示了作者多年研究的丰硕成果，雅俗共赏。

一　吴敬梓生活的时代和家世

（一）吴敬梓生活的时代

《儒林外史》的作者吴敬梓，出生于清代康熙四十年（1701 年），去世于乾隆十九年（1754 年），他的一生历经康熙（玄烨）、雍正（胤禛）、乾隆（弘历）三朝。

吴敬梓出生时，上距满族统治者福临自沈阳迁都北京的顺治元年（1644 年）已近六十年，明末清初的疾风暴雨式的阶级斗争和民族斗争形势已逐步趋向缓和，经过玄烨、胤禛、弘历三帝的苦心经营，政权已经巩固，生产也有所恢复。被史家所称赞的“康雍乾盛世”，是清代二百余年历史中最为强盛的时期。但是，漫长的中国封建社会发展到这一阶段，也已进入晚期。自明代中叶以来，由于生产力不断发展，在封建经济内部已孕育着资本主义生产关系的萌芽，清代初期虽然一度实行锁关政策，但也未能全然阻遏这一发展趋势，封建社会正在逐步解体。在吴敬梓去世后不足百年，中国封建社会就已沦为半封建半殖民地社会。在吴敬梓生活的“盛世”中，潜伏着种种危机，败象也不时显露。可以说，吴敬梓的时代，正是我国社会即将发生大变化的前夕。

吴敬梓生活时代的特点是：在政治上，虽然统一了全中国，清政权作为一个新王朝统治机器得以确立并逐步巩固，但君主独裁空前加强，而且在朝廷中又存在着严重的满汉之争、朋党之争；吏治极为腐败，贪纵之风席卷官场，统治阶级内部矛盾日趋突出。康熙继顺治即位之后，在位凡六十一年，于政治、军事、经济、国防等方面，孜孜求治，进行统一全国的斗争，以巩固新王朝的统治，为“康雍乾盛世”奠定了基础。同时，在这一过程中，全部权力集中于皇帝一人之手。雍正即位之后，在乃父玄烨苦心经营的基础上，进一步削弱议政王大臣会议和内阁的权力，建立军机处以凌驾其上，皇权更是空前加强。乾隆弘历即位后，继承父祖衣钵，用宽严相济的手段驾驭大臣、统治人民，特别着重于思想控制。总之，在吴敬梓生活的康、雍、乾三朝，随着多民族统一国家的巩固和发展，封建专制主义的中央集权得到加强，皇权达到极点，君主独裁空前严重。

但是，在这“盛世”中，朝廷上的政治斗争从未停歇。这种朝政之争突出地表现为满汉之争，满族统治者与汉族官员相互牵制，彼此之间为了各自利益，结成错综复杂的朋党，倾轧排挤，相互攻击。康熙朝就有满族大臣明珠之党与汉族大臣徐乾学之党。乾隆朝也有满族鄂尔泰之党与汉族大臣张廷玉之党。这种朋党之争就成为专制主义中央集权中的离心势力，在一定程度上削弱了皇帝的权力。

朝争激烈必然促使吏治腐败，贪纵之风席卷整个官场。康熙虽然处置了一些贪污犯，如侍郎宜昌阿、总督蔡毓荣等人，但更大的贪污犯如徐乾学、高士奇之流并未得到任何惩处，反而亲书榜额赠送他们荣归故里。雍正即位后，一再下旨，训示总督、巡抚以下各级官员，务必勤求吏治、严禁贿赂，但也收效甚微，并不能杜绝弊端。乾隆朝的贪纵之风更甚于前期，特别是弘历数次南巡，骄奢淫逸，耗费无数钱粮，上行下效，影响所及，官贪吏纵之风，更是越演越烈。导致吏治败坏的另一重要原因，则是《儒林外史》中也曾反映的“捐纳”制度，这其实是封建朝廷公开买卖官爵的办法，是清朝最大的弊政之一。京官高至侍郎、外官大至道台，均可以用银钱捐纳而得。而捐纳出身谋求到一官半职以后，无不克剥百姓，聚敛钱财，捞回捐纳所需。

吴敬梓生活的时代，经济上虽然有很大的发展，但劳动群众的生活依然困苦不堪。清王朝建立之初，为了摆脱财政匮乏的困境，不得不将明王朝藩王宗室的土地发放给原耕者垦殖，改为民户，号为更名地；同时又广招流民垦荒，给予减免租税的优待，努力扩大耕地面积。这些措施，无疑反映了清朝统治者在法律上承认部分农民对小块土地的所有权，对农业生产的恢复和发展是产生了一定的积极作用的。这一时期，封建王朝还大力兴修水利，虽然他们的目的在于保证南粮北运，供应京师大批官吏和士兵食用，以维护封建统治秩序，但黄河、淮河、运河的修治，也进一步促进了农业生产的发展。到康熙末年，就已出现了耕地日多、人口渐增的局面。

而农业的发展又促进了手工业和工商业的繁荣。例如苏州、杭州二地从事丝织业的人数众多，不仅产量高，而且品种多，苏州所产的绸缎，不仅有素缎，而且有花缎。此时，棉纺业也有很大发展。随着丝、棉织业的繁荣，印染业也随之兴盛起来。此外，冶矿、煮盐、制糖、陶瓷等手工业也有相当规模的发展，既向农业提供了更多更新的生产工具，为手工业本身的发展开拓了更广阔的生产原料基地，又向市场提供了日趋增多的商品，丰富了广大群众的消费，从而促进了农产品的商品化。手工业的恢复和发展，又促进了商业的繁荣，这对一度被摧残的明代以来已经产生的资本主义萌芽有着再度促发的作用。

在商业交易活动中，一些商人积累起大量财富，形成巨大的商业资本，如两淮的盐商、山西的票商，他们大都依靠封建势力行商，聚敛了大量财富，除供自己挥霍以外，还以种种方式贿赂封建政权的各级官员，甚至“报效”皇帝本人，以谋求更多的庇护。剩余的财力则大都被用来发展手工业，如开设作坊，加工商品，以获取更多利润，这就将商业资本转化为工业资本。如此循环不已，促使商品经济不断发展，带来了城市的空前繁荣。就《儒林外史》中所曾叙及的江南地区来看，杭州、嘉兴、湖州、苏州、扬州以及沿运河的淮安、清江浦等中小城市都非常繁荣。至于东南大城市南京，更是“人烟凑集”，小说中有许多描绘。城市的繁荣又为商品提供了更大的市场，城乡关系日趋紧密，农业生产和手工业生产得以沟通，更加促发了资本主义生产关系的萌芽。

不过，从农业的恢复、手工业的发展、商业的繁荣中获得利益的绝大多数是官僚、地主和商人，他们的大量财富正是从剥削广大群众应有的利益而取得的。在所谓的康雍乾“盛世”中，劳动群众的生活依然困苦，广大农民又不断失去赖以养家糊口的耕地，土地兼并现象日趋严重，广大农民不断沦为佃户，受着极为沉重的剥削，他们要将收获的农产品的五成，甚至七八成交给地主，还得向封建官府交纳地租、田赋，除正额赋税之外，还有名目繁多的苛捐杂税。日益增多的劳动群众被逼得妻离子散、家破人亡。而官僚地主、盐典商人则过着骄奢淫逸的剥削生活。

由于两极分化日益明显，在整个康雍乾三朝所谓的“盛世”中，小规模的农民抗租斗争时有发生，从未止息；至于农民的武力反抗也连绵不绝，只是除台湾朱一贵、山东王伦起义规模较大之外，其余的暴动很快就被镇压下去。但延至乾隆后期，农民起义规模越来越大，次数也日趋频繁。乾隆六十年（1795 年）终于爆发了川、楚、陕农民大起义。因此，所谓康雍乾“盛世”，只不过是封建社会的回光返照而已。

在文化学术领域中，吴敬梓生活的时代同样存在着繁荣和凋敝截然相反的两种局面。清朝统治者为了笼络知识分子，消弭敌对情绪，采用多种方式把他们网罗起来。对一些不屑在清朝做官的有影响的文人，则用编纂图书的办法加以羁縻。特别是让他们编纂儒家经典，这又猎取了稽古右文、崇儒兴学的美名。因而一大批“御纂”“钦定”的经籍不断问世，如康熙朝有御纂《周易折中》《日讲四书讲义》、钦定《诗经传说汇纂》《书经传说汇纂》

《春秋传说汇纂》，雍正朝有御纂《孝经集注》，乾隆朝有御纂《周易述义》《诗义折中》《春秋直解》以及钦定《周官义疏》《仪礼义疏》《礼记义疏》等。除儒家经典外，其他如《康熙字典》《佩文韵府》《渊鉴类涵》《全唐诗》以及三通、续三通等等，不下二百种。特别是康熙朝开始编纂直到雍正三年（1725 年）才完成的《古今图书集成》以及乾隆朝开始编辑的《四库全书》，规模最为宏大。参加《四库全书》编纂的学者有三百六十人之多，如纪昀、戴震、朱筠、姚鼐、翁方纲、王念孙等人。吴敬梓的友人程晋芳也参加了这一工作。

如此大规模编纂图书的目的虽然是为了笼络汉族高级知识分子以强化新王朝的统治，但大量古代典籍也得以保存流传，对我国学术事业的发展和繁荣也产生了至为巨大的影响。不过，清王朝在每次修纂图书时都要全国各地大量采书，经检阅后，一旦发现其中有碍新王朝统治的著作则加以销毁，有些书籍虽然被保存下来，但也经过删削篡改。据孙殿起在《清代禁书知见录》自序中说，乾隆朝被销毁的书籍近三千余种，达六七万卷以上，种数几乎与四库全书现收书的数目相等。由此可见，清朝大规模修纂图书，既有集中资料繁荣学术的一面，也有篡改历史、歪曲真相的一面。

清朝统治者为了加强对思想领域的控制，还大力尊崇宋学，倡导汉学。宋学，即宋代程颢、程颐和朱熹所主张的理学，是新时代的儒学。和历史上任何一个封建王朝一样，清统治者对于维护封建秩序的新旧儒学都是尊崇的。康熙九年（1670 年）颁布的《圣谕十六条》，其中就有“黜异端以崇正学”的内容。所谓“正学”即是新旧儒学，除此而外皆是“异端”。雍正即位后又对十六条“圣谕”做了解释，即《圣谕广训》，颁发全国，广为宣讲。“圣谕”及其“广训”，集中体现了宗法社会中封建统治者对被统治者的道德训诫和政治控制，是儒家思想的典型反映。

与尊崇儒学的同时，康熙又大力尊崇主张维护封建秩序、讲究三纲五常的客观唯心主义的程朱理学，认为“宋儒朱子，注释群经，阐发道德，凡所著作及编纂之书，皆明白精确，归于大中至正，今经五百余年，学者无敢疵议，朕以为孔孟之后，有裨斯文者，朱子之功最为弘巨。”（《清圣祖圣训》卷十二）极力抬高朱熹地位，以致学术风气一时大为改观，形成“宗朱子为正学，不宗朱子即非正学”（唐鉴《国朝学案小识》卷一）的局面。在这种形势下，已经脱离了清初“经世致用”目的的汉学，又得到统治者的青睐，加以扶植倡导，至乾隆、嘉庆之际终于达到极盛。这种脱离实际的学问，促使一些学人不问世事、埋首于故纸堆中，这种状况正是封建统治者所欢迎的。总之，从上述几方面看来，即使是康雍乾“盛世”，在文化学术领域中也同时存在着积极和消极的因素。

在对待知识分子的态度上，清朝统治者实行怀柔与镇压兼施的政策，一方面广开仕进之途，诱之以利禄，一方面又屡兴文字狱、科场案，胁之以刑狱。

满族统治者入关之初，即注意笼络与控制汉族地主阶级出身的官员及其知识分子，顺治帝福临大量起用明朝官员，并一再征聘山林隐逸，促使他们出来为新朝服务，一时名流如钱谦益之徒均向新朝俯首称臣。接着又恢复科举考试制度，借以笼络更为众多的知识分子，消弭他们的敌对情绪，以巩固新王朝的统治。顺治二年（1645年）即开乡试，次年又举行会试。而广大士人一旦中举人、成进士，即成为封建统治阶级的帮闲甚或帮凶，如同顾炎武所说，他们“一举于乡，即以营求关说为治生之计。于是在州里则无人非势豪，适四方则无地非游客”（《日知录》卷十六《经义论策》），成为横行乡里的土豪劣绅。为了网罗高级知识分子，又开设博学鸿词科，如康熙十八年（1679年）首次举行的博学鸿词科；各地举荐一百四十三人，录取一、二等共五十人；即使未被录取的士人，也赐给制科出身，即所谓“征君”。因此，使得广大士人竞相趋赴，康熙牢笼名流、巩固统治的目的也就得以实现。

清朝统治者在广开仕途以笼络汉族士子为其所用的同时，又不断制造科场案、文字狱，借以威胁有民族气节的知识分子。如顺治十四年（1657年），顺天、江南乡试曾发生行贿事件，清统治者即加以利用，大肆迫害广大士子。顺天乡试正副主考曹本荣、宋之绳降级，同考官李振邺等人被处斩。而对江南考官处置更为严厉，正、副主考方猷、钱开宗及十八房同考官全部被处死，妻子家产被抄没入官。这是因为江南地区最后被满族统治者所征服，广大江南士人中颇多抗清义士，新朝统治者正好借科场一案予以镇压威逼。此后，历经康雍乾“盛世”，科场案始终不断，如康熙三十八年（1699年）顺天乡试、康熙五十年（1711年）江南乡试、雍正十三年（1735年）顺天乡试、乾隆十六年（1751年）会试，均有考官、考生因关节败露而受到惩处的情况。自然，封建统治者惩处行贿的官员、士子，是有整肃贪污的用意，但不可讳言，新王朝也有借此对汉族广大士子威之以刑法，显示他们生杀予夺的显赫权势的用心。

在大兴科场案的同时，清统治者又不断制造文字狱，罗织罪名，迫害士人，几乎康雍乾三朝无朝无文字之狱。约略统计，康熙朝有十余起，雍正在位仅十三年却有二十余起，乾隆朝居然多达八十余起，累计“盛世”三朝的文字狱案当在百起之上，越到“盛世”后期越趋频繁。乾隆帝弘历虽然自我夸美地说：“朕不以语言文字罪人。”（《清史稿·谢济世传》）偏偏他在位期间，文字狱次数最多，真是欲盖弥彰了。而每次案件，必株连无数，严加刑讯，经年累月，方始结案，使得广大士人噤若寒蝉，栗栗危惧，全国上下，一片恐怖气氛，从而实现了封建统治者威逼士人的反动目的。

总之，在吴敬梓生活的清朝康雍乾时期，无论在政治上、经济上，还是在文化学术上、知识分子政策上，都存在着许多截然相反的现象，这是一个充满矛盾的时代。而如此众多的矛盾现象的存在，无疑是对所谓“盛世”的极大讽刺。正是由于社会生活中充斥着如此众多的矛盾现象，才为吴敬梓创作以公心讽世的杰作《儒林外史》提供了无比丰富的题材，没有这样的现实土壤，任何天才也是不能凭空创造的。

（二）吴敬梓的家世

吴敬梓的家庭历史，有其显赫时期，也有其冷寂阶段。而吴敬梓出生时，他这一枝已开始败落下来。

吴敬梓在《移家赋》中说他是周太王的后裔、吴仲雍的子孙，所谓“我之宗周贵裔，久发轫于东浙”，“按族谱高祖为仲雍九十九世孙”。依次顺推，吴敬梓当为仲雍第一百零三世孙。众所周知，仲雍为周太王次子，为了让幼弟季历继位，与其兄泰伯从陕西避走江南，改从当地风俗，断发文身，成为君长。泰伯死后，仲雍继立；仲雍死后，由其后人建立吴国。《元和姓纂》卷三：“吴，周太王子泰伯、仲雍封吴，后为越所灭，子孙以国为氏。”历来吴姓的人，也就大都自称为泰伯、仲雍的后人。据《史记·吴泰伯世家》，泰伯至寿梦已十九世，寿梦元年为公元前585年，吴敬梓的高祖吴沛死于明崇祯辛未四年，即公元1631年。从寿梦元年到崇祯四年长达二千二百一十七年，再加上寿梦上推至泰伯的“十九世”，年代更为久远，实在难以稽考。所以“我之宗周贵裔”，只能存而勿论。

“久发轫于东浙”，倒是可以确考的。吴敬梓虽然为安徽人，但其先人却是由浙东播迁而来。大学士李爵为吴敬梓族曾祖吴国龙所撰写的《清礼科掌印给事中吴公墓表》中说：

公讳国龙，先世居浙东瓯，高祖聪迁江宁之六合。又迁全椒，遂为全椒人。曾祖凤，祖谦，父沛。

东瓯，今浙江温州地区。吴聪之所以由浙东迁来江苏江宁府属的六合，是因为他参加了明代“靖难之役”，建立了军功，被“赐千户之实封，邑六合而剖符”（《移家赋》）。

朱元璋即皇帝位以后，随即分封诸子为王，使他们既有封地，又有护甲卫士，特别是分封在北方的各王，还握有兵权，权势更大。朱元璋立长子朱标为皇太子，但在洪武二十五年（1392年）朱标早卒，又立朱标的次子朱允炆为皇太孙。洪武三十一年（1398年），朱元璋死去，允炆继位，改元建文。朱允炆上台后，看到乃祖分封的诸王颇有尾大不掉之势，就接受齐泰、黄子澄的建议，先后废削周、齐、湘、代、岷五王。此时，封为燕王、镇守北平（今北京）的朱元璋四子朱棣，面临这种形势，不安于位，就在建文元年（1399年）七月举兵，声称齐泰、黄子澄为奸人，要求入朝清君侧。建文四年（1402年）六月攻破南京，朱允炆死于宫中（一说逃亡在外），朱棣即皇位，改元永乐。这就是所谓的“靖难之役”。

朱棣夺得帝位后，一方面杀戮忠于建文朝的百官臣僚，一方面分封“靖难之役”中的有功之臣。吴敬梓的先人吴聪在这次争夺帝位的争战中，为朱棣出过力，被封在江苏省江宁府所属的六合县为骁骑卫，因而举家从浙江温州迁来苏北的六合。骁骑卫为正五品，禄米二百二十石，俸钞九十贯。明代初期，正五品官员的子弟荫叙为官，可以按正九品使用；到了明代中叶，则又规定立功人员过世以后，其子弟未曾再立新功的人，爵位也就自然失去。这样，成为平头百姓的吴聪后人，再生活在祖先的“封邑”，就有种种不便之处，因而迁徙到与六合相距不过百里之遥的安徽全椒来，其后就成为全椒人了。

全椒在楚灵王时为伍举的封邑，古代以邑为姓氏，正如泰伯封在吴地而称吴泰伯一样，伍举又称椒举，伍举的后人伍尚封邑在棠（今江苏六合，也就是吴敬梓先人的“封邑”），所以又叫尚棠。汉代时，全椒属淮南王国，一部分称全椒，一部分为阜陵，因而后来有人提及吴敬梓及其先人时，或称“鼎盛最数全椒吴”（王又曾《丁辛老屋集》卷十二《书吴征君文木山房诗集后》），或称“昨年倾盖阜陵吴”（严东有《归求草堂诗集》卷一《晤程二鱼门有赠》），就是由此而来。

吴敬梓的先人在失去袭爵资格以后，就迁到全椒县西南郊区程家市，住在梅花山下的西墅，从事农业生产，《移家赋》中所说“隶淮南为编氓，勤西畴以耕耨”，就记叙了这一变化。这位失去袭爵资格成为“编氓”的先人，吴敬梓记其名为“转弟”（《移家赋》“始祖讳转弟公自六合迁全椒”）。这倒的确是一个平民百姓的名字。但他的子孙吴国对（吴敬梓曾祖）发迹以后，主纂《全椒志》时却说是吴凤，字古泉，“以志趣高谈让袭，卜居邑之西墅”，还说他对诸子“谆谆教以善让”（康熙《全椒志·吴凤传》）。这大约是由于吴国对发迹以后，为了掩饰“失袭”这一段家史，故意美化为“让袭”，并且特别强调吴凤的让德；同时又觉得“转弟”这一平民百姓的名字不雅顺，替他改名为吴凤，在志乘中就以这种“官名”出现，而在家庭中历代相传的倒是乳名“转弟”，因而《移家赋》中仍称之为“转弟公”。

据《吴凤传》说，因为吴凤“生平多隐德”，所以“子姓甚蕃”。但他们的名字大都不可考知，目前只知道第四个儿子名谦，字体泉。根据《移家赋》“治青囊而业医”可知，全椒吴氏从他开始弃农学医，是改换吴氏门庭的转折一代。而促使他弃农学医的缘故，据康熙《全椒志·吴谦传》说，是他“念母老恐病，不忍听之庸医，自习医，遂精方药针灸之理”。由于他学得医道，善于侍养，老母一直活到“八十余无病而终”。《移家赋》中也记他钻研医学的情况，有“翻玉版之精切，研金匮之奥奇”的描叙。他的业医，对后来吴敬梓在《儒林外史》中流露出来的重视医道的思想，也有一定的影响。

吴谦平生还有一件事对他后人影响甚大，就是寻“善地”以安葬他的父亲吴凤的故事，后来他的孙子吴国鼎（吴敬梓的族曾祖）也曾效法。关于这件事，吴谦的重孙吴昺（吴敬梓的族祖）曾经对他的老师、清初有名的大诗人王渔洋说起，他的曾祖吴谦请了风水先生福建人简尧坡为其父吴凤求“吉壤”，吴谦招待尧坡“甚厚”，简为之寻地也十分尽心，但历时三年也未能寻得，准备辞归，吴谦却坚决挽留。一天大雪，两人同饮于陈家市酒楼，简尧坡倚栏远眺，忽然惊呼：“异哉！吾远近求之三年不得，乃在此乎?”随即下楼去三里地以外仔细观察，天晴后又去探视，终于寻得一块“吉壤”。简尧坡对吴谦说，得此地可以报答您的厚意，不过“葬后，君子未即发，至孙乃大发，发必兄弟同之，对面文峰秀绝，发必鼎甲；然稍偏，未必鼎元，或第二第三人，亦不仅一世而止”。后来吴谦的孙子吴国鼎辈、重孙吴昺辈，果然多人取得功名，确如简尧坡所预卜。王渔洋听了吴昺的叙述，也曾惊叹：“简之术亦云神矣！”（李调元《制义科琐记》卷四“神术”）

这一故事不仅对吴敬梓的族曾祖吴国鼎，而且对吴敬梓本人也都产生影响。当吴敬梓父母双双亡故以后，特别是“勤劳慈母，野屋荒棺抛露久”，吴敬梓也曾因“未卜牛眠”而深自谴责（《文木山房集》卷四《减字木兰花》词）。在他创作的《儒林外史》中也有关于寻找坟地的生动描写。这个故事还反映了全椒吴氏门庭更换的轨迹：吴凤务农，吴谦学医，吴谦的后人逐步转向业儒了。

由于吴谦曾经拾金不昧，对三位兄长又能谦让，做了不少“好事”，所以生了一个使吴氏改换门庭的儿子吴沛，《移家赋》中就说“信作善之必昌，乃诞降于高祖”。

吴沛字海若，是吴敬梓的高祖。因为吴谦行医之后，家道渐渐富裕起来，所以吴沛自幼就受到较好的教育，所谓“自束发而能文，及胜衣而稽古”（《移家赋》）。全椒吴氏也是自吴沛开始，才专门以儒为业，正如《移家赋》所记那样“绍绝学于关闽，问心源于邹鲁”，“初奋发于制举，仍追逐于前贤”，攻读四书、五经，写作八股制艺，以求从科第谋得出身，改变务农、行医的门楣。可惜吴沛攻读一生，功名并不得意，终身只是一个廪生。明朝万历年间，他首次参加考举人的乡试，房师为全椒县令关骥，以第一名推荐，但主考只同意取为举人，而不同意为第一名。关骥不让步，坚持第一名，否则宁可不取。因此，吴沛就失去这次中举的机会。以后虽然多次应试，都告失败，所谓“七战皆北”（康熙《全椒志·吴沛传》）。从此，他就以秀才资格在全椒附近的历阳（和县）教书，这就是《移家赋》中所记叙的“乃守先而待后，开讲堂而雒诵。历阳百里，诸生游从”。等到他的儿子发迹中了进士以后，他的教书生涯才得到别人的赞扬，说什么“道德文学，为东南学者所宗师”（陈廷敬《吴国对墓志铭》）；什么“博学负才名，……淮南学者多游其门”（李霨《吴国龙墓表》）。

吴沛还是个孝子，吴谦夫妇去世前，他还未能博得一第，经常因不能“以科名博堂上欢”而自我谴责，所以当其父母死后，“每墓祀及生忌”，他“必哭奠失声”。由于乃父吴谦的忌日与他的生日为同一天，因而每逢他的“诞辰”，总是“哀不举觞，并不受诸子觞，终其身不改”（康熙《全椒志·吴沛传》）。

吴沛虽然功名不高，但在全椒吴氏发家史上却是一个重要人物，他改变了务农、行医的门庭，成为专攻儒业的第一人，虽然他自己屡困场屋，科名蹭蹬，然而却积累了不少写作八股制艺文的经验，懂得如何揣摩试官的心理，以使自己的文章出奇制胜，得到阅卷者的青睐。他将这些经验和体会，写成论文十二则——《题神六秘说》和《作法六秘说》，分别以竖、翻、寻、抉、描、疏、逆、离、原、松、高、入十二字加以总结，并将它传授给诸子，以为平日作文、临场应试的借鉴。这种“揣摩”功夫，在他的后人吴敬梓的《儒林外史》中也有形象的描绘。

吴沛有子五人，依次为国鼎、国器、国缙、国对、国龙。他命次子国器主持家政，其余四子专攻举业，先后考取科名，国鼎、国龙为明朝崇祯癸未（十六年，1643年）同榜进士，国缙为清朝顺治壬辰（九年，1652年）进士，国对为顺治戊戌（十五年，1658年）进士，而且是鼎甲第三人（即探花）。吴敬梓在《移家赋》中自豪地写道：“曾祖兄弟五人，四成进士，一为农。”为农的就是主持家政的国器。

因为国鼎、国龙、国缙先中进士，所以《移家赋》中喻之为“始则河东三凤”，尔后由于曾祖国对又中进士，且功名最高，又喻之为“终则马氏五常”。这是全椒吴氏最为显赫鼎盛的时期，后来吴敬梓对此也追念不已，在词作《乳燕飞》中就说“家声科第从来美”！

吴国鼎中进士后授官中书科中书舍人；国缙中进士后任江宁府学教授；国龙中进士后授户部主事，入清后先后任过工科给事中、河南道监察御史、礼科掌印给事中，还在康熙五年（1666年）丙午乡试时任过山东主考；国对探花及第以后，授翰林院编修，康熙丙午为福建乡试主考，与乃弟国龙同一年为乡试主考官，一时传为“盛事”，后又回升为国子司业、翰林院侍读，又出任顺天学政。

由于一门四进士，全椒吴氏顿时发家成为新贵，也拥有了大批的土地、房屋和奴仆。《移家赋》中就记载了家史中这一段的豪富情况：“宾客则轮毂朱丹，奴仆则绣㟙妆靓；卮茜有千亩之荣，木奴有千头之庆。”特别是吴国对中了探花以后，更在全椒襄河北岸大兴土木，建造探花第，修筑遗园。屋前襄河曲折环绕，屋后丘陵起伏屏障，宅舍宏敞，园林秀丽，成为全椒的高门大宅，至今旗杆大基石还残存，搁置在当年探花第遗址。1986年在此处修建了吴敬梓纪念馆。

吴氏自国鼎一辈发家以后，更加讲究道德文章，俨然成为“诗礼人家”。吴沛除了著有《诗经心解》以外，还写有不少诗文，在他身后就由国鼎与国缙编辑成《西墅草堂集》，请吏部侍郎姜曰广以及太仆冯元飚写了序言。他们自己也修养名节，从事著述。

吴国鼎有《遢园集》《诗经讲义》以及《历代诗选》。同时，吴国鼎还是一个孝悌君子，康熙《全椒志·吴国鼎传》说他“事亲孝，一出于至诚，亲或色有不怿，即长跽伏地，不命不敢起。抚诸弟，敬爱备至，故诸弟咸敬事之”。

吴沛卒后，吴国鼎又学习风水地理，与“堪舆士遍历诸山”，寻得“石虎山之吉壤”以安葬其父。后来由于农民起义的影响，全椒不十分安宁，国鼎就“奉母避地白下”，并与国龙为母亲盛氏庆贺七十寿诞，“一时称为人伦盛事”。

吴国器也是“性孝友”的君子，整日“主静持敬”，“做袁了凡功过格”，“食淡数十年如一日”。因为他“遵父命任家政”，所以布衣终身。孝，他能“割股和药中”以供生病的父亲饮服；悌，他能“代兄行善”，因而能够入“祀乡贤”（康熙《全椒志·吴国器传》）。

吴国缙著有《诗韵正》《世书堂集》。他能“周急解纷，大倡义侠”，为人申雪冤屈，替人经营丧事，两次修葺江宁府学，总督麻勒吉特疏荐举，有“身端其范，士禀于绳”之评（康熙《全椒志·吴国缙传》）。

吴国对为吴敬梓亲曾祖，有《诗乘》《赐书楼集》，他的八股文写得很好，方嶟说“其所为制义，衣被海内，一时名公巨卿多出其门”（《文木山房集》序），陈廷敬认为他“于古文研论最深，而工于骚赋之作，故独喜多为诗”。他同样重视孝悌道德，每当他“语其先人，辄呜咽下泣”，兄弟之间“尤重友爱”（《吴国对墓志铭》）。

吴国龙有《心远堂集》《吴给谏奏稿》。他也极为重视孝悌之道，“笃天伦，重名谊，奉亲孝，养祭必以礼”，对四位兄长也“爱敬有加”（《康熙《全椒志·吴国龙传》）。

当然，这些记载中必然有溢美之辞，同时他们这些孝悌行为也都属于封建道德范畴，这里之所以不惮词费地加以征引，是因为吴敬梓对此极为重视，他在《移家赋》中曾极为自负地称自己有着“讲孝友于家庭，有代传之清节”的家庭传统。只有明白这一点，才能理解他在《儒林外史》中之所以要痛加抨击那些破坏封建道德的伪君子的原因。

如前所述，吴国鼎这一辈是全椒吴氏家史中最为显赫鼎盛的一代。兄弟五人，四人中进士，房分既多，人丁又众。长房国鼎有妻杨氏、姜氏，子暹吉、怀吉；二房国器妻滕氏，子某；三房国缙妻程氏，子某；四房国对妻陈氏、汪氏，子旦、勖、昪；五房国龙妻孙氏、张氏，子晟、昱、（杲）、显、昺、早。

到了吴国鼎下一代也就是吴敬梓祖父辈，各房功名就有所差异，从吴敬梓亲曾祖吴国对这一房来说，已开始趋向下坡。吴国对有三子，嫡出的吴旦、吴勖都是秀才，而庶出的吴昇却是举人。从吴敬梓族曾祖吴国龙这一房来说，其子功名更盛于国龙。如吴晟是进士，做过福建宁化知县；吴昺更是康熙辛未科（三十年，1691 年）一甲二名（即榜眼），做过广西主考、湖广学政。

各房功名不一，这就容易造成彼此的不和、猜疑、嫉妒乃至怨恨。再加上各房子女多少不等，还有着出嗣的问题，例如吴敬梓原为吴勖之子吴雯延的儿子，因为吴勖之兄吴旦早卒，而吴旦只有独子霖起，霖起又无子女，因而吴敬梓就出嗣给霖起为子。这种出嗣情况，在全椒吴氏中还不仅限于吴敬梓一人，例如吴敬梓的族兄吴檠也有出嗣问题，他原为吴雷焕之子，出嗣给无子的吴雾澍为子。这种情况的存在，就使得各房之间的关系更趋复杂。

同时，由于父辈有妻有妾，这就在下辈中有嫡出、庶出之分，而在封建宗法社会中，嫡、庶之间利益冲突至大。凡此种种，都是形成家族矛盾的根源。全椒吴氏自也不能例外，尽管表面上是簪缨世族、诗礼人家，但骨子里却也如吴敬梓所描绘的那样“兄弟参商、宗族诟谇”（《移家赋》）。而“参商”“诟谇”的焦点又在于财产的再分配。以吴国对这房而言，在他的三个儿子吴旦、吴勖、吴昇之间就发生了争产的矛盾。吴旦与吴勖同为陈氏嫡出，而吴昇却为汪氏庶出。吴旦死得早，由吴勖主持家政。民国《全椒志·吴旦传》说吴勖“抚侄如子，友爱异母弟”。这里所说的“侄”，当然包括吴旦的独子霖起在内，而吴霖起却正是吴勖亲孙吴敬梓的嗣父。这样，吴勖当然会将侄子霖起“如子”一样看待。至于这里所说的“异母弟”则是指吴昇，吴勖是否能“友爱”对待，就很难说了。因为当时有人向主持家政的吴勖提出“析产”，也就是分家，而吴勖“泣谢不许”（《全椒志·吴旦传》）。能够向吴勖提出“析产”，而吴勖又能“不许”的只有这个“异母弟”了。由此可见，在吴敬梓祖父辈时已开始有“析产”的问题出现。而在敬梓生父雯延、嗣父霖起相继过世以后，争夺遗产的矛盾终于爆发，所以他在《移家赋》中曾经极为遗憾地写道：“君子之泽，斩于五世。”从他的高祖吴沛算起，经过曾祖、祖、父到他自身，刚刚五世。

这五世却正反映了全椒吴氏兴衰盛败的历史：高祖吴沛开始业儒，曾祖吴国对发家，祖父吴旦功名已大不如前，且又早卒，嗣父吴霖起也只是一名拔贡而任县学教谕，到了吴敬梓自身，却仅仅是一名普通秀才了，而且遗产之争又大爆发。

从曾祖的显赫鼎盛降至祖、父的小康，再降到自身的贫困，吴敬梓就生活在他的家族由盛而衰的一代。这样的生活剧变，有助于他认识人生、了解社会。鲁迅说得好："有谁从小康人家而坠入困顿的么，我以为在这途路中，大概可以看见世人的真面目。"（《呐喊》自序）而了解"世人的真面目"却对吴敬梓创作反映现实人生、嘲讽世俗人情的文学作品极为有利。鲁迅又说："我的祖父是做官的，到父亲才穷下来，所以我其实是'破落户子弟'，不过我很感谢我父亲的穷下来（他不会赚钱），使我因此明白了许多事情。因为我自己是这样的出身，明白底细，所以别的破落户子弟的装腔作势，和暴发户子弟之自鸣风雅，给我一解剖，他们便弄得一败涂地。"（许广平《鲁迅书简》，1935年版824页）鲁迅这一段自我解剖的话，我们将它移用来分析吴敬梓的一生，也是十分恰切的。

二 吴敬梓的生平和学养

（一）吴敬梓的生平

吴敬梓出生在中国封建社会发生重大变化的前夕，生活在全椒吴氏由盛而衰的转折时期。而且，他个人的命运也坎坷多舛，少年丧母，青年丧父，中年丧妻，人生的不幸不断向他袭来。

吴敬梓十三岁时，母亲金氏就已过世，在《赠真州僧宏明》诗中他追忆道："昔余十三龄，丧母失所恃。"这一年是康熙五十二年（1713年）。自幼失去母爱，对他的心灵损伤极大。从此，他再也"不随群儿作嬉戏"，而是"屏居一室如僧庵"，沉浸到诗词歌赋中去，"从兹便堕绮语障，吐丝自缚真如蚕"（金榘《为敏轩三十初度作》，《泰然斋诗集》卷二）。因此他自幼就培养了对文学的爱好，有了一定的文学修养。

母死以后隔了五年，也就是康熙五十七年（1718年）吴敬梓十八岁时，他的生父吴雯延病故。吴雯延早年曾到过南京，借住在清凉山脚下虎踞关附近的丛霄道院读书。康熙五十七年，吴敬梓随嗣父吴霖起在苏北赣榆县学教谕任上，也经常到南京来探视生父雯延。当他闻知生父雯延的病情加重时，忧心如焚，急忙赶到南京侍候，"无何阿翁苦病剧，侍医白下心如恢"（金两铭《为敏轩三十初度作》，见金榘《泰然斋诗集》卷二）。不久，雯延的病情有增无减，医药罔效。病危之际，由吴敬梓和其他亲人一起将他送回故乡全椒，没有多久也就病逝了。

吴敬梓刚刚从生父雯延病故的哀痛中回缓过来，他的嗣父吴霖起又接着谢世。吴霖起原是一名拔贡，在康熙五十三年（1714年）出任赣榆县学教谕，过了八九年苜蓿生涯。到了康熙六十一年（1722年）康熙去世，雍正皇帝胤禛上台，“一朝天子一朝臣”，为人方正的吴霖起，此时已届暮年，也就属于淘汰之列，连教谕这一闲冷官职也失去了。回到故乡后不久，就在雍正元年（1723年）病故。吴敬梓在《移家赋》中记叙这一经过，写道：“归耕颍上之田，永赴遂初之约（自注：先君子壬寅年去官，次年辞世），贤人则岁在龙蛇，仙翁则惟遗笙鹤。”这一年吴敬梓二十三岁。

从少年到青年的十年中，他接二连三地失去母亲、生父和嗣父，这对他的刺激是极为激烈的。但还不仅于此，隔了没几年，他的妻子陶氏又病故。吴敬梓十七岁左右与全椒陶钦李的女儿结婚，夫妇生活十分幸福。在吴敬梓十九岁时就生了长子吴烺。婚后不久陶家即败落下来，先是岳父病故，接着岳母又亡，子侄既不能守成，生活又极为豪侈，连住宅也改属他姓。这对吴敬梓的妻子打击很大，不久她也就一病不起。这是吴敬梓二十八九岁时发生的变故。吴敬梓在三十岁时写有词作《减字木兰花》八首，其中第六首：

闺中人逝，取冷中庭伤往事。买得厨娘，消尽衣边荀令香。

愁来觅镜，憔悴二毛生两鬓。欲觅良缘，谁唤江郎一觉眠。

就回忆了服侍病妻的情景，感到目下“买得”的“厨娘”也不能替代“闺中人”；又想再娶，但此时已届中年，功名不就，囊中渐空，有谁嫁给他呢？后来虽然续娶了儒医叶草窗的女儿，但这也不能消除他中年丧妻的痛苦。

吴敬梓的个人遭遇极为不幸，在家族中也没有任何温暖，甚至还不断地遇到不愉快的事。在那些不愉快的事件中，最大的问题就是财产的再分配，也就是瓜分遗产问题。从他的一生来看，早年析产，中年夺产，晚年产尽，由富实之家降为小康，再坠入贫困。吴敬梓童年时代一直生活在“析产”的阴影中。特别是在他出嗣给吴旦的独子霖起为子后，就成为长房长孙即大宗的宗子。在封建宗法社会中，宗子在祭祀祖先时有主祭权，在分析遗产时可以多于他人。这一身份本易招嫉，而吴敬梓获得这一身份又是由于出嗣而来，这就更使他处在矛盾旋涡的中心，成为族人争夺遗产的众矢之的。在他的生父雯延、嗣父霖起相继谢世以后，遗产之争终于爆发。他的族兄吴檠在《为敏轩三十初度作》（见金榘《泰然斋诗集》卷二）中说：“他人入室考钟鼓，怪鸮恶声封狼贪。”就借用《诗经》中《山有枢》“宛其死矣，他人是保”，以及《鸱鸮》“既取我子，无毁我室”的典故，反映了吴敬梓叔伯兄弟等人向其夺产的情景。在“兄弟参商、宗族诟谇”中，只有一位刘姓老仆为他的财产被侵夺而忧心如焚，这就是吴檠诗中所写的“刘翁为人好心事，谯惰与我忧如恢”。在这场争夺遗产纠纷中，叔伯和族兄弟的步步进逼，引起了吴敬梓极大的愤慨，他在《移家赋》中曾感叹“淳于恭之自箠不见，陈太丘之家法难寻”。据《后汉书·淳于恭传》，淳于恭之兄“崇卒，恭养幼孤，教诲学问，有不如法，辄反用杖自箠，以感悟之，儿惭而改过”。陈太丘是指曾为太丘长的陈寔，据《后汉书·陈寔传》：“寔在乡间，平心率物。其有争讼，辄求判正，晓譬曲直，退无怨者。至乃叹曰：宁为刑罚所加，不为陈君所短。”吴敬梓借用这两个典故，说明在争夺遗产的纠纷中，叔伯之中没有一个能像淳于恭那样严格要求自己、教诲子侄，也没有一个像陈太丘那样排难解纷、处事公正，从而流露了对长辈族人的强烈不满，对他们的贪婪而虚伪的面目有了进一步的认识。经过这次遗产之争，吴敬梓的财产果然被族人侵夺去不少，但他仍然保留了相当可观的一份，程晋芳说他“袭父祖业，有二万余金”。但是，由于他“素不习治生”，又“遇贫即施”，再加上“偕文士辈往还”，过着“倾酒歌呼穷日夜”的生活，“不数年而产尽矣”（《文木先生传》，见《勉行堂文集》卷六）。到了晚年，就坠入极为困顿的境地，以致“人不知故向者贵公子也”（顾云《盋山志》卷四）。

由于丧母、丧父，也由于析产、夺产，使得吴敬梓长期生活飘忽不定，少年离乡，中年移家，晚年出游，最后客死异乡。在十四岁时（康熙五十三年，1714年），他曾随嗣父吴霖起前往地处海滨的江苏赣榆。从全椒到赣榆，在交通不便的时代，也算得上远离故乡了。吴敬梓后来回忆这段经历时，就曾经写道：“十四从父宦，海上一千里。”（《赠真州僧宏明》）

吴敬梓在赣榆住了八九年，直到康熙六十一年（1722年）吴霖起失去教谕这一闲职，才最后离开赣榆，回到故乡。当他初到赣榆这个海滨城镇时，看到了在安徽内地故乡全椒所不曾见到过的汹涌大海，浩荡无际的碧波冲荡着少年的心胸，襟怀为之一爽，眼界顿然一新，意气风发地写下《观海》一诗：

浩荡天无极，潮声动地来。
鹏溟流陇域，蜃市作楼台。
齐鲁金泥没，乾坤玉阙开。
少年多意气，高阁坐衔杯。

赣榆县虽然地处海滨，但县城附近也颇有山石之胜。嘉庆《赣榆县志》

卷一："夹谷山在治西四十余里"，"山上有圣殿、圣化亭、奎星洞、夹谷书院诸迹"。这些名胜古迹，是少年吴敬梓春秋佳日足迹常到之处。

十八岁那年（康熙五十七年、1718 年）盛夏，吴敬梓从赣榆回到全椒，金榘诗中记载此事就说"尔从夹谷归相探"（《为敏轩三十初度作》），就迳直以夹谷指代赣榆。吴敬梓在赣榆与青衿士子一起在嗣父吴霖起用自己薪俸修复的学宫中学习，吴霖起根据季节的变化对他们进行不同内容的教学，所谓"春夏教以诗书，秋冬教以羽籥"（《移家赋》）。吴敬梓的青年时代就从嗣父吴霖起那里学了不少诗书礼乐的学问。这种学习生活，相对来说还是比较安宁的。不久，随着吴霖起回到故乡而结束了这种宁静的读书生涯。

在故乡生活的十年中，经历过析产、丧妻的种种不幸之后，吴敬梓已进入中年。由于家产的日益消蚀，也由于对族人的厌恶与日俱增，他终于离开故乡，移居南京。吴敬梓在正式移家之前，已数度游历过南京，六朝故都的风光给他留下了极为美好的印象。在雍正八年（1730 年）三十岁时，他就产生了"秦淮十里，欲买数椽常寄此"（《减字木兰花》）的念头。隔了三年，即雍正十一年（1733 年）二月，吴敬梓三十三岁时，怀着"逝将去汝"（《移家赋》）的决绝感情离开了全椒，正式移居南京秦淮河畔的"秦淮水亭"，后来还自称为"秦淮寓客"。

吴敬梓的生父吴雯延虽然曾借寓南京，但没有购置房产，吴敬梓这次移家南京，就得自己购房置舍、措办一切，从而使得他已经被族人侵夺过之后的财产更为减少下来。在南京，与友人诗酒唱酬，赴安庆参加考试，修复先贤祠，更把他的财产大部分花去，因而到了晚年，生活就发生了极大的困难，有时甚至无米下锅，他就"以书易米"；"冬日苦寒"，他就邀约同好，"绕城堞行数十里"，"夜夜如是，谓之'暖足'"（程晋芳《文木先生传》）；或"闭门种菜，偕佣保杂作"（顾云《盋山志》卷四）。在如此困顿的境遇下，他有时不得不出门作客，依人篱下。他的足迹常到之处为苏北的真州（仪征）、扬州、淮安一带。

吴敬梓移家南京以后，与当时的江宁府知府卢见曾（见光绪六年《江宁府志》卷二十一）相处得不错。卢见曾字抱孙，号澹园，别号雅雨山人，山东德州人，康熙六十年（1721 年）进士。他虽然为吴敬梓的父母官，但由于喜欢结交文士，所以他对吴敬梓十分友好。乾隆元年（1736 年），卢见曾升任两淮盐运使，不久又兼理两淮盐政，督理扬州关务。两淮盐政分别在真州、淮安设有淮南、淮北盐所，都是属于卢见曾所管辖的范围。卢见曾还在扬州衙署中筑有“苏亭”，专门接待各方文士。吴敬梓晚年一再出游真州、扬州、淮安，主要就是去投靠卢见曾。

在真州，吴敬梓还投靠过从湖广提督任上革职回乡的杨凯，“明晨衔泥问杨子，妻儿待米何时还”（《雨》），曾向杨凯要求资助。在淮安，曾在当时尚未贫乏下来的程晋芳家寄食，《文木先生传》中记载了当时吴敬梓的困顿状况，说他“抵淮访余，检其橐，笔砚都无”。在扬州，吴敬梓虽然有不少朋友，也有亲旧，但大都是贫士，无法周济他；卢见曾又极为好客，座上客既多，就不能一一遍顾，因而“穷饿乃其宜”（金兆燕《甲戌仲冬送吴文木旅榇归金陵》，《棕亭诗钞》卷五）了。

乾隆十九年（1754 年）十月下旬的一天，吴敬梓尽其所有，沽酒买食，邀约好友前来痛饮，微醉之中，吴敬梓反复朗诵唐人张祜的《纵游淮南》一诗：

十里长街市井连，月明桥上看神仙。
人生只合扬州死，禅智山光好墓田。

在座友人听到吴敬梓朗读此诗都有些诧异。没有过几天，即十月二十八日（公元 1754 年 12 月 11 日），吴烺（敬梓长子）的同年、诗人王又曾从北京南下，舟停扬州，上岸拜会了他钦迟已久的吴敬梓。当天黄昏，吴敬梓又去舟中回拜，两人畅谈，极为相得。归来之后，吴敬梓还自己解衣上床，但不到一顿饭时间，痰涌不绝，家人连药物也来不及投用，一代文豪就与世长辞！当时守在床边的只有幼子。

住在附近的友人金兆燕闻讯赶来，为他料理后事，但检其行囊，“可怜犹剩典衣钱”（程晋芳《哭吴敏轩》，《勉行堂诗集》卷九），治丧费用无从筹措，王又曾就出面向两淮盐运使卢见曾请求帮助，卢见曾慨然承担一切丧葬费用，并由金兆燕将他的棺木从水路运到南京，安葬在南京清凉山脚下（一说葬在凤台门）。金兆燕诗中说吴敬梓“生平爱秦淮，吟魂应恋兹”（《甲戌仲冬送吴文木旅榇归金陵》）。如今，他的坟地虽然已无遗迹可寻，但安葬在南京总算符合吴敬梓的心愿了！

在吴敬梓坎坷不幸的一生中还有两件事值得一提：应鸿博之试、修复先贤祠。

吴敬梓出身在科举世家，自幼接受父、祖教诲，埋首四书、五经，揣摩八股时文，以求一第。康熙五十七年（1718 年）十八岁时他进学成为秀才，此后却屡试不售。雍正七年（1729 年）五月，二十九岁的吴敬梓又在滁州参加秀才的科考，由于“文章大好人大怪”，“酒后耳热语谪谪”，发了不少牢骚，讲了一些怪话，当时就有人主张不录取他。吴敬梓酒醒以后也有所懊悔，又去向当道“匍匐乞收”，但却受到大声斥责。幸亏“使者怜才破常格”，才使他“今兹冠军小得意”（金两铭《为敏轩三十初度作》），获得科考第一名。但接着参加乡试，又再次失利。他自己写的《减字木兰花》词作中就追叙了此次落第的遭遇：

“文澜学海，落笔千言徒洒洒。家世科名，康了惟闻毷氉声。”

对十几年来的老秀才生涯，他感到极大的厌倦：

“学书学剑，懊恨古人吾不见。株守残编，落魄诸生十二年。”

这种懊恨、追悔的情绪，正是他并未能忘情于科第功名的流露和反映。然而却偏偏屡困场屋、无由上进。不久，他就移家南京，在南京过着“论文乐友朋”（《春兴》）的生活，结交了一批文士，又与江宁的“学官”相友善，颇为他们所推许。乾隆元年（1736年）再次举行博学鸿辞科试，江宁训导唐时琳就将吴敬梓推荐给上江督学郑江，再由郑江推荐给安徽巡抚赵国麟。吴敬梓也就怀着感激的心情参加了学院、抚院、督院的三级考试。归来后，“消渴”病再次发作，不能赴京参加廷试，赵国麟也就无法正式荐举。对此次未能参加廷试，尽管他后来不断产生过懊恨情绪，然而他毕竟因病辞试了，这对于曾经有过“匍匐乞收”行为的吴敬梓来说，却是一件大事，表明他的思想虽有反复，但也确有转变。

通过自己屡困场屋的切身体验，以及周围亲友的不幸遭遇（如《哭舅氏》《伤李秀才》《酬青然兄》等诗篇中提及的舅氏、李岑淼、吴檠等），他终于对时文科举有了比较清醒的认识，从念念不忘“家声科第从来美”（《乳燕飞》），终于转变为“独嫉时文士如仇”（《文木先生传》），甚至发出“如何父师训，专储制举才”（见王又曾《书吴征君文木山房诗集后》，《丁辛老屋集》卷十二）的疑问。

他出身于科举世家，自己前半生又屡次应试，有家庭传统，有切身体验，对科举制度的每一环节都十分熟悉，这对他创作以抨击时文八股为重要内容的《儒林外史》来说，有着极其重要的意义。

如果说未赴鸿博廷试，表明了吴敬梓对科举弊端有所认识，那么修复先贤祠则反映了他倡导礼乐兵农的理想。吴敬梓修复先贤祠、倡导礼乐兵农的言行，在很大程度上受到他的先人和朋友的影响。

明、清之际，倡导礼、乐、兵、农最力者为当时进步的思想家颜元及其弟子李塨。颜元曾说："如天不废予，将以七字富天下：垦荒、均田、兴水利；以六字强天下：人皆兵、官皆将；以九字安天下：举人才、正大经、兴礼乐。"（《习斋年谱》卷下）吴敬梓曾祖吴国对于康熙十六年任顺天学政时，曾识拔李塨为"县学生员第一名"，并且将李塨的文集"开雕行世"（《恕谷年谱》卷一），李塨实为吴国对弟子。康熙五十九年（1720 年）冬李塨曾经来到江宁，在南京传道讲学，吴敬梓此际虽曾随嗣父吴霖起在赣榆县，却经常来南京小住，对于李塨的讲学活动，吴敬梓极有可能也是参与的；即使未曾亲自聆教，也会从南京的友人处知晓。李塨的弟子刘著，又是吴敬梓长子吴烺的老师，刘氏《答历算十问》即为吴烺而作。所以全椒吴氏从吴国对起直到吴烺，与颜、李学派的中坚人物都有着千丝万缕的联系。

再从吴敬梓的友人来看，其中也有一些颜、李学说的信徒。为《文木山房集》写过序、替吴敬梓姐姐写过《金孺人墓志铭》的程廷祚，就是其中的代表。程廷祚在年轻时曾从南方写信给北方的李塨，说自己读到颜、李著作以后，"始知当世尚有力实学而缵周、孔之绪于燕赵间者"；李塨收到此信极为高兴，认为"此天特生之以使周、孔之传不至堕地者也"（《恕谷后集》卷四）。程廷祚治学也正是"以习斋为主，而参以梨洲、亭林"（戴望《颜氏学记》卷九）。

无论是从先人还是从友人的关系来考察，颜、李倡导礼、乐、兵、农的理想，对吴敬梓产生影响是十分自然，也可以说是必然的事。而具体化到修复先贤祠以倡导礼乐，则显然是受到程廷祚的影响更大。

程廷祚的父亲程京萼曾写有《金陵祀典议》，他在这篇文章中说金陵为东南大都会，大禹足迹曾至，又是泰伯封地，孔子七十弟子中子游也为此地人，认为"大禹有平天地之功，泰伯作君作师，子游以文学衍圣人之传，议祀典于金陵，舍二圣一贤，其谁先之"，因而积极主张修复先贤祠以祭祀大禹、泰伯诸贤。

吴敬梓族曾祖吴国缙曾经修葺过江宁府学，嗣父吴霖起也曾修葺过赣榆县学。吴敬梓终身只是不第秀才，没有资格担任教职，自然也不可能有修复学宫的光荣，因而一经有修复先贤祠之议传开，又与他平素受到的礼、乐、兵、农思想的影响一致，他就立即参与其事，襄助其成。金和在《〈儒林外史〉跋》中说他"鸠同志诸君，筑先贤祠于雨花山之麓，祀泰伯以下名贤凡二百三十余人，宇宦极宏丽，工费甚巨，先生售所居屋以成之"。顾云《盋山志》卷四也记载说："江宁雨花台，明所建先贤祠在焉，祀吴泰伯以下五百余人，岁久，圮矣。征君（敬梓）与同志议复其旧，资弗继，则独鬻全椒老屋成之。"由此可见，为了倡导自己的理想，吴敬梓连仅剩余的住房也售出，真可谓不遗余力了。当然，他所倡导的礼、乐、兵、农理想并不能挽救封建末世的颓风败俗，他自己后来也认识到这一点。尽管如此，他为了倡导自己的理想即使将家产花销净尽也在所不惜的精神，却是应该予以肯定的。

（二）吴敬梓的学养

吴敬梓出身于名门望族、科举世家，从小就接受了正规的封建教育，不但学习时文八股，以应付科举考试，而且还广泛阅读了经史子集，学业上打下了坚实的基础。吴檠在《为敏轩三十初度作》一诗中回顾了他的学习情况：少年时代曾经"涉猎群经诸史函"，经、史著作就已广泛阅览；成年以后诗歌写得更好，"迩年诗律更绮密"，比以前更讲究诗律，而且由于读书极为广博，写作时就将"僻书奇字来稽参"；到了晚年更潜心于经学研究，认为这是"人生立命处"（《文木先生传》），孜孜不倦地钻研。金兆燕也说他"行年五十仍书痴"（《寄吴文木先生》，《棕亭诗钞》卷三）。由此可见，吴敬梓一生都在不断学习，因而有着广博而深厚的学养。

根据现有的资料来看，他曾经在史学、经学方面做过一些探索和研究。在文学领域内，对诗、词、赋、骈文、诗论，乃至小说、戏曲等形式，都能娴熟地掌握，并且大都有数量不等的作品传世。

吴敬梓在史学方面的著作有《史汉纪疑》，但未成书（见平步青《霞外捃屑》卷九），没有稿本保存下来，因而无法对他的史学研究进行评述。不过，从《儒林外史》中偶或涉及的历史人物和历史事件的描写和议论中（如对永乐皇帝朱棣、宁王宸濠等），我们可以看出吴敬梓对待一些历史问题是有他自己的看法的，并不为一般流俗之见所束缚。

吴敬梓对于经学也曾经下过工夫。经学原是封建社会中儒家知识分子必须认真学习的一门学问，然而广大士人只是把它作为猎取功名的"敲门砖"。这样的士人，虽然他们也读经书，却不能说是研究经学。只有将它当作一门学问专门进行研究的人，才能称之为经学家。吴敬梓早年读过四书、五经，到了晚年，由于受到自己先人和一些朋友的影响，才致力于经学研究。虽然他的研究并没有什么成绩，但是在研究吴敬梓时却又不能忽略他在这方面曾经做过的努力。根据现有的资料，吴敬梓对于五经中的《尚书》《诗经》都曾做过一些研究（关于《诗经》研究，详见下文）。他还写过一篇关于《尚书》的文章，这就是他为江昱《尚书私学》写的序（见《扬州足征录》卷十三），可供我们探索、研究。

《尚书》之所以作为儒家经典之一，是因为它记录了先王的故事，所谓“《书》以道事”（《庄子·天下》），可以为后来的统治者所效法。在《尚书》研究中历来就有今古文之争。西汉初时《尚书》共有二十篇，是用汉时流行的文字抄写的，所以称为“今文《尚书》”，为济南伏生所传授。到了武帝末年，鲁共王在孔子宅中又发现一种《尚书》，是用秦汉以前古文字写的，所以被称为“古文《尚书》”。“古文《尚书》”较之“今文《尚书》”多出十六篇。另外还有一种伪古文《尚书》，则为三国时魏人王肃采辑逸书而成，托名孔安国的古文《尚书》，并附有孔安国的传；到了东晋元帝时，豫章内史梅赜将这部伪古文《尚书》献出来。唐代孔颖达撰《五经正义》，其中《尚书正义》就依据这部伪古文《尚书》孔传。从此以后，伪古文《尚书》就定于一尊，成为官定的经书。但自唐代以来就有学者怀疑它的真实性，如南宋的吴棫、明代的梅鷟等。不过，直到清代阎若璩作《古文尚书疏证》，条分缕析，钩沉决断，才为学者所公认。后来丁晏作《尚书余论》，更进一步证明伪造者即为王肃，遂成为定论。

围绕这一问题，当时学术界展开了激烈的争论，存在着两种截然不同的观点。毛奇龄作《古文尚书冤词》，驳斥阎若璩的论证，与吴敬梓有世谊的李塨也赞同毛奇龄的见解。吴敬梓至友程廷祚却不同意毛奇龄的观点，作《古文尚书冤冤词》，批评毛奇龄的论证不足信；吴敬梓另一友人程晋芳也认为伪古文《尚书》显系伪托。

在这场争论中，吴敬梓的友人江昱（字宾谷，号松泉，原名旭，字才江，江都人）著作一部《尚书私学》，称赞毛奇龄的《古文尚书冤词》为“极有力”的著作，批评阎若璩“妄斥圣经”；认为古文《尚书》“论政论学，莫不广大精深，非圣贤不能道”，确非伪托。江昱的见解并不足取，但是吴敬梓却表示赞同，并为他的《尚书私学》写了序言。在这篇序言中吴敬梓不加区别地将今、古文之争中的是非，笼而统之地一笔加以抹煞，说什么“一二高明之士，喜持辩论今古文之真伪，聚讼无休，究何当于《书》之义理”，认为这一讨论毫无意义。

其实并不完全如此，例如伪古文《大禹谟》中“人心惟危，道心惟微，惟精惟一，允执厥中”，就曾被朱熹用来建立道统，用这十六字“心传”宣扬理学。顾炎武就曾严厉地批判这十六字“心传”（见《日知录》卷十八，

《亭林文集》卷三《与友人论学书》等)。阎若璩进一步指出这十六字“心传”并非“圣人”所制，前三句出自《荀子·解蔽》所引《道经》一段话加以概括，后一句则见于《论语·尧曰》（见《古文尚书疏证》卷二)，就釜底抽薪地攻击了理学家所建立的道统，这在客观上是有着一定的进步意义的。吴敬梓对此并不了解，只是赞赏江昱的“卓识”和“神悟”，这当然是不当的。

吴敬梓对于《尚书》今、古文之争发表了一些不当的议论，也并不足怪，他毕竟只是文学家而非经学家，只是在晚年才开始“治经”的（参见《文木先生传》)。关于《尚书》这些并不高明的议论，也并不影响他在文学创作上的成就。

吴敬梓在文学领域中涉猎的范围极为广阔，他能诗，善词赋，著诗话，对戏曲、小说也十分爱好，或有评论，或有创作。以他的诗、词、赋而论，现有四卷本的《文木山房集》行世，其中大都为四十岁前的作品。据记载，吴敬梓还有十二卷本的《文木山房集》，但至今未见有传本。另外，吴敬梓的佚诗、佚文,新中国成立后也时有发现，仅《吴敬梓集外诗》中就收诗作二十六首，其中《金陵景物图诗》可以断定为晚年的作品。在陈古渔的《所知集》中，还辑录了吴敬梓的诗作数首。吴敬梓为徐紫芝《玉巢诗草》、李本宣《玉剑缘传奇》、江昱《尚书私学》写的序言，也是新中国成立后发现的，在现行的四卷本《文木山房集》中，有诗一百三十七首、词四十八首、赋四篇。

李本宣说吴敬梓的诗作“大抵皆纪事言怀、登临吊古、述往思来、百端交集”之作，并且赞美他从不与“时贤”“诗简唱和”“分题角胜”，“苟无关系者不作焉”（《文木山房集》序)。的确，在一百余首诗中，很少有应酬的诗篇。然而，吴敬梓所纪的事、所言的怀，大都是个人生活的琐事和功名得失的怀抱；即使在“吊古”“思来”的篇什中也无不渗透出这种情绪，并没有反映具有社会意义的问题。

至于他的诗作的艺术性，黄河在序《文木山房集》中评为“如出水芙蕖，娟秀欲滴，论者称其直逼温、李”。吴敬梓现存的四十余首词作，其内容也与他的诗作大体相似，黄河评之为“婉而多风，亦庶几白石、玉田之流亚”。

尽管吴敬梓的诗、词并没有重大的社会意义可言，但对我们研究他在四十岁前的生活、思想也还是具有很大价值的。例如在作于雍正八年（1730年）除夕的《减字木兰花》八首中，吴敬梓曾对他三十岁前的生活做了回忆和总结，让我们了解到在他三十岁前所经历的许多不愉快的事——田庐尽卖，奴仆逃散，乡试不第，闺中人逝，慈母未葬。在这种种“不幸”的打击下，他又曾产生了续弦和移家的念头，以后终于娶了叶草窗的女儿，并移家南京秦淮水亭。所以，为了全面研究吴敬梓的思想和创作，对他的诗、词作品也应予以充分的注意。

吴敬梓写作的赋有四篇，《继明照四方赋》是为参加学院鸿博预试而作，《正声感人赋》则是参加抚院鸿博预试而作，还有一篇是《拟献朝会赋》。在这三篇赋中，有不少歌功颂德、鼓吹圣明的词句，什么“林林兆姓，咸歌帝德之化神；济济臣工，喜覲天颜之咫尺”（《拟献朝会赋》），什么“我皇之至德”（《正声感人赋》），“圣主之神明”（《继明照四方赋》）等，极为庸俗，令人不堪卒读。他移家南京以后所写的《移家赋》，则是他的赋作中的上乘之作。在这篇赋中，虽然也没有触及具有社会意义的题材，但同他的诗词一样，却为我们提供了关于他早年的生活和思想及其家世的第一手材料。在这篇三千余字的长赋中，他以极为自傲的心情叙述了自己的家世，回顾了显赫的历史，有“始则河东三凤，终则马氏五常”“五十年中，家门鼎盛。陆氏则机云同居，苏家则轼辙并进。子弟则人有凤毛，门巷则家夸马粪。绿野堂开，青云路近”的描写。他还以愤怒的笔触，在《移家赋》中指责族人争夺财产，不顾世德祖风，与市侩联姻的种种情事，有“君子之泽，斩于五世，兄弟参商，宗族诟谇”“侯景以儿女作奴、王源之姻好唯利，贩鬻祖曾，窃资皂隶，若敖之鬼馁而，广平之风衰矣”的抨击。他对全椒社会世态炎凉的现实，在赋中也有形象的揭露，如“昔之列戟鸣珂，加以紫标黄榜，莫不低其颜色，增以凄怆，口嗫嚅而不前，足盘辟而欲往。念世祚之悠悠，遇斯人而怏怏”。对自己移家的不得已，他在赋文中也有所陈诉，如“土云信美，客终畏人”，“昔陆士衡之入洛，卫叔宝之过江，俱以国常，非由得已。梓家本膏华，性耽挥霍，生值承平之世，本无播迁之忧，乃以郁伊既久，薪缧成疾，枭将东徙，浑未解于更鸣；乌巢南枝，将竟托于恋燠”。此外，在赋文中他还追念了先人的德行，表明了自己的志趣，描写了移家后的生活等等，对我们研究吴敬梓的家世和生平有极为重要的价值。同时，从艺术表现来看，《移家赋》也写得极为成功，属对精密，用典确切，受到魏晋南北朝时期文学的影响十分明显。

《文木山房集》中只收了吴敬梓的诗、词、赋所谓“有韵之文”（方嶟《〈文木山房集〉序》），而没有收他的文章。目前传世的吴敬梓文章仅有他为友人著作写的三篇序文：一篇是为江昱《尚书私学》写的序言，这是用散文写作的；一篇是为徐紫芝《玉巢诗草》写的序言，则是用骈文写作的；另一篇是为李本宣《玉剑缘传奇》写的序言，却是用散文、骈文杂糅在一起写成的（《〈尚书私学〉序》前文已提到，兹不赘述。《〈玉剑缘传奇〉序》详见下文）。《玉巢诗草》为安徽建德人徐紫芝的诗集，现藏北京图书馆。书前有序文三篇，分别为吴襄、郑相如、吴敬梓所作。吴襄序言作于康熙六十一年（1722 年），吴敬梓序文作于雍正十二年（1734 年）。从这篇序言看，吴敬梓的骈文写得极为圆熟，对仗工稳，用典巧实，句调齐整，音节铿锵，如“启盈箱之芍药，才是徐陵，浣满手之蔷薇，友非吴质”，以徐陵推许徐紫芝，以自己不如吴质而自谦，从序文写作要求来看，这些比喻都很恰切。

吴敬梓不但从事各种文学体裁的创作，而且还重视文学作品的评论和研究，他曾研究过《诗经》，评论过传奇。全椒吴氏自吴沛以下，有着研治《诗经》的家庭传统。吴沛著有《诗经心解》，吴国鼎著有《诗经讲义》，吴国缙著有《诗韵正》，吴敬梓则将自己对《诗经》的解释和评论写成一部《诗说》。程晋芳在《文木先生传》中就说他著有“《诗说》若干卷”（王又曾说“《诗说》八卷”，沈大成说“《诗说》数万言”，章学诚和金和都说“七卷”）。可惜这部《诗说》没有刻成，或者虽已刊刻但没有流传，因而无法对它进行全面的研讨。不过，前人的诗文中也曾摘引片言只语，如金兆燕在《寄吴文木先生》一诗夹注中说《诗说》“力辟《凯风》原注‘不能安室’之谬。《南有乔木》（即《汉广》）云祀汉神也”。金和在《〈儒林外史〉跋》中说《诗说》“载有《说〈溱洧〉篇》数语；他如《南有乔木》为祀汉江神女之词；《凯风》为七子之母不能食贫居贱，与淫风无涉；《爰采唐矣》（即《桑中》）为戴妫答庄姜《燕燕于飞》而作”。这些引文，就透露了吴敬梓对《汉广》《凯风》《桑中》等诗篇的见解；至于《溱洧》篇，上述诗文中虽然未曾引用他的见解，但《儒林外史》中杜少卿对此篇有详尽的评说，也可供我们参看。从这些引述中，我们也不难窥知，吴敬梓研治《诗经》，基本上宗主毛传，但能于毛、郑之外，间采今文齐、鲁、韩三家之说，也并不全然排除朱熹集传，而是有所取舍，坚持“醇正可传”的原则。他对《诗经》研究的成绩虽然不能像胡适那样说成是“乾嘉经学的先锋”（《吴敬梓年谱》），但却超过他对《尚书》的研究。因为《诗经》毕竟是文学作品，不同于《尚书》，作为文学家的吴敬梓，对它的体会较之《尚书》当然要深切得多。

吴敬梓自幼就喜爱戏曲艺术，曾向有名的演员学歌，金两铭《为敏轩三十初度作》中就记他“生小心情爱吟弄，红牙学歌类薛谭”；吴檠《为敏轩三十初度作》也说他“销魂忽忆少年事，歌呼且拉老何戡”。吴敬梓的一些友人也有从事戏剧创作的，如金兆燕写有《旗亭记》，程廷祚写有《莲花岛》，李本宣写有《玉剑缘》等。他本人虽然没有戏曲作品问世，但对戏曲却有一定的研究。他移家南京以后写的《春兴》诗，回忆往年的生活，其中就有“顾曲周公瑾”的句子，乃“曲有误、周郎顾”之意。由此可见，他颇精通戏曲艺术。他对戏曲艺术的评论，虽没有专著，而在为李本宣《玉剑缘》写的序言中也有所透露。

李本宣字蘧门，原籍扬州，长期住在南京杏花村。他也是出身于世家，而后坠入贫困的，也是由早年醉心于诗文戏曲而到晚年才研治经学的。这与吴敬梓颇为相似。《玉剑缘》传奇写杜生与李氏的恋爱故事，现存北京图书馆，书前有吴敬梓、宁楷、田倬三篇序文。田序作于乾隆十七年（1752年），由此可以推知，吴敬梓序也当是其晚年之作。在这篇骈、散交杂写成的序文中，颇可看出吴敬梓对戏曲艺术的见解。例如，他说“君子当悒郁无聊之会，托之于檀板金樽以消其块磊”，认为戏曲创作可以抒写个人怀抱；又如，他对剧中“述杜生、李氏一笑之缘”，“尽态极妍”，颇有微词，不十分同意戏曲作品反映爱情题材；再如，他认为研治经学的意义大大超过创作戏曲，说李本宣“二十年勤治诸经，羽翼圣学，穿穴百家，方立言以垂于后，岂区区于此剧哉”！这种看法是不足取的。但吴敬梓能重视一向不为封建正统文人所看重的戏曲艺术并为之作序，却不能不说是思想通达的表现。

总之，作为文学家的吴敬梓，其文艺才能是多方面的，其学养是极为深厚的。如果没有这样广博、深厚的才能和学养，是不可能创作出他的传世之作《儒林外史》的。

《儒林外史》的创作，大约花了十五年时间，开始于乾隆元年（1736年）左右，到乾隆十五年（1750年）左右基本完稿。吴敬梓在乾隆元年赴安庆参加博学鸿词科预试归来以后，替他的挚友王溯山所绘的《左茅右蒋图》题了一首诗，其中叙述了自己近年的生活遭遇和思想感情：

“几年卜筑板桥住，秦淮水色钟山树。木兰舟内急觞飞，杨柳桥边歌板度。著书仰屋差自娱，无端拟献金门赋……”

诗中用了仰屋著书的故事。据《梁书·南平元襄王伟传》：“恭（萧恭，伟子）每从容谓人曰：‘下官历观世人，多有不好欢乐，乃仰眠床上，看屋梁而著书。千秋万岁，谁传此者？”这就表明，在他去安庆应试之前，原就在秦淮水亭中著书仰屋。吴敬梓此际仰屋所著的书，应该就是《儒林外史》。王又曾的《书吴征君文木山房诗集后》第八首云：“杜老惟耽旧草堂，征书一任鹤衔将，闲居日对钟山坐，赢得《儒林外史》详。”这就可以与吴敬梓自己诗篇中所说的“著书仰屋”相印证，说明吴敬梓从安庆归来以后仍然继续在创作《儒林外史》。程晋芳作于乾隆十三年到十五年的《怀人诗》中说：“……《外史》纪儒林，刻划何工妍。吾为斯人悲，竟以稗说传！”表明此时《儒林外史》已经脱稿，并为外界所知，甚至被推许为传世之作。由此可见，为我国讽刺文学树起丰碑的《儒林外史》经过整整十五个春秋才得以完成。吴敬梓开始进行创作时是三十六岁的中年，而完成时已是五十岁的晚年了。这可以说，《儒林外史》是吴敬梓一生中思想最成熟、创作力最充沛时的产物。

三 《儒林外史》的思想内容

（一）《儒林外史》的情节梗概

吴敬梓所创作的《儒林外史》，与它之前产生的我国古代通俗小说不同，它没有贯串始终的情节，也没有总绾全书的人物，作者塑造了众多的人物，描写了许多精彩的故事，从而反映了清代初期知识分子的生活、思想以及他们所生活着的科举社会的实况。对这样一部人物众多、情节各异的小说，就更有必要先行介绍一下它的内容梗概。

小说一开始，作者就塑造了王冕这一艺术形象。王冕生活在元代末年，是浙江诸暨的农家子弟，七岁死了父亲，依靠母亲做工读书。十岁去秦家放牛，自学绘画，声名渐著，二十岁时就通晓天文、地理、经史上的学问。因不愿与知县时仁和乡绅危素相交，避走山东济南，卖画为生。过了半年光景，黄河决堤，百姓流离，王冕感到“天下自此将大乱了”，就收束行李回到故乡。六年后，母亲病故。王冕守制三年，又隔了一年有余，果然天下大乱。一日中午，吴王平定方国珍，到了浙江，特地去访问王冕，向他求教平天下之策。数年之后，吴王即位应天，建国大明，礼部议定用四书、五经、八股文取士。王冕从中预知“一代文人有厄”，乃及时避居会稽山中。朝廷果然派遣官员征召他为咨议参军，但已人去屋空。

成化末年，山东兖州府汶上县薛家集几家首富，于新年正月初八日，来到镇上观音庵中商议闹龙灯的事，夏总甲捺着荀老爹出了一半闹龙灯所需的银子，其余由众户分担。尔后又商议在庵中办学堂。夏总甲荐了老童生周进来做塾师，周进遂应聘前来薛家集坐馆。在乡人宴请席上，周进备受新进秀才梅玖的百般嘲弄。教书不久，周进又遭到举人王惠的轻视。一年过后失去馆地，周进随妹丈金有余去省城为商人记账。一日这班商人走到贡院，周进要去号房看看，不料见到号板，满腔怨嗟抑压不住，顿时倾泻而出，一头向号板撞去，以致不省人事。后来周进得到几个商人资助二百两银子，捐了监生参加乡试，中了举人，接着赴京会试，中了进士，授了部属，三年之后，升了御史，钦点广东学道。

在主考南海、番禺两县童生时，周进识拔了五十四岁的老童生范进入学。范进听从周进的诱导，去参加乡试，中了举。捷报传来，范进喜极而疯，却被丈人胡屠户一个嘴巴打醒。不久，范进老母病逝，在退职知县张静斋怂恿之下，一同去高要知县汤奉处打秋风。汤知县虽然讨厌张静斋，但不好回绝新中的门生范进，乃设宴招待。席上，范进表现出居丧尽礼的样子，但却拣大虾元子吃。

高要县有个严贡生，名严大位，横行乡里，拦人的猪，讹人的钱，被告到县里，汤知县准了状。严贡生情知不妙，逃避省城而去。县中差人找到严大位的老弟监生严大育。严监生虽然富有，却十分悭吝，又胆小怕事。请来舅爷廪膳生员王德、王仁，花了十几两银子，方才了结了乃兄的官司。不久，严监生妻子王氏病逝。严监生花了几百两银子打动两位舅爷，将妾赵氏扶正。因婚、丧两事共用了四五千两银子，严监生宿疾加重，临死之前，他看见灯盏里多点了一茎灯草而不瞑目，直到赵姨娘挑去一茎方才断气。不久，赵姨娘唯一的儿子夭折，要立严贡生的第五个儿子为嗣子，严贡生借此谋夺乃弟遗产。官司一直打到县、府、省按察司，最后严贡生又赴京控告，终于夺得乃弟七分家财。

严贡生入京大兴讼事时，周进已升任国子司业。周进早年识拔的弟子范进此时被钦点为山东学道。范进赴任之日，周进以昔年薛家集私塾弟子荀玫相托。

荀玫与王惠老少二人同榜中了进士，都授了工部主事，一齐转了员外。不料荀玫母死，适值考选科、道在即，王惠劝荀玫谋求在任守制，被驳回，荀玫不得不返乡办理丧事。

王惠被特旨选任为南昌知府，与前任太守蘧祐之子景玉办理交接，不久又升任南赣道。其时宁王谋反，王惠降顺。后王守仁擒了宁王，王惠更衣逃走，直走到浙江乌镇，路遇蘧景玉之子蘧公孙，得其资助二百两银子，又继续远逃。一直逃到四川成都府城外庵中，从此隐姓埋名。临别之际，王惠将一个枕箱交与蘧公孙。蘧公孙从枕箱中发现一本《高青邱集诗话》，在作者高季迪名下，署上“嘉兴蘧来旬骁夫氏补辑”，刻印了几百部遍赠亲友，从此成了少年名士。

不久，蘧公孙的两位表叔湖州娄中堂的三公子玉亭、四公子瑟亭从京中返乡，路过蘧府，拜见姑丈蘧祐，蘧祐乃以公孙姻事托付娄三、娄四。次日，二娄上船回湖州，途中经过新市镇，上岸闲步，忽然遇见看守祖坟的邹吉甫，被邀到家中小饮。闲话中，邹吉甫说起读书人杨执中为人记账，亏损银两，被寄监收禁一事。娄三、娄四愤愤不平，回到湖州后即命家人晋爵前去营救杨执中出狱。三公子、四公子在家守候杨执中来访，杨却不知道自已是娄三、娄四所救出，自然未去娄府。三公子、四公子决意亲自前去拜访，却又一时未能见面。访杨归途中，又遇着鲁编修，一路吃酒回到城里，正好蘧公孙从嘉兴来访。

次日，娄三、娄四宴请鲁编修。席上，鲁编修见了蘧公孙，颇为留意。过了数日，托山人陈和甫前来娄府说亲，要将自已女儿嫁与公孙。娄三、娄四征得蘧祐同意，替公孙操办一切。公孙赘入鲁府后，究心举业的鲁小姐见蘧公孙于举业全不在意，颇为不悦，无可奈何，后来乃将全副精神用来拘管儿子。

蘧公孙随同娄三、娄四两位表叔去乡间拜会杨执中，杨执中又介绍了萧山权勿用，说他“处则不失为真儒，出则可以为王佐”。娄三、娄四急欲相见，一时抽不出空来，就派家人晋爵的儿子宦成去敦请。从此，各地名士闻风而来，一时蘧公孙、牛布衣、杨执中、权勿用、张铁臂、陈和甫等人齐集娄府。娄三、娄四做主人，邀请他们畅游莺脰湖。数日之后，张铁臂用猪头冒充人头，自称侠客，正在雪仇报恩，讹诈了娄府五百两银子而去。随后在娄府宴席上，权勿用又被萧山县差人当场捉去。经此变故，娄三、娄四意兴顿减，闭门谢客。

其时，鲁编修先已病故，蘧祐病情又日渐加重，蓬公孙挈带妻子鲁小姐、丫头双红回嘉兴侍疾。不久，蘧祐去世，公孙做名士之心也有所收敛。偶见报帖，文海楼来了一位选家马纯上，乃前去拜会。这位马纯上马二先生对他大谈八股文章，反复阐说举业的重要，因此，当马二回访时，鲁小姐盛情招待。不料宦成拐带双红出逃，被差人捉回，在差人唆使之下，以“钦犯”王惠的枕箱为要挟，准备出首蘧公孙。幸得马二先生用身边所余的全部束脩九十二两银子赎回枕箱，方才了结此案，救了蘧公孙。马二选事已毕，离开嘉兴，到了杭州，借住在书坊文瀚楼。

马纯上游西湖时，遇到拆字少年，交谈之下，知道他是温州乐清县人，名叫匡超人。匡超人排行老二，为人乖觉，家境虽然贫寒，却肯努力上进。马二颇为赏识，资助他十两银子，又送他几部文章，劝他回去好好读书，将来应举，以图前程。

匡二返乡后，奉事父母，攻读文章，得到知县李本瑛的识拔，入学成为秀才。不料，李本瑛被诬告，匡超人急忙离开乐清，去杭州投靠潘保正的房分兄弟潘三。在去杭州的船上，遇见杭州名士景兰江。景兰江虽是头巾店老板，却喜吟诗，专一与杭州名士相与。匡超人到杭州后，由景兰江介绍，与赵雪斋、支剑峰、浦墨卿等西湖名士相识。他们簇拥着胡三公子作西湖诗会。潘三在匡超人来访时，外出公差，没有见着。及至潘三归来回拜，见到匡二与西湖名士唱和来往，告诫他不必相与这等人，劝导他要“做些有想头的事”。于是匡二在潘三指点下，假造文书，替人代考，积攒了一笔银两。潘三又替他操办一切，娶了抚院衙门里的差人郑老爹的女儿为妻。一日，原乐清县知县李本瑛因案情雪清，升任给事中，派人前来寻找匡二。其时，潘三事发被拿，牵涉到匡二，匡二赶紧送妻子回乐清，自己则赴京去拜老师李本瑛。李给谏见到从前的学生，又知道他以优行贡入太学，十分高兴，一面将外甥女嫁给他，一面又帮助他考取教习。教习考取后，要回本省取结，匡超人无可奈何，只能返乡。恰巧此时，原配郑氏娘子病死，匡二一头心事放了下来。狱中的潘三得知匡二归来，请蒋刑房邀他一会，匡二不但严词拒绝，还说潘三所做所为，正该“访拿”。蒋刑房无奈，只得回复潘三。匡超人取定了结，也便上船北上。

匡超人在船上遇到了牛布衣。牛布衣曾经是范进主试山东时的幕客，如今流落江湖，去芜湖访友，因与新科举人冯琢庵相好，同船而行。在旅途中，冯琢庵提及匡超人的选本，匡二立即兴高采烈、信口胡柴地吹嘘起来。

船到扬州，冯、匡二人换了淮安船北上进京，牛布衣则独自搭江船，经南京到了芜湖，寄寓在甘露庵中。不料牛布衣一病不起，庵里老和尚请庵邻协助，替牛布衣办了后事。

甘露庵附近开小香蜡店的牛家一个叫浦郎的少年，晚上来庵中借着佛前灯火读书，老和尚见他谈吐不俗，准备将牛布衣遗下的诗稿给他看，他却等待不及，趁机偷了出来。不久，老和尚入京去了，牛浦郎索性冒充牛布衣，请郭铁笔刻了图章印在诗稿上，在芜湖地面招摇起来。新补知县董瑛慕名来拜，匆匆一面而别。牛浦郎祖父牛老爹已七十余岁，与间壁开米店的卜老爹相友好。卜老爹将外甥女嫁与牛浦郎为妻。不久，牛、卜两老爹过世，牛浦郎学了一身势利，与卜家相处不谐，乃搭船去淮安府安东县投靠董瑛。

牛浦郎在船上遇到盐商万雪斋门客牛玉圃，两人认作祖孙。牛玉圃带着牛浦郎去扬州盐商万雪斋家，牛浦郎不小心跌进池塘，被牛玉圃斥回子午宫住处。牛浦郎从子午宫道士处知道万雪斋是书僮出身，就故意让牛玉圃当着众人的面说出来，万雪斋因而将牛玉圃辞退。牛玉圃知道上了牛浦郎的当，在船上将牛浦郎痛打一顿后抛上岸去。幸亏有黄客人的救助，牛浦郎才得以与黄客人一路到了安东。在安东，牛浦郎得到董瑛的照顾，又被黄客人招赘为婿。董瑛在升任离开安东时，交代接任的向知县，请他关照牛浦郎。不久，真牛布衣的妻子一路寻夫而来，见到牛浦郎不是自己丈夫，遂向安东县告状。向知县见这无头官司实在难以处置，就差了两个解役把牛奶奶解回原籍浙江绍兴去告，同时也请牛浦郎回去，不再理会。

向鼎知县断了牛浦郎这一官司，上司知道后，说他连人命大事都不问，向按察司参处，按察司崔大老爷门下的戏子鲍文卿代向鼎求情，解救了向鼎。向鼎悉知详情后，要重谢和款待文卿，却被文卿一一谢绝。不久，按察司崔大老爷在京病故，鲍文卿回南京，依然重操旧业。在南京，文卿对一些不守规矩的戏子颇多贬斥，又过继落魄的老秀才倪霜峰之子倪廷玺为义子，改名鲍廷玺。向鼎升任安庆府知府，路过南京，邂逅鲍文卿，邀他父子前来衙门相会，并为廷玺娶妻。后来，廷玺妻因分娩而死，廷玺又不得义母欢心，分家另过。倪家大哥廷珠寻来，兄弟会过后，廷珠让廷玺去苏州寻他商量日后生计。不料廷玺到苏州，廷珠已突然病故。鲍廷玺进退失据，只得去扬州投靠季苇萧。

季苇萧名萑，原是鲍氏父子在安庆向知府席上认识的。他放着一房妻室在家，如今又来到扬州尤家招亲。在婚宴上，鲍廷玺结识了扬州一班名士如辛东之、金寓刘、来霞士等人。次日，季苇萧封了五钱银子打发鲍廷玺回南京，还托他捎了一封书信给同宗季恬逸。鲍廷玺回到南京，将季苇萧的信交给季恬逸。季恬逸已困窘得有上顿无下顿，又无盘缠回安庆。恰好盱眙县的诸葛天申有二三百两银子，来到南京要寻名士选书。季恬逸如获救星，一力承揽，找到安庆来的萧金铉，一同借住在中华门外一所僧寮中选书。

一日，诸葛天申、季恬逸、萧金铉三人闲走，遇着天长杜慎卿，诸葛天申与杜慎卿相识，即去拜望。鲍廷玺此时已投到慎卿门下。杜慎卿宴请诸葛天申、季恬逸、萧金铉，鲍廷玺吹笛助兴。选家与名士从此集会在一起。不久，季苇萧等人也先后来到南京。杜慎卿邀了城里一百几十班做旦角的戏子，齐集莫愁湖赛艺。参加此次盛会的名士有宗姬、辛东之、金东崖、金寓刘、萧金铉、诸葛天申、季恬逸、郭铁笔、僧官老爷、来霞士、鲍廷玺，再加上杜慎卿、季苇萧两个主人，共十三位。花了无数银子，共选了六十多个旦角，张榜列出名次。鲍廷玺在张罗中，见杜慎卿如此慷慨，就向他商借银两重组戏班。杜慎卿却将廷玺转荐给族弟少卿，鲍廷玺于是投奔天长杜府而去。

杜少卿为人豪爽，又极重孝道，凡是父执，无不热情款待。韦四太爷前来，不但招待他痛饮老酒，又赠他玉杯、衣服。家人王胡子深知其性格，伙同张铁臂、臧荼、杨裁缝、黄大等人讹骗他的财产，杜少卿无不照给，甚至卖田卖地供他们使用。鲍廷玺也趁机索讨了一百两银子而去。不久，杜少卿的家产行将用尽，听从老管家娄太爷的告诫，移家南京。先去外祖卢家，在表侄卢华士的业师迟衡山的带领之下，在东水关寻了一处河房定居。一班名士、选家诸如季苇萧、马纯上、蘧骁夫、景兰江、萧金铉、诸葛天申、季恬逸、郭铁笔、来霞士、金东崖等人均来拜会，鲍廷玺也前来侍候。杜少卿携娘子同游清凉山，自由自在地生活着。

巡抚李大人向朝廷荐举杜少卿，杜少卿不得不去安庆致谢并面辞，但李大人不允所请。归途中杜少卿盘缠用光，到了芜湖地面，幸亏遇见来霞士和韦四太爷，得到接济，方才回到南京。次日就去拜访庄绍光，却未能见到。迟衡山倡议修祭泰伯祠，杜少卿等人大表赞同，并捐资以襄盛举。其时，李大人已令天长邓知县差人催促杜少卿赴京，少卿装病辞掉了。

在南京文士中，杜少卿曾引用汉儒的见解，阐明《诗》义，受到一些陋儒的讥笑；他却不屑一顾，忙于赞助迟衡山筹措修祠祭祠的活动。庄绍光已从浙江归来。杜少卿乃去拜见，并请他修订祭祠的礼乐。因庄绍光被礼部侍郎徐穆轩荐举入朝，答允归来后细细考订。庄绍光赴京途中，又先后结识了萧昊轩、卢信侯两人，彼此谈论治世、治学之道。由于庄绍先到京入朝引见之后，不愿拜在太保公门下，仍被放归南京，皇上将玄武湖赐他居住著述。庄绍光回到南京，搬进湖中，迟衡山、杜少卿闻讯来访，庄绍光拿出所修订的祭祠礼乐交与二位。迟衡山提出泰伯祠由虞育德来主祭。虞育德是南京国子监博士，襟怀冲淡，乃伯夷、柳下惠、陶靖节一流人物，得到大家的赞同。

经过多时准备，选定四月初一日举行祭祠大典。虞育德主祭，四方齐集南京的名士、选家，全都参与盛会。南京的民众挨挤着前来观看。祭毕，与会的诸人先后星散各地。此时，却另有一人来到南京，这就是二十年走遍天下寻访父亲的郭孝子。其父就是当年降顺宁王的王惠。南京以杜少卿为首的名士，并不因他是王惠之子而冷落他；相反，都竭力赞助他的孝行。郭孝子在南京住了一宿，带着大家所赠送的银两，以及虞育德、庄绍光的两封书信离开南京，前往陕西、四川。

郭孝子经过深山，遇着短路的木耐夫妇，郭孝子劝说他们改过，继续赶路，终于在成都府四十里外一个庵里找到父亲王惠。王惠坚不承认自己与他有父子关系。不久，王惠病死。其时，当年在山东道上劫饷银而被萧昊轩击退的赵大，也避居在此处山中庵里，要杀老和尚，取其脑下酒，萧昊轩之子云仙弹射赵大，救出了老和尚。萧云仙在客店中遇着背着骨骸归乡的郭孝子，郭孝子劝说萧云仙为朝廷效力；萧昊轩也要儿子去松潘卫平少保处投军。云仙奉父命前往松潘，路上收了依旧短路的木耐同往。在平少保帐下，萧云仙率先破了青枫城，授千总之职，又奉命督修城垣。萧云仙用了三四年工夫，在青枫筑城池，修水渠，垦田地，兴学堂。不料后经工部核算，说他浮开银两，要严比归款，幸亏有平少保的帮助，才得了结。平少保又替萧云仙活动，萧云仙被推升为应天府江淮卫守备。

萧云仙在南京拜见了武书，以及虞育德、迟衡山、庄绍光、杜少卿诸位大名士。随后赴江淮卫任所，在扬州码头上遇着当年在青枫城学堂教书的先生沈大年。交谈之中，知道沈大年正在为女儿沈琼枝送嫁。

沈氏父女到了盐商宋为富家，不料宋为富却娶沈琼枝作妾。沈大年告到江都县，宋为富重贿知县，沈大年输了官司，被押解回原籍常州。沈琼枝不服，私自逃出宋家，到南京王府塘公开挂牌卖诗、卖字、卖刺绣。她的举动引起南京名士的注意，杜少卿等人都前往访问。沈琼枝到河房向杜少卿娘子诉说自己的遭际，正当其时，江都县的差人前来缉拿她，杜少卿就赠她一本自己的诗集和一些银子，送出门去。

沈琼枝在被押往江都的船上，遇到一个汉子带着两个婊子去仪征。那汉子和两个婊子一到仪征，汤总镇的侄子汤六老爷就前来厮缠。汤六老爷又勾引汤总镇的两个儿子汤由、汤实来厮混。随后二汤去南京参加乡试，双双落第归来。

其时，二汤的父亲总镇汤奏派人从贵州镇远府写信来，令他们弟兄到镇署相会。汤由、汤实到了镇远府，正值苗民作乱，汤奏平了乱，却被朝廷认为“率意轻进，糜废钱粮”，降三级调用。父子三人一齐回到家乡仪征。

汤镇台见两个儿子读书不成，想请个先生精心教导，由萧柏泉介绍，命大儿子去拜余特为师。余特见汤大公子不是存心拜师，乃谢而不往。

余特与弟弟余持在五河县家中闭户读书，因为安葬先人需要费用，余特乃去无为州打秋风，和了一桩人命，分得一百三十多两银子。后来事发，五河县提审余持，因关文误写余特，乃弟强行辩护，遂得蒙混过关，糊涂了结官司。

二余安葬先人后，余特去到南京，庄绍光、虞育德、迟衡山、武正字、杜少卿、汤奏、萧云仙等等来自四面八方的人，齐聚在庄濯江家晤会，大家叹息虞育德即将离去。不久，虞博士终于乘船离开南京。杜少卿不胜凄然，送别之后，归来与余特说起，余大先生不禁称赞虞博士真是天怀淡定的君子。其时，余二先生有信给乃兄，说表弟虞华轩请他回去教训儿子。余特即日离开南京回到五河。虞华轩也是讲究品行文章的世家子弟，与余特相处甚好，只因盐商典当饶富赀财，一些势力文士和驵侩之徒，诸如唐二棒椎、唐三痰、姚五爷、成老爹之流，在修元武阁、祭节孝祠等活动中做出种种令人作呕的表现，使得余、虞二人愤慨不已，认为“我们县里，礼义廉耻一总都灭绝了!”不久，余特被选为徽州府学训导。

余特去徽州赴任，当地六十余岁做了三十年老秀才的王玉辉闻讯前来拜见老师。这位王玉辉老秀才穷困不堪，不去谋生，却在著作礼书、字书、乡约书，用以“嘉惠来学”，余大先生因此对他颇为看重。王玉辉的第三个女儿殉夫绝食，王玉辉非但不加阻止，反而极力鼓励。女儿死后，王玉辉转觉伤心，遂决意离乡去南京作游，借以排遣。王玉辉带着余特的介绍信到了南京，没有能见到虞育德、庄绍光、杜少卿、迟衡山、武正字等人，因他们都已离开南京了。幸亏遇着一个同乡邓质夫，陪王玉辉参观了业已无人过问的泰伯祠，随后，王玉辉便返回家乡。隔了一些时候，武正字回到南京，邓质夫即将王玉辉留下的书信送到武家。

武正字正要回拜邓质夫，却被高翰林家请去会见中书万里，同时在坐的还有施御史、秦中书等。高翰林二十年前与万里在扬州有旧，如今万里身为中书，高翰林热情招待。高翰林的亲家秦中书也盛情招待万里。不料在秦中书家的宴席上，这个万中书却被方知县带了差役当场捉去。高翰林与秦中书面面相觑，又彼此埋怨。秦中书老弟秦二侉子的朋友凤四老爹见状，颇为不平，自愿前去打听，方得知万里原是假冒中书。

凤四老爹存心要解救万中书，用话吓着秦中书拿出一千二百两银子，又叫高翰林出面请托施御史派人进京，为万里捐个中书。凤四老爹陪着万里回到台州，了结了官司后，万里这个假中书倒变成了真中书，因此，万里对凤四老爹感激不尽。凤四老爹却不受他杯水之谢，离开台州前去杭州。

杭州有凤四老爹的一个朋友叫陈正公，欠了凤四老爹几十两银子。凤四老爹想讨回这些银子做盘缠回南京。不料陈正公却同毛二胡子已去南京卖丝，没有会着，凤四老爹只得在杭州住下。陈正公因贪小便宜，借给毛二胡子一千两银子，让毛二胡子回嘉兴做生意，随后，陈正公去嘉兴讨债，毛二胡子躲着不见，陈正公毫无办法，只得回到杭州。此事被凤四老爹得知，乃去嘉兴为陈正公讨回被骗银两。陈正公清还了凤四老爹的银两，凤四老爹不再稽留，回到南京去秦中书家回话。秦府门人说，秦中书终日同陈四老爷在来宾楼厮混，并不回家。

不久，秦中书进京补缺，只剩下陈四老爷在来宾楼中厮混，恋着妓女聘娘。陈四老爷是国公府徐九公子的表兄，常从徐九公子处得到一些资助，他又吹嘘自己是个知府的前程，聘娘听了，一心要嫁他。不想，没多时徐九公子随其兄赴任漳州而去，陈四老爷失去了依靠，虔婆对他就逐渐冷淡起来。陈四老爷欠了许多债无法偿还，只得卷起行李，一溜烟儿往福建去了。聘娘被虔婆逼着要钱，一气之下，剃光了头出家去了。

有个陈和尚，原是陈和甫的儿子，测字为生，还有个丁言志，也是测字先生，两人附会风雅，为了当年浙江名士的西湖之会和莺脰湖之会闹个不休。

又有写字的季遐年，卖纸火筒子的王太，开茶馆的盖宽，做裁缝的荆元，他们都凭着自己的一技之长，自食其力。

明万历四十三年（1615 年），皇上下了一道上谕，云："……夫欲迪康兆姓，首先进用人才。"接着御史单飏言上疏云："请旌沈抑之人才，以襄圣治，以光泉壤。"礼部奉旨采访到已故儒修虞育德等九十二人，揭榜晓示。次年。朝廷又委派礼部刘进贤到国子监行祭祀之礼。

（二）一代知识分子的生活写照

从上节叙述的情节梗概可知，《儒林外史》的故事从元末明初写起，至最后一回已是明万历四十四年（1616 年），前后历时二百四十八年。即使从小说正文的第二回算起，从明代成化末年至五十五回的万历二十三年（1595 年），前后历时也长达一百零八年，时间跨度极长。故事从浙江写起，先后写及山东、广东、江西、安徽、陕西、四川、贵州以及南北二京，空间面积也很广。在如此宽广的时空中活动的三百七八十个出场人物之中，具有士人身份的又多达一百余人，而且他们又大都是处于情节纠葛中心的重要人物。因此，我们可以说《儒林外史》是以知识分子为题材的长篇小说。关于这一点，吴敬梓的友人程晋芳在《文木先生传》中曾说是“穷极文士情态”；在《怀人诗》中又说是“外史纪儒林”，都反映了这部小说与“儒林”“文士”的密切关系。

的确，吴敬梓在这部杰出的小说中，塑造了许多不同类型的知识分子形象，从各个角度描写了他们生活的浮沉、境遇的顺逆、功名的得失、仕途的升降、思想情操的高尚与卑劣、社会理想的倡导与破灭、出路的探索与追寻，这在中国小说史上还是少见的。

从具体描写来看，作者虽然将他的故事托于明朝，但却是反映着清朝康雍乾时期的知识分子命运。这些知识分子生活在封建统治者怀柔与镇压兼施的政策之下，或是受其羁縻，或是拒其牢笼，或是惨遭镇压，或是远祸全身。作者对他们既有讽刺也有赞扬，既有肯定也有否定。从对他们生活、命运的描写入手，作者又深刻地揭露了封建末世的腐败与黑暗，探索培育人才有助政教的途径，最后却以深沉的失望告终，将目光转向“市井中间”崛起的新人，从而表现出作者新的理想与期望，其意义是十分深远的。

1. 解剖了被牢笼的士人的生活情景

清统治者采取了征聘山林隐逸、恢复科举考试、实行博学鸿词科试、大兴捐纳等措施，给士人以登进机会。在这些措施中又以恢复科举取士制度为其重要手段，而吴敬梓在《儒林外史》中也就着重揭发和抨击科举考试的种种黑暗与弊端，正如鲁迅所说：“书中攻难制艺及以制艺出身者亦甚烈。”（《中国小说史略》）在开宗明义的第一回中，吴敬梓就通过他的理想人物王冕，对“三年一科，用四书、五经、八股文”的“取士之法”，表示了批判的态度，他说：“这个法却定的不好！将来读书人既有此一条荣身之路，把那文行出处都看得轻了。”很明显，在这段话中，吴敬梓对科举考试的目的、内容和方法，都表示了深刻的不满。

对于清朝统治者恢复科举考试的目的，吴敬梓通过王冕之口，指出这是给士人一条“荣身之路”。马纯上劝蘧公孙说：“到本朝用文章取士，这是极好的法则，就是夫子在而今，也要念文章、做举业，断不讲那‘言寡尤、行寡悔’的话，何也？就日日讲究‘言寡尤、行寡悔’，那个给你官做？”这段话表现了当时生活在科举制度下的士人的心态。

在作者笔下我们可以看到：地不分南北，人不分老少，全都卷入四书、五经和八股时文的浪潮中。以阶层而言，有豪门贵族如娄三、娄四、汤由、汤实，地主豪绅如荀玫、严大位，盐商典当如彭家、方家，农户人家如匡超人，市井小民如倪霜峰；以职业而言，有管账杨执中、医生赵雪斋、私塾先生周进、制艺选家马纯上；以地域而言，有东南的广东、西南的川贵、沿海的江浙、边陲的青枫，天南海北，各地皆然；以年龄而言，有从近六十岁的老童生范进，到年方四岁的幼儿蘧公孙之子。

其实，要想沿着科举阶梯爬上去并非易事。明清两朝的科举考试分为三级，即学院试考秀才、乡试考举人、会试（包括殿试）考进士。一个读书人只有考中举人、进士之后，才能做官。乡、会试都是三年举行一次，乡试每次录取举人一千余，会试每次取中进士二三百名不等。清朝初期已有秀才五十万人左右，且不论尚未进学的老童生。一介书生要想通过这样的科举考试取得一官半职，是极为困难的。然而，科举制度之所以较之选举制、九品中正制更能引诱士人，就在于它毕竟向广大士人提供了读书—考试—做官的机会。《儒林外史》中“二进”的遭遇就反映了这样的现实。

周进是一个六十余岁的老童生，原在山东兖州府汶上县薛家集观音庵中教馆，由于他不懂世故，在塾馆中“安身不牢”，被人辞退。后来跟着姐丈商人金有余记账，到了省城，路过贡院，他挨进去看看，见到号房中的号板，屡试不第的屈辱，骤然涌上心头，“不觉眼里一阵酸酸的，长叹一声，一头撞在号板上，直僵僵不省人事”。后来得到几个商人的资助，凑集了二百两银子捐了监生资格，参加乡试中了举人；接着又进京会试中了进士，“殿在三甲，授了部属”。山东乡下的一个穷老头儿，不过三年就“升了御史，钦点广东学道”，平步青云，从此“绯袍金带，何等辉煌”。

广东南海县乡下的老童生范进，参加院试时已经五十四岁，“戴一顶破毡帽”，“穿着麻布直裰，冻得乞乞缩缩”，由于学道大人周进与他的命运类似，同情他“考过二十余次”都未曾进学的遭遇，录取他为第一名秀才。接着他参加乡试中了举人，后来又参加会试中了进士，同样是“授职部属，考选御史。数年之后，钦点山东学道”。

“二进”的侥幸得逞，就为天下士子指示了这条“荣身之路”。于是，广大士子全副精力都用之于举业。少数谋得官职的即成为封建统治阶级的爪牙，受其驱策；绝大多数的士子都为博得一第而终老牖下，甘受牢笼。前者如周进、范进，中了进士当了学道或国子司业以后，又成为科举考试的积极推行者，无异是替封建统治阶级牢笼更多士子的工具。后者如六十余岁的王玉辉，做了三十年的老秀才，连女儿也养不活，却还要做“一部礼书、一部字书、一部乡约书”来为巩固封建统治秩序效劳。作者吴敬梓就是这样通过人物形象的精心描绘和故事情节的逐步展现，深刻地表现和批判了封建统治阶级推行这一制度的目的。

吴敬梓在《儒林外史》中还对这种教育、考试制度所规定的内容——宋儒注疏的四书、五经和格式僵化的八股时文，进行了辛辣的讽刺和深刻的批判。明、清两朝的科举考试规定用八股文章来发挥宋儒注疏的四书、五经的内容，因而宋儒理学与八股制义就成为当时广大士子的必修之业。对科举弊端的揭发和批判，自不能不接触到这两个方面。吴敬梓在《儒林外史》中也曾对熟读四书、五经的那些由程朱理学培养出来的大批士子的虚伪面目，进行了无情的嘲讽和深入的暴露。

王德、王仁兄弟二人，一个是府学廪膳生员，一个是县学廪膳生员，“都做着极兴头的馆，铮铮有名”，受的是圣人之教，教的是圣人之书，他们听到妹夫严致和要将妾扶正时，起初“把脸本丧着，不则一声”，有所保留；可是一旦严致和捧出两封银子，“每位一百两”，他们“双手来接”，以后两人都“义形于色”，一个说“你这一位如夫人关系你家三代”，一个说“我们念书人，全在纲常上做工夫，就是做文章，代孔子说话，也不过是这个理”。有了银子，他们连亲妹妹的切身利益也不顾，不等她断气，就连忙帮着严致和将赵姨娘扶正。这种口是心非的士子，在《儒林外史》中绝不限于王德、王仁二人。

贡生严致中，在他亲兄弟、监生严致和死后，毫无悲戚之情；相反，当他收到弟媳妇赵氏送来的“簇新的两套缎子衣服，齐臻臻的二百两银子”做“遗念”后，却“满心欢喜”。当乃弟严监生病重时，他正为人控告而逃避在外，与乃弟“临危也不得见一面”；但他却毫不感到愧疚，反倒对王德说：“自古道‘公而忘私，国而后家’。我们科场是朝廷大典，你我为朝廷办事，就是不顾私亲，也还觉得于心无愧。”冠冕堂皇的言论掩饰着自己卑污肮脏的行为。

在吴敬梓笔下，还有一些士人只是利用程、朱的言论，为自己的丑行辩解。朱熹曾经说过：“天下之事，有常有变，而其所以处事之术，有经有权。

君臣父子定位不易，事之常也；君令臣行，父传子继，道之经也。事有不幸而至于不得尽如其常，则谓之变，而所以处之之术，不得全出于经矣，是所谓权也。”（《朱子大全集》卷十四《甲寅行宫便殿奏札一》）

《儒林外史》中范进母死以后，按照封建礼法应在家守制，但举人张静斋却劝他以此为由出去“秋风一二”，范举人居然颇为心动，反问张举人“只不知大礼上可行得?”张静斋就按照自己的需要，以朱熹的话为根据，说：“礼有经，亦有权，想没有什么行不得处。”两个举人于是就心安理得地结伙出去打秋风了。

同样精彩的揭发，则是被杨执中吹捧为“有程朱的学问”的权勿用的表现。权勿用的母亲刚死不久，他本有热孝在身，但却不在家守制，而应邀离开故乡萧山前往湖州宰相之家娄府作客。在娄府的宴席上，他那一张嘴巴一方面说“居丧不饮酒”，一面却大用“肴馔”，还要强词夺理地辩解：“古人所谓五荤者，葱、韭、芫荽之类，怎么不戒?”在他口中，鱼肉“肴馔”不是五荤，当然可以大肆饕餮了。这与举人范进居丧而大吃虾元子，进士荀玫匿丧不报而谋求“夺情”，都同样是这些假道学的丑恶表现。作者对这些口是心非的士子都予以无情的嘲讽、讥刺。

在小说的后半部，吴敬梓已不仅仅停留在揭发理学的虚伪上，而且还对虚伪的理学本身也多少有些触及。老秀才王玉辉身受程朱理学的毒害，一生攻读，未曾博得一第，依然一介寒士，当他的三女儿在丈夫病故以后准备绝食殉夫时，他竟然加以鼓励，说：“这是青史上留名的事，我难道反阻拦你?你竟是这样做罢!”及至女儿活活饿死，他一会儿说：“她这死的好！只怕我将来不能像她这一个好题目死哩!”一会儿又“仰天大笑”说：“死的好！死的好!”吴敬梓如实地描写了王玉辉这样的言行，就在一定程度上对“饿死事极小，失节事极大”的宋儒理学进行了沉痛的谴责，宣布“理学杀人”的罪状。

吴敬梓在《儒林外史》中塑造了许多受到理学毒害的士人形象，嘲笑他们的言伪行污，暴露理学所造成的严重恶果，这就相当有力地对科举教育和考试的重要内容——宋儒注疏的四书、五经，进行了有力的批判。

对于科举考试的文体——八股文，明、清之际，一些有识之士就曾不遗余力地予以抨击，例如顾炎武就认为自从明朝规定科举考试用八股文写作以来，影响所及，使得广大士人“穷年所习，不过应试之文”（《顾亭林诗文集·与友人论学书》），而不及其余。他还抨击这种“时文”“既非经传，复非子史，展转相承，皆杜撰无根之语”（《日知录》卷十六《经义论策》）。这些进步学者的言论，对吴敬梓无疑是产生影响的，他在《儒林外史》中也曾对八股时文竭力加以挞伐——不但通过正面人物迟衡山之口说道：“这举业二字原是无凭的。”而且在《儒林外史》中还对“无凭”的“举业”做了极为生动的描叙。

如广东学道周进在主考南海、番禺两县童生时，将范进的试卷“用心用意看了一遍，心里不喜”，认为“这样的文字，都说的是些什么话！怪不得不进学”！因为无人交卷，他坐着也是无事，再将范进的试卷“从头至尾，又看了一遍，觉得有些意思”；隔了一会儿“又取过范进卷子来看”，这“才晓得是天地间之至文，真乃一字一珠”！随即“填了第一名”取为秀才。这正表现了这种“无凭”的举业，写作时不知好坏，衡文时又无标准。

又如八股文选家马纯上（马二）“着实在举业上讲究”，他曾对匡超人（匡二）“讲了许多虚实反正、吞吐含蓄之法”，然而他自己终生也未能“揣摩”出八股文的“法则”来。匡二后来在冯琢庵面前攻击马二，说他“理法有余，才气不足”，这固然主要是为了讥刺匡二的忘恩负义，但也在一定程度上暴露了“举业”的“无凭”，因为另外一个八股文选家卫体善也说马二“于文章理法”“全然不知”。文瀚楼书店主人还曾对匡二说；“向日马二先生在家兄文海楼，三百篇文章要批两个月，催着他还要发怒，不想先生批的恁快！我拿给人看，说又快又细。这是极好的了！先生住着，将来各书坊里都要来请先生，生意多哩！”从事选文几十年的马二，其批点文章不如刚习举业不久的匡二，这不正表明这种“时文”的“无凭”之极么？

但是，这种“无凭”的时文，却为全国士子所诵习不辍，迟衡山就说：“而今读书的朋友，只不过讲个举业。”不但应试的童生秀才要讲习，时文选家要批点，即连有了功名做了御史、翰林的士子，也还在讲求，如高翰林就说“‘揣摩’二字，就是这举业的金针”，并且认为马二“讲了半生”举业，就是未曾掌握这一“金针”，讥笑“他要晓得‘揣摩’二字，如今也不知做到什么官了。”鲁编修更进一步认为除八股以外，再也没有学问。他认为“八股文章若做得好，随你做什么东西，要诗就诗，要赋就赋，都是一鞭一条痕，一掴一掌血。若是八股文章欠讲究，任你做出什么来，都是野狐禅、邪魔外道”。果然如此么？吴敬梓以形象的描绘做了否定的答复，秀才魏好古写别字，举人张静斋把青田人刘基说成是青田知县，进士范进不知苏轼为何人；选家匡超人把活着的人也称作“先儒”，马纯上不知道李清照、苏若兰、朱淑贞“这些是什么人”，“料想”她们“不是管功名的了”。吴敬梓就这样紧紧扣住举业“无凭”这一要害，刻画了各种类型的士人，描绘了互不雷同的情节，极为形象而又非常有力地暴露和鞭笞了科举考试的又一重要内容——八股时文。

科举考试的方式极为烦琐，貌似关节严密、无隙可乘，实则层层黑暗、弊端丛生。吴敬梓在《儒林外史》中对它有极为生动的描绘，揭露了从考秀才的府院试直到考举人的乡试的一片混乱景象。

向鼎考试安庆及其所属六县在学童生时，考场中“那些童生，也有代笔的，也有传递的，大家丢字条，掠砖头，挤眉弄眼，无所不为”，还有“一个童生，推着出恭，走到察院土墙根前，把土墙挖个洞，伸手到外面去接文章”。

这种乱糟糟的景象绝非安庆七学所仅有，浙江学道按临绍兴，主持院试，虽然“这位学道的关防又严”，但作弊者仍然可以蒙混过关：由潘三安排，让匡二戴上“一顶高黑帽”，穿上“一件青布衣服”，搭上“一条红搭包”，“手执水火棍”，“跟了一班军牢夜役”混进场内，替换下“一字不通”的金跃，由匡二代考，最后让“这金跃高高进了”学，成为秀才。

而南京乡试时贡院中摆设公案，摇旗放炮，焚纸烧钱，呼神唤鬼，一片乌烟瘴气的景象，却也的确是真实状况的写照。

会试的情况也不会比府院试、乡试好多少，也许由于吴敬梓终生只是一个秀才，只参加过乡试而未进入过会试的考场，缺少感性的体验，也由于当时文网森严，他还不敢将讽刺的矛头公然指向全国性的会试，特别是由皇帝亲自主持的殿试，故《儒林外史》中关于会试方面的描写极少，但有时也用旁敲侧击的方式，对会试的情景有所透露。

例如范进参加会试前，他的恩师、国子司业周进，早就将他的“大名常在当道大老面前荐扬，人人都欲致之门下”，因而“会试已毕，范进果然中了进士”。

即如皇帝亲自主持的鸿博廷试，也有手脚可做。小说写嘉靖帝召见了庄绍光以后，“颇有大用之意”，由于庄绍光不愿拜在大学士太保公门下，太保公就向皇帝奏道：“庄尚志果系出群之才，蒙皇上旷典殊恩，朝野胥悦。但不由进士出身，骤跻卿贰，我朝祖宗无此法度，且开天下以幸进之心。”在太保公堂而皇之的言论阻扼下，庄绍光终于又被放归南京。由此可见，无论府院试，或是乡、会试，甚至皇帝亲自召见，关关都有隙可乘，节节都积弊甚深。

吴敬梓在对科举制度的目的、内容和方法进行揭露和批判的同时，还痛心地抨击了这一制度的严重后果，败坏了人才，毒化了社会风气。如前所述，全国的士子极多，而科举所取的名额又极少，不能由此谋得出身的士子，虽然白首穷经也将一事无成，变成“稂不稂莠不莠”的废物。在这种情况下，像倪霜峰那样依靠修补乐器谋生的士人毕竟是个别的，大多数落第士子仍然要千方百计地谋求“异路功名”，社会上于是就出现了一大批的所谓“名士”。他们或依附于豪门贵族，或出入于盐商典当，做清客，当帮闲，如杨执中、权勿用之流。至于匡超人性格的变化，就更为深刻地暴露了科举八股毒害青年的罪恶。

匡超人原是出身寒苦的农家子弟，他受到马纯上教诲、李本瑛的识拔、景兰江等一班名士的吹嘘、随岑庵等一流选家的训育、恶吏潘三的教唆，便醉心名利，走上举业道路。原先他得到马二的资助，回乡后一边苦读文章，一边服侍病父，克尽孝道，然而自从“科第取来，心只系乎两榜”，一任他的父亲“尿屎仍旧在床上”也不照管，只一心“上府去考”。不但如此，他自从进学成秀才以后，更是吹牛混骗，停妻再娶，选时文，充名士，做枪手，写状词，作恶多端，终于堕落变质。

至于这一制度对社会风气的毒化，小说中也多有反映。如作者笔下的五河县的风俗就真切地反映了这种情景：“五河县发了一个姓彭的人家，中了几个进士，选了两个翰林，五河县人眼界小，便合县人同去奉承他。”

对这种趋炎附势的风气，作者极为不满，予以辛辣的讥讽：“五河人有个牢不可破的见识，总说但凡是个举人进士，就和知州知县是一个人。“问五河县有什么山川风景，是有个彭乡绅；问五河县有什么出产稀奇之物，是有个彭乡绅；问五河县哪个有品望，是奉承彭乡绅；问哪个有德行，是奉承彭乡绅；问哪个有才情，是专会奉承彭乡绅。”

作者对这种恶劣风气的谴责，真可谓淋漓尽致！其实，不但五河县一地如此，在科举社会中何处不是如此？老童生周进在薛家集观音庵坐馆时，和尚冷落他，梅玖挖苦他，可是一旦中了进士，出任国子司业后，观音庵中立刻供上金字写的他的长生禄位牌，写着“薛家集里人、观音庵僧人同供奉”，梅玖见了就“恭恭敬敬”地“拜了几拜”。

围绕着老童生范进进学、中举的经历，作者描写了各种人物的表现，从而深刻地解剖了科举社会的现实，着力地抨击了世态炎凉和人情冷暖。

以范进的亲属而言，他的老丈人胡屠户的态度就有鲜明的变化。胡屠户雇了一个“二汉”以杀猪为生，这虽然不是什么了不起的营生，但其经济收入比起农村中又穷又老的童生范进来说要富裕得多。范进即使进了学成了秀才，还得仰承他的鼻息，被他骂了一顿“现世宝穷鬼”也不敢吱声。可是一旦范进考中举人，胡屠户随即一反常态，口口声声“贤婿老爷”。原来他看秀才范进处处不顺眼，文章也不好，又是一副“尖嘴猴腮”的相貌；但是中了举人的范进，在胡屠户看来却是“才学又高，品貌又好”。他以五千钱的贺仪换得范进给他的“六两多银子”，一面“把银子攥在手里紧紧的”，一面“千恩万谢，低着头，笑眯眯地去了”。可见，虽然亲如翁婿的关系，也要随着社会地位的转换而变化。

至于科场中的人物，更是如此。范进中举前，从未见过哪一个乡绅正眼看他一下；可是一旦高中第七名举人以后，“做过一任知县”的“举人出身”的乡绅张静斋老爷，从四十五里地远的城里乘轿前来拜见，一面向范进表示“一向有失亲近”的歉意，一面又七扯八拉地攀结成“亲切的世弟兄”；既送“贺仪五十两”，又送“三进三间”的“空房一所”。这样，骤然中举但依然贫寒的新贵范进，自然要对这个老于世故的乡绅感激不尽了。而投下这笔赌注的“张老爷”，日后就依恃着范进，再度去他“先祖的门生”、范进的房师“高要县汤公”处一再秋风，汤奉看在新收的门生范进的面子上，也不得不敷衍他一番。

作者虽然只是通过有限的人物形象，反映出这种浇薄的风气，然而他的抨击矛头所向乃是整个科举社会。

2. 反映了被迫害的士人的悲惨命运

清初封建统治者在怀柔、笼络广大士子以消除他们敌对情绪、为其所用的同时，还对于一些不愿就范的、具有进步思想或民族气节的知识分子，多方罗织罪名，进行残酷迫害。

顺治十四年（1657 年），顺治借顺天（北闱）、江南（南闱）乡试舞弊事件，大兴科场案，开清代统治者镇压知识分子的先声，特别是最后被征服的江南地区的读书人，受到的迫害最为惨重。北闱仅处死房考二人，南闱则将主考二人斩决，十八房考除已死者以外，其余也全部处死。可见科场舞弊情节虽然存在，而封建统治者也是借此题目屠戮不为其用的士人。

接着，顺治十八年（1661 年），顺治又借苏、松、常、镇四府奏销案，对江南知识分子严加惩处，革黜功名，刑责逮捕，牵连受害的有一万余人。其中“贪吏蠹胥，侵没多至千万，反置不问”，而对广大士人却极为严酷，以致一时“衣冠扫地，如某探花欠一钱亦被黜，民间有‘探花不值一文钱’之谣，……仕籍、学校为之一空”（董含《三冈识略》）。这个被黜的探花就是顺治十六年（1659年）一甲第三人及第的叶方蔼。

除科场案、奏销案以外，清初迫害知识分子最常用的方式是大兴文字狱。随着清统治者武力统一全国之后，对知识分子的迫害也不断趋向严酷、频繁。正由于最高封建统治者屡兴大狱，因而社会上挟嫌诬告成风，常常一案之兴，地涉七八省，时延数十年，牵连甚广，造成知识分子人人自危的局面。乾隆朝御史曹一士曾上疏，剀切说明后果的严重，他说：“比年以来，小人不识两朝所以诛殛大憝之故，往往挟睚眦之怨，措影响之词，攻讦诗文，指摘字句。有司见事生风，多方穷鞫，或致波累师生，株连亲故，破家亡命，甚可悯也。”他还认为，长此以往，“将使天下攻讦不休，士子以文为戒，殊非国家义以正法、仁以包蒙之意。”（《清史稿·曹一士传》）但曹一士的告诫，并未引起最高统治者的重视，文字之狱并未因此而稍有减少。

吴敬梓生活在文网如此森严的时代，以他巨大的胆识和娴熟的技巧，在《儒林外史》中将封建统治阶级以文字罪人的血淋淋的现实，形象地反映出来。

在小说第一回“楔子”里，就让他的理想人物王冕，用含蓄的语言假借天象点出当时整个社会都笼罩在文字狱恐怖气氛中的情景。他对秦老说：“贯索犯文昌，一代文人有厄!”贯索与文昌，原就是分别象征牢狱和文运的两颗星座，作者用一“犯”字，虽然曲折但却已经明确地表现出当时文字狱的恐怖景象。此后，作者运用了若断似续的“遮眼法”，将文字狱的情节分别穿插在有关回目中加以描叙，并以所谓的禁书《高青邱诗文集》为线索，将它们前后贯串起来，从而真切地反映了一起文字狱案件的全过程，让广大读者能深切地感受到清代康雍乾“盛世”中的文字狱的恐怖气氛。

在小说的第二回，就开始出现文字狱的受害者之一王惠。作者对他原无好感，讽刺他的说神道鬼，抨击他的贪婪凶残，是把他当作一个否定人物来加以鞭笞的。但在他成为“钦犯”、仓皇逃离江西之后，吴敬梓却一反前态，对他不再加以挞伐，而是以无限怜悯的笔触描写他的“厄运”。在宁王统兵破了南昌城，王惠被捉拿后不得已投降了宁王。宁王起事两年被王守仁所败，束手就擒。此时，宁王手下的“那些伪官，杀的杀了，逃的逃了”。做过南昌太守又升任南赣道的王惠也只有逃走一途。虽然他在任上搜刮了不少银两，但逃亡之际他“在衙门并不曾收拾得一件东西，只取了一个枕箱，里面有几本残书和几两银子”，就“换了青衣小帽，黑夜逃走”了。当他逃到浙江乌镇时，“几两银子”早已用光，幸亏遇到前任南昌太守蘧祐的孙子蘧公孙。公孙知道他的遭遇后，慨然赠送他二百两银子作为“盘缠”，他在不胜感激之余，就将他在仓皇之际仍未曾忘记携走的枕箱送给公孙，并且极为郑重地说：“我除了行李被褥之外，一无所有，只有一个枕箱，内有残书几本。此时潜踪在外，这一点物件，也恐被人识认，惹起是非，如今也将来交与世兄，我轻身更好逃窜了。”枕箱内原来也只“有几本残书和几两银子”，银子不怕别人“识认”，而且沿途已经花光，那么剩下的怕人“识认”的“物件”只有“残书”几本了。正因为这“几本残书”能“惹起是非”，所以他在逃离南昌时，可以不拿去他极为看重的金银财宝，而要将它随身携带；在他逃亡浙江途中，银两用尽，但这“几本残书”却始终珍藏在身，并且郑重其事地将它们交付公孙。这样的描写，就把文字狱的恐怖气氛渲染出来。

这有可能“惹起是非”的“几本残书”究竟是什么书呢？原来是《高青邱集诗话》。蘧祐知道此事利害，干系重大，再三吩咐乃孙“不可轻易被人看见”！哪里知道蘧公孙年少气盛、好名心切，在此书上题上自己姓名刊刻出来遍赠亲友。果然就“惹起是非”，家人要首告他“交结钦犯，藏着钦赃”。幸亏秀水县的两个差人要借此敲诈他的银两，所以“开弓不放箭”，以谋求私下了结，如果真的首告，那“就是杀头充军的罪”，公孙全家就要被“杀个精光”。后来为人厚道的马纯上将自己的“束脩”“抖了包”，“挤得干干净净”也“只挤得出九十二两银子来”，全部送给秀水县的公人，才赎回“枕箱”来。

由于吴敬梓生活在文字狱频兴的时代，在反映文字狱的罪行时不能不故作含糊。这里看起来“钦赃”只是一个“枕箱”，其实要害在“枕箱”中的“几本残书”。宦成的话就泄露了“天机”，他对双红说：“皇帝也未必要他这个箱子，必有别的缘故。这箱子能值几文！”

虽然马纯上慷慨解囊替蘧公孙赎回“枕箱”并建议公孙将它“或是劈开了，或是竟烧化了，不可再留着惹事”，让公孙逃了这一关，但《高青邱集诗话》一案并未了结。在第三十五回以后，此案又再兴起，只不过换了一个主角。

湖广人卢信侯“立了一个志向，要把本朝名人的文集都寻遍了，藏在家里”。他“走到京师”才把“被了祸的”《高青邱文集》“用重价买到手”。庄绍光劝告他要“避忌”“国家禁令”，说：“青邱文字，虽其中并无毁谤朝廷的言语，既然太祖恶其为人，且现在又是禁书，先生就不看他的著作也罢。”这段话反映了清代文字狱完全由最高封建统治者个人意志所决定：所谓“禁书”不一定就是有“毁谤”封建统治阶级的“言语”，只要最高封建统治者厌恶其人，那么他的著作就成为“禁书”，作者也就要“被了祸”。果然不出庄绍光所料，卢信侯终于因收藏所谓“禁书”被捕入狱，后来由于“征君”庄绍光的大力营救，才得以开释出来。

其实，清代的知识分子只要被网罗在文字案件中，是不可能像卢信侯那样轻易逃脱的。这也是由于当时的高压气氛，作者不得不如此处理。至此，这一案件似乎已经结束，其实不然。隔了几回以后，又换回了原来的主角，作者笔力犹健地反复叙写，直到交代出最早受此案牵累的王惠的悲惨命运才停笔。

王惠从江西逃到浙江后，又远走四川，削发为僧，隐姓匿名，深藏在成都城外四十里的庵中。他的儿子也改姓为郭，“二十年走遍天下，寻访父亲”，经过千辛万苦，终于来到庵中。但老和尚王惠开门“见是儿子，就吓了一跳”，抵死也不敢认，甚至“提着郭孝子的领子，一路推搡出门”。不久，王惠也就凄惶地死去，连听说此事的萧云仙也垂泪道：“可怜！可怜！”

作者写王惠不敢认亲生儿子，是表现他的极端恐惧，而他的极端恐惧，则反映了封建统治阶级以文字罪人、残酷屠戮读书人的血腥现实！

在吴敬梓笔下，这一案件迁延二十年之久，从江西发案，波及到浙江、南北二京，直到四川，受到牵连的有曾任南赣道的王惠、前任南昌太守蘧祐的孙子蘧公孙、制艺选家马纯上、湖广藏书家卢信侯、应荐博学鸿词的征君庄绍光等等。作者通过这一件文字狱案，就把当时封建统治阶级钳制人民思想的高压政策和恐怖气氛，极为浓郁地表现出来。当然，《高青邱集诗话》一案是被吴敬梓分散在不同的回目中叙写，似乎不够集中，也穿插了一些与文字狱无关的情节，看来有些游离，但这是作者不得已而采用的“遮眼法”，是作者有意识地做了若断似续的安排，只要通观全书，清代康雍乾“盛世”中文字狱的恐怖景象依然清晰地呈现在我们眼前。

这一案件并非吴敬梓凭空杜撰，而是有着现实依据的。他基本上是以刘著收藏顾祖禹所著《读史方舆纪要》为人诬陷入狱一事为“本事”，但吴敬梓并没有完全按照原案写来，而是从康雍乾三朝发生的许多文字狱事件（如

《南山集》案等）中选取了不少事实，改造成小说的情节，写入《儒林外史》中的。

刘著一案对吴敬梓的创作影响甚大，因为刘著是当时大科学家宣城梅定九的弟子，又是当时进步思想家李塨谷的门生，后来吴敬梓的长子吴烺曾从刘著学习数天之学，刘著的《答历算十问》即为吴烺而作。刘著在江南一共住了九年，被捕入狱以前，曾在程廷祚家坐馆，程廷祚又是吴敬梓的至友。此案发生时，吴敬梓已从故乡迁居南京，因而他对这一案件的始终过程是了解的，对这一案件的实际内情也是清楚的。也正因为如此，他在《儒林外史》中反映出来的文字狱的恐怖气氛，才能如此真切而深刻，令读者不寒而栗、不危自惧。

当然，在整个作品中，揭露文字狱罪行的篇幅大大少于对科举弊端的抨击，这是时代使然。在文网严密的时代，能做出如此深刻的揭发，也就十分难得、弥足珍贵了。《儒林外史》中关于这方面的叙述和描写，无异是一份清初封建统治阶级迫害知识分子的血腥记录，具有一定的文献价值和认识意义。

3. 歌颂了有品性的士人的高尚文行

《儒林外史》中出现的知识分子，并不是所有的人都接受封建统治阶级的牢笼，也不是所有的人都惧怕封建统治阶级的迫害。吴敬梓还以赞赏的笔触塑造了一些讲究文行出处、提倡礼乐兵农的知识分子形象，他们不受羁縻，也不怕迫害，坚持自己的生活情操和社会理想。

小说中出现的为作者所肯定的正面人物，他们对封建统治阶级用以牢笼士人的八股取士制度的种种弊端，大都持批判态度。

在第一回“楔子”中的王冕明白地否定“礼部议定”的“取士之法”“却定的不好”以后，接踵而来的一些正面人物，都从不同的角度对八股制艺进行嘲讽和批判。如杜少卿的父祖先人中有不少出身于科举，用郭铁笔的话说，是“一门三鼎甲，四代六尚书。门生故吏，天下都散满了。督、抚、司、道，在外头做，不计其数”，连“管家们出去”也都“做的是九品杂职官”，但少卿本人却不愿“守着田园做举业”。南京国子监博士虞育德，虽然也是从科甲出身，但“也不耐烦做时文”。正在国子监学习的武正字，却表示自己“并不会做八股文章”。他们或是科举世家，或本人就由科甲出身，却都蔑视八股时文。由于看不起八股时文，他们也就连带着看不起举业出身的士人，当臧荼邀约杜少卿去拜会进士出身的本县王知县时，杜少卿气恼地说：“他果然仰慕我，他为什么不先来拜我，倒叫我拜他？……王家这一宗灰堆里的进士，他拜我做老师我还不要，我会他怎的？”根本不理睬这个“灰堆里的进士”。迟衡山对那些“只不过讲个举业”的“读书的朋友”极为蔑视，当面教训高翰林这一类禄蠹：“讲学问的只讲学问，不必问功名；讲功名的只讲功名，不必问学问。”甚至于一派名士作风的公子哥儿娄三、娄四居然也说出：“俗语说得好，‘与其出一个斲削元气的进士，不如出一个培养阴骘的通儒’，这个是的紧。”这虽然是娄三、娄四宽解姑丈蘧祐的话，但也确实反映出当时一些头脑比较清醒的知识分子的见解。在吴敬梓生活的时代，也的确有人认为“子孙有一才人，不如有一长者，与其出一丧元气的进士，不如出一能明理的秀才”（钱泳《履园丛话》卷十三)。

《儒林外史》中这些正面的知识分子，不是消极地批判科举弊端，他们对于如何教育士人，选拔人才，还有着积极的主张。例如关于教育与政事的关系，他们认为教育应该培养人才。这些人才要有益于政事，也就是说教育要培养出一批能为政治（当然指封建政治）服务的人才。

迟衡山就明确地提出，倡导礼乐兵农的目的，就在于“成就出些人才，也可以助一助政教”。他还对杜少卿说：“少卿兄，你此番征辟了去，替朝廷做些正经事，方不愧我辈所学。”杜少卿虽然以病辞聘，未出去替朝廷做事，但他称赞萧云仙时说，“宰相须用读书人，将帅亦须用读书人”，也正表现出同样的思想主张。

吴敬梓在《儒林外史》中通过形象的描绘，透露出这样的见解：教育培养出的读书人，文要能做相，武要能做将。做宰相，就要使得百姓能“温饱”，引导士大夫“能行礼乐”；为将帅，则要像萧云仙那样平定叛乱，修复城垣，或者像汤镇台那样剿灭“目无法纪”的“逆贼”，维护“朝廷体统”。

而对那种“念文章、做举业”就是为了做官、培养禄蠹的教育，他们则表示了极为深刻的不满。

他们还主张“教”与“养”要紧密结合起来。《儒林外史》第三十五回写嘉靖皇帝召见应鸿博之荐的庄绍光，向他询问：“……只是百姓未尽温饱，士大夫亦未见能行礼乐；这教养之事，何者为先？”庄绍光于是“便把教养的事，细细做了十策”，呈送进去。这教养十策的具体内容，在此回中没有具体交代，但作者通过萧云仙在青枫城的所作所为，就表明了这些正面人物的主张。

萧云仙平定青枫城之后，首先“出榜召集流民”“开垦田地”，接着“亲自指点百姓开沟修洫”、兴修水利，然后“骑着马”到处劝农。这是把恢复和发展生产放在第一位。到了次年，生产发展了，“百姓们的日子有的过了”，萧云仙才考虑“只是这班小孩子……怎得有个先生教他们识字便好”；再三寻找，终于请到一个常州的读书人沈大年来教书，把这些孩子“都养在学堂里读书”。这就生动地反映了小说中的一些正面人物的思想主张：要在发展生产的基础上发展教育，要先“养”后“教”，“教”“养”结合。

此外，对教育和考试的内容，他们不满意于专用四书、五经、八股文，并且从多方面嘲讽和抨击了这些内容的空疏无用，于政事毫无裨益。与此同时，他们主张以能够经世致用的自然科学、技术科学和某些社会科学，作为教育和考试的内容。小说中出现的正面人物，无一不重视天文、地理、工、虞、水、火、医药、经、史等学问，如王冕在二十岁前，“就把那天文、地理、经史上的大学问，无一不贯通”；二十多岁的虞华轩“学问成了，一切兵、农、礼、乐、工、虞、水、火之事，他提了头就知到尾”。由进士出身做了六七年南京国子监博士的虞育德，在调离之际向杜少卿说：“现今小儿读书之余，我教他学个医，可以糊口。”他们所看重的这些学问，大都不同于科举制度所规定的内容。他们肯定这些实用之学，实际上就是对礼部议定的教育和考试内容的否定。

《儒林外史》中的正面人物，不但提倡经世致用的实学，讲究文，而且无一不重视操守、修养道德，重视文行。虞华轩聘请余大先生为西席时，明确要求余大先生对自己的儿子加强道德教育，希望自己的儿子“第一要学了表兄的品行”；至于“举人、进士，……也不是什么出奇的东西”，不必在意，也就是说不必用四书、五经、八股文这一套来教育他的儿子。虞华轩这样的思想主张，在小说中的一些正面人物身上都有程度不同的表现。例如，所有的正面人物都极为重视孝道，而那些否定人物或多或少的都有不孝或伪孝的言行。

杜少卿对先人极为孝敬，杜慎卿对他的评价是：“但凡说是见过他家太老爷的，就是一条狗也是敬重的。”举人范进母死后不在家守制，却以此名目出外到“肥美地方”高要县去“秋风一二”。荀玫中进士后，正值“考选科道在即”，居然匿丧不报，谋求“夺情”。作者对正面人物的孝行极为赞扬，而对那些不孝或伪孝的言行则予以讥讽。

又如，所有正面人物都待人厚道，而那些否定人物待人接物却极为刻薄，作者显然是肯定前者而否定后者。杜少卿的“太老爷的门客”娄焕文病重时，杜少卿亲自检视药物、饮食；娄焕文病故后，他又“制备祭礼”，亲往陶红镇娄家哭奠，“陶红镇上的人，人人叹息，说‘天长杜府厚道’。”应天府把一个“犯了赌博”的监生送到南京国子监“来讨收管”，虞育德见那端监生“是个乡里人”，被冤枉了，并没有处置他，而是“把他留在书房里，每日同他一桌吃饭，又拿出行李与他睡觉”；后来，又替他到府尹面前“辩明了这些冤枉的事”，将他释放。这样的学官，当然令门生感激不尽。

但是刚刚考上内廷教习的匡二，对过去给予他很多“好处”的潘三却掉头不顾，当蒋刑房受潘三委托邀约他去“叙叙苦情”时，匡二却翻脸不认人，说什么“既替朝廷办事，就要依朝廷的赏罚”，拒绝前往。严大位也是打着“你我为朝廷办事，就是不顾私亲”的幌子，掩饰自己在亲弟死前不来“当面别一别”的寡恩行为。

一些正面人物都不同程度地具有尊重妇女、男女平等的思想。庄绍光与妻子同在玄武湖中欣赏湖光山色，杜少卿携着夫人的手同游清凉山，杜少卿还反对娶妾，赏识不愿为盐商小妾的沈琼枝。他们的思想行为与一年讨七八个妾的宋盐商、整日玩戏子的高翰林那一类反面人物的行径，截然相反。凡此等等，都表明作者笔下的理想人物与否定人物截然不同，他们无不重视道德修养，行为高尚。

吴敬梓在小说中不仅描写了这些正直知识分子讲究文行，而且还表现了他们极为重视出处。例如王冕，在文行方面，他是一个真名士，很有学问，又讲究孝道；在出处方面，他又是高人，遵从母教，学习段干木、泄柳，钦敬屈原。他不愿为官，但对百姓生计十分关心，当封建统治阶级要征聘他出来为官时，他却遵循“有道则见，无道则隐”（《论语·泰伯》）的儒学思想，“连夜逃往会稽山中”去了。

这种思想行为在其他一些正面人物身上也体现出来。杜少卿之所以辞去征聘，是“正为走出去做不出什么事业，徒惹高人一笑，所以宁可不出去的好”。庄绍光虽应召进京陛见，但也认为“我道不行”，坚决“恳求恩赐还山”，回到南京玄武湖著书立说。还有一些正直的知识分子出于衣食考虑，不得不谋求一官半职，但在能够维持温饱以后，就表示要辞官归里。虞育德就曾对杜少卿表白：“我本赤贫之士，在南京来做了六七年博士，每年积几两俸金，只挣了三十担米一块田。我此番去，或是部郎，或是州县，我多则做三年，少则做两年，再积些俸银，添得两十担米，每年养着我夫妻两个不得饿死，就罢了。”也有一些读书人在觉醒之后，认识到“就坏在读了这几句死书，拿不得轻，负不得重”，像老秀才倪霜峰那样，毅然放弃“儒业”，而改以修补乐器为生。

作者笔下的这些正面人物，一般说来，虽然大都不愿出而为官，但对于倡导礼乐兵农的理想却不遗余力。吴敬梓着重描写了祭泰伯祠和平青枫城两件事来予以表彰。祭泰伯祠着重于倡导，而平青枫城则付诸实践。他们修祭泰伯祠的目的很明确，发起人迟衡山对杜少卿说得很清楚：“小弟意思要约些朋友，各捐几何，盖一所泰伯祠，春秋两仲，用古礼古乐致祭，借此大家习学礼乐，成就出些人才，也可以助一助政教。”对此，作品中一些正面人物都表示赞同。此时已开始没落、连“自己住的房子”也“并与本家”的杜少卿，慷慨解囊，捐银三百两；迟衡山自己也“把历年做馆的脩金节省出来”捐了二百两；庄绍光听说后也表示“自当赞助效劳”，将“要行的礼乐”细细考订一番；南京国子监博士虞育德表示愿意担任主祭。由于有了这些正面人物的倡导和支持，泰伯祠得以盖成，并举行了祭祀活动。当日，南京的百姓“携老扶幼，挨挤着来看，欢声雷动”；直到若干年后，还使得未能与祭的士人如王蕴（玉辉）、盖宽之流前来凭吊不已。

平青枫城一节，主要写萧云仙如何通过史书记载，知道青枫城“地方水草肥饶”，冬天仍可用兵，他亲自“带领五百步兵”，攻克了被“番子”占据的青枫城；然后又修复城池，恢复生产，办学堂，兴礼乐。虽然萧云仙被工部以“任意浮开”的罪名令“地方官勒限严比归款”，但他却得到南京一些“最喜赞扬忠孝的”“大名家”如庄绍光、虞育德、杜少卿等人的称赞。

尽管这些知识分子倡导的礼乐兵农并不能挽救当时的社会弊病，作者在作品中也表现了这种理想的破灭过程，然而作者写这些正面人物倡导自己的理想，都是全力以赴，不遗余力，从而让我们看到，当时不仅有被科举和理学牢笼、毒害的士人，也有着讲究文行出处、重视礼乐兵农的正直的知识分子。特别是作者笔下的这些正直的知识分子，还对文字狱的受害者极为同情，并给予可能的支持，表现了他们对封建统治阶级大兴文字之狱的蔑视。

王惠曾经勒索过蘧祐二千两银子，可是在王惠逃亡时，蘧祐得知孙子蘧公孙送了二百两银子给他作盘缠，也“不胜大喜”。这就表明，对于受到封建统治者迫害的人，这些正直的士人即使与他有个人恩怨，也能释去前嫌。后来蘧公孙受到王惠一案的牵累，立刻有马纯上出来相救，以自己全部积蓄为其赎回“钦赃”。再有，卢信侯也因收藏这“几本残书”被捕入狱，庄绍光又为他积极疏通，使他得到释放。王惠之子郭力“寻访父亲”，路过南京，杜少卿让自己的妻子替他“浆洗衣服”，并“寻衣服当了四两银子”相赠；武书也“当了二两银子”送他；庄绍光不但送了十两银子，还写了“一封书子”；虞育德也同样送了十两银子，写了“一封书子”。郭孝子不肯接受这些赠金，杜少卿却对他说：“这银子是我们江南这几个人的，并非盗跖之物。”这样，他就接受下来。由于有了庄、虞的介绍信，郭孝子一路上不断得到照顾，终于步行到了四川，访见了父亲。

在这些同情文字狱受害者的读书人中，不仅有作者所充分肯定的正面人物，如庄绍光、杜少卿、虞育德等人，而且还有作者并不全然肯定的“中间人物”如马纯上、蘧公孙之流。吴敬梓代表着当时具有进步思想的知识分子，通过自己的创作，形象地暴露和批判了封建统治阶级迫害知识分子的血腥罪行，同时表现了当时一些正直的士人，既不接受封建统治者的牢笼、羁縻，也不惧怕封建统治者的迫害、镇压。这样，就使得《儒林外史》成为全面反映清初知识分子生活的一部形象历史，成为我国文学史上第一部以知识分子生活为题材的长篇小说。

（三）封建末世的社会风情画

《儒林外史》不仅是清初知识分子的生活写照，而且还是我国封建末世的一幅社会风情画。在这样一幅浮世绘中，知识分子虽然占有主要的位置，但毕竟不是风情画的全部内容。天目山樵在《儒林外史评》中就说：“是书特为名士下针砭，即其写官场、僧道、隶役、娼优及王太太辈，皆是烘云托月，旁敲侧击。”鲁迅更明确指出：“迨吴敬梓《儒林外史》出，乃秉持公心，指摘时弊，机锋所向，尤在士林。”这都说明，这部小说的主要人物虽是士人，但绝不仅限于士人。因为吴敬梓生活的时代的知识分子，和任何时代的知识分子一样，都是生活在一定的社会环境中，具有社会属性的人。为了全面而深入地表现他们的思想言行，作者不能不将他的视野扩大到整个社会上去，这就必然要触及到当时社会的一些弊端，并在作品中有所反映并予以指摘。

1. 朝政昏乱，吏治不清

在《儒林外史》中，作者形象地反映和批判了当时赏罚不明、极为昏乱的朝政。如果说官场腐败、吏治不清，是由于科举制度所选拔出来的人才不当所致，那么赏罚不明、朝政昏乱，就不能完全归罪于此，而是与最高封建统治者分不开，也就是说朝廷不能辞其咎。

就以青枫城一役为例，当时“松潘卫边外生番与内地民人互市，因买卖不公，彼此吵闹起来”，“那番子性野”大打一仗，强占了青枫城。朝廷先派总镇马大老爷出兵，战败而死。另两位都督因而畏葸不前，认为青枫城周围几十里没有水草，人无水喝、马无草吃，“那里还能打什么仗”！而萧云仙却带领步兵攻克了青枫城，修治城垣，兴修水利，恢复生产。但是无功者受禄，有功者论罪，“两都督回任候升”，而萧云仙却被工部核算，认为他“任意浮开”，“应请核减银七千五百二十五两有零，在于该员名下着追”，“奉旨依议”，朝廷居然认可。这样，萧云仙将“家产都已赔完了，还少三百多两银子，地方官仍旧紧追”。

朝廷如此赏罚不明，就不能不使英雄气短。作者在描写萧云仙游广武山阮公祠时，就透露了这样的情绪。当萧云仙见到墙上题有《广武山怀古》一首七古，他“读了又读，读过几遍，不觉凄然泪下”，在一旁的木耐却“不解其意”。其实萧云仙此际的心理状态并非难解。阮公祠是阮籍的祠堂，阮籍曾“登广武，观楚汉交战处，叹曰：‘时无英雄，使竖子成名！’登武牢山，望京邑而叹”。阮籍原“有济世志”，由于当时“天下多故，名士少有全者”，他才“酣饮为常”、“以酣醉获免”，他“不与世事”是为了避祸全身，并非他的本愿（见《晋书·阮籍传》）。萧云仙登广武而泪下，是从阮籍的遭遇中见到自己的厄运。小说写萧云仙不能实现自己的济世之志，他礼乐兵农的理想付之流水，正流露了作者的慨叹和惋惜！

萧云仙有功论罪的事件，在《儒林外史》中并非绝无仅有。汤镇台奉总督批示大战野羊塘，“剿灭逆苗”，“拿获了贼头和冯君瑞”，“具了本奏进京去”。不料非但无功，而且获罪：“奉上谕：汤奏办理金狗洞匪首一案，率意轻进，糜费钱粮，着降三级调用，以为好事贪功者戒。钦此。”朝廷意旨简直出人意表。“汤镇台接着抄报看过，叹了一口气”，只得“收拾打点回家”。萧云仙追赔之后，继而又有汤奏获罪。通过这两个事件的叙写，吴敬梓就向读者形象地层示了当时朝政十分昏乱，赏罚极其不明，也就隐隐约约地将他的矛头指向朝廷。

2. 城市繁荣，商业兴盛

产生于封建末世的《儒林外史》也反映了资本主义经济萌芽时期的工商业兴盛的情况。以作者笔下的南京城为例，城中“大街小巷，合共起来，大小酒楼有六七百座，茶社有一千余处”，从聚宝门（今中华门）每日进城来“何止一千头牛，一万个猪，粮食更无其数”。小说写到的大盐商有扬州的万雪斋、宋为富，行盐而兼典当的有五河县仁昌典的方三老爷、方六老爷，庄濯江也在泗州开典当。贩丝客人有杭州的陈正公和毛二胡子，陈正公还兼放高利贷，毛二胡子又开小当铺。其他小商小贩如开米店的赵老二、卜老爹，经营杂货店的牛老爹，开绒线店的张国重，王羽秋则开一爿香蜡店，苏州人凌风在五河县开漕坊，景本蕙是头巾店的老板等等。

这些盐商典当生活糜烂，银钱花得像流水。万雪斋因为第七个妾生病，需要一味中药，不惜派人拿了三百两银子去苏州购买；宋为富一年要娶七八个妾。维持他们这种骄奢淫逸生活的费用，则是用重利盘剥小民聚敛得来。例如方老三、方老六的仁昌、仁大两个典铺“戥子太重”，“百姓敢怒而不敢言”。这些商人之间，又尔虞我诈，相互欺骗。毛二胡子与陈正公“合伙贩丝”，却从中骗取陈正公的一千两银子。他们满身铜臭，却附庸风雅。头巾店老板景本蕙整天哼诗，故作斯文；盐务巡商支剑峰游湖吃酒、冒充名士。他们还攀附权贵，极端势利，如兴贩行行头成老爹百般巴结盐商典当的方家、彭家，而冷落世家旧族的虞家、余家。他们是市侩，因而所言所行无不带有市侩习气。吴敬梓从多方面暴露他们行为的丑恶和心灵的卑污，并予以辛辣的嘲讽和无情的讥刺。

在作者笔下，这些商人与封建地主经济还有着千丝万缕的联系，在他们身上有着明显的封建经济的胎记。例如扬州盐商桃源旗，就是借用天长官僚地主杜府的资金作本钱。他们虽广有钱财，但没有什么政治权势，遇事仍要贿赂当道，以求庇护。有了封建官府的庇护，他们对一般小民就可以为所欲为，但如果触及封建官僚利益，他们仍然要败下阵来。德清县知县为了奉承盐商公裕旗老板，将杨执中“寄监收禁”，可是娄中堂的三公子、四公子一出面，德清知县“心下着慌”，立即将杨执中放了出来。万雪斋对门下清客牛玉圃可以颐指气使，可是一旦见到他原来的主人程明卿，这个“书童”出身的盐商也“不由得自己跪着”。

另外，一些封建官僚也与他们沆瀣一气，相互勾结。如高翰林做秀才时，就曾投靠过扬州的“盐务”“诸公”；荀玫中进士出任两淮盐运使，为扬州的大盐商万雪斋的客厅“慎思堂”书写金字匾额。

吴敬梓通过这些情节的描写，反映了他那个时代虽然有了资本主义的萌芽，商人势力也有很大扩张，然而仍然是封建社会，封建地主阶级势力仍占统治地位；一些封建官僚虽也勾结盐商典当，但从根本上来看，还是盐商典当依附于封建官僚地主势力。这正是在封建经济内部孕育着资本主义萌芽时期的经济生活的形象而真实的写照。

3. 歌妓星相，麕集谋生

《儒林外史》中还反映了随着经济发展、城市繁荣而出现的戏子妓女、医卜星相等人物的活动情况。如写南京歌儿舞女聚集之所——秦淮河两岸的繁华景象："城里一道河，东水关到西水关足有十里，便是秦淮河。水满的时候，画船箫鼓，昼夜不绝"，"更有那细吹细唱的船来，凄清委婉，动人心魄。两边河房里住家的女郎……凭栏静听。……望着如阆苑仙人，瑶宫仙女"，两岸笙歌不绝。梨园弟子也伴着歌儿舞女聚集这一带，"淮清桥是三个总寓，一个老郎庵；水西门是一个总寓，一个老郎庵。"所谓老郎庵和总寓，就是戏剧行业同行组织聚会、议事的处所。根据小说所写，仅"门上和桥上"（即上文所说的水西门和淮清桥）两处就有戏班一百三十余个，其中淮清桥小旦就有十班之多。这些戏班都有名称，如芳林班、灵和班、三元班等。这些戏班不仅在南京城内演出，而且还出去跑码头，如鲍文卿身后，鲍家的戏班子就曾到南京附近的盱眙、天长一带演出，因为"那里乡绅财主多，还赚的几个钱"。这也说明当时南京各个戏班子之间竞争十分激烈，演员谋生也极为不易。

小说中还描写了戏剧演出的情况，如在蘧公孙与鲁小姐的婚礼上，秦中书宴请万青云的场面上，都有戏班演出；特别是杜慎卿风流高会莫愁湖，集中了一百三十多班梨园弟子，"六七十个唱旦的戏子"，"一个个装扮起来，都是簇新的包头，极新鲜的褶子"，湖中的明角灯，"照耀如同白日"，戏台上"歌声缥缈，直入云霄"。这次演出盛况"传遍了水西门，闹动了淮清桥"，而"逞风流"的"杜十七老爷（慎卿）"从此"名震江南"。

在封建社会中，梨园子弟经常兼为青楼妓女，梨园教坊也经常依傍着秦楼楚馆。小说中的细姑娘和顺姑娘就是"被淮清桥那些开'三嘴行'（詈语，指戏行中的小旦）的挤坏了"，因而投奔到仪征李老四妓院中去营生。南京贡院附近，沿秦淮河两岸的大街小巷，就有不少妓院，有名的十二楼就在这一带，"前门在武定桥，后门在东花园，钞库街的南首就是长板桥"。仪征的汤大爷、汤二爷来南京参加乡试，一有空闲就在那里寻花问柳。一心梦想着"凤冠霞帔"的妓女聘娘所属的来宾楼也在这一带。妓女们的遭遇极为悲惨，仪征李老四妓院中的细姑娘、顺姑娘不得不看汤六老爷那张“要卷就卷上去，要放就放下来”的“帘子做的”脸。来宾楼中的妓女聘娘，在嫖客陈木南溜走之后，被虔婆打了“一个嘴巴”，在失望之余就“要寻刀刎颈，要寻绳子上吊”，最后终于剃度出家去了。

除了戏子、妓女以外，《儒林外史》还描写了一些算命的、测字的，乃至风水先生。匡超人在遇马二之前，曾摆摊儿测字；虞育德在中举之前，也曾替人“看葬坟”，不过他们都是暂时以此谋生，并非以此为终身职业。“精于风鉴”的陈和甫，对于“卜易、谈星、看相、算命，内科、外科、内丹、外丹，以及请仙判事，扶乩笔箓”之事，“都略知道一二”，他的儿子陈思阮则等而下之。风水先生张云峰以替人寻“佳壤”为业，比起专以骗人为能事的余殷、余敷来，他还不失为一个老实的堪舆士。作者对这些星卜之徒、风水先生，都有极为生动的描写和不同程度的嘲讽。

4. 劳苦群众，挣扎反抗

在这部以知识分子生活为题材的长篇小说中，不仅描写了从朝廷的最高统治者到官僚士绅、盐商典当，以至戏子妓女、星卜堪舆等各种身份不同的人物，而且还触及到当时下层的人民群众，描写了他们经济生活的困苦、铤而走险的反抗、相互扶持的品德。

在号称鱼米之乡的苏州府常熟县，一个“替人家做着几块田”的农民，由于“收些稻，都被田主斛的去了”，以致“父亲得病，死在家里，竟不能有钱买口棺木”，因而急得要跳河“寻个死路”，幸亏被虞育德发现，叫船家将他救起，送了他四两银子，才救了他一条命。

在京师附近农村的“一间草房”中住着一对七十多岁的老夫妻，早晨妻子先死，因为“没钱买棺材，现停在屋里”，到了晚上丈夫也死了，“一间屋里，只横着两个尸首”，没人安葬。幸亏庄绍光从京师返回南京时路过此地，见到这种悲惨情况，不禁叹息：“这两个老人家就穷苦到这地步！”拿出几十两银子才把他们老两口安葬起来。

当然，作者描写这两个情节，目的在于表现虞育德和庄绍光的德行，但在客观上也反映出从经济高度富庶的东南地区苏州到京城附近、从南到北的范围内，劳动群众生活十分困苦的现实情景。

在封建地主阶级沉重的压迫和残酷的剥削之下，农民走投无路，只有铤而走险了。小说写从陕西同官到四川成都的路上，“原也是好人家儿女”的木耐夫妇，“近来因是冻饿不过”不得不出外拦路抢劫。江西彭泽知县自称“法令严明，地方肃清”，但偏偏他所管辖的江面上出现了二百名抢盐的人。至于山东道上的“贼头”赵大，尽管作者出于阶级偏见把他的形象描写得极为凶恶，然而他敢于抢劫朝廷的“饷银”，看来也还是和彭泽县抢盐的那些人一样，都是被逼得无以谋生，不得不走上抢劫之路的贫苦百姓。

《儒林外史》中还写了在一些县城里发生市民“闹事”的情况。广东高要县知县汤奉，在张师陆唆使下枷死了回民老师傅，“众回民心里不服，一时聚众数百人，鸣锣罢市”，“闹将起来，将县衙门围得水泄不通”。后来虽然被镇压下去，但在当时却也打击了乡绅张静斋的威风，逼得他连夜翻过城墙逃走。

浙江乐清县知县李本瑛是个好官，误传他被“温州府二太爷来摘了印去”，城里的“百姓要留这官”，因而“鸣锣罢市，围住了摘印的官，要夺回印信”。这种事对封建统治者来说就是一种威慑，特别是在吴敬梓生活的时代居然发生这种事情，无异也是对康雍乾“盛世”的一种讽刺。

《儒林外史》中还描写了一些下层人民相互帮助、彼此扶持的品德。如在安徽芜湖“开个小香蜡店、胡乱度日”的牛老爹，经常得到隔壁开一家小米店的卜老爹的照顾。卜老爹将自己的外甥女嫁与牛老爹的孙子牛浦为妻，一切从俭办事，“不争财礼”。后来牛老爹这个小店“每日卖不上几十文钱”，“本钱已是十去其七”，“这店渐渐地撑不住了”，人也病倒，不久人亡店闭。卜老爹为牛老爹经营丧事之后，一想起“死的亲家，就要哽哽咽咽地哭”。

又如戏子鲍文卿对修补乐器为生的倪老爹也照顾得极为周到，把他准备卖出去的儿子过继为己子，并且比自己亲生的儿子还要厚待。倪老爹死后，“鲍文卿又拿出几十两银子来替他料理后事，自己去一连哭了几场，依旧叫儿子去披麻戴孝，送倪老爹入土”。鲍文卿凭一技之长，自食其力，他领着戏班子到处演出谋生，心安理得；当有人托他去向安庆府知府向鼎处说情，表示可以送二百两银子、三百两银子，甚至五百两银子时，他却不为所动，并且表示“须是骨头里挣出来的钱才做得肉”。

作者以赞扬的笔触，充分肯定了下层人民这些高尚的品德，在客观上就与上层的封建官僚、士绅恶霸、盐商典当的贪婪刻薄、尔虞我诈的丑恶品质形成鲜明的对照。这样的描写，也表现了作者的进步思想与作品的进步意义。

总之，《儒林外史》虽然是一部以知识分子生活为题材的长篇小说，但作者总是把他笔下的士人放在一定的社会环境中加以表现。作为一个阶层的知识分子，与社会生活的各个方面都有或多或少的联系，因而吴敬梓在描写他们生活、思想的同时，也必然要涉及到社会生活的各个方面，这就使得《儒林外史》这部小说不仅仅是一部写士人的作品，而且是一部如鲁迅所说的“指摘时弊”的“讽世之书”。

自然，产生于二百余年以前的、出自封建世家子弟之手的《儒林外史》，在“指摘时弊”方面，也不能不留有时代和阶级的烙印。例如，吴敬梓尽管无情地讽刺了科举考试的种种弊端，却不明白有着种种弊端的八股科举只不过是腐朽的封建经济关系在政治上的表现而已。

又如，吴敬梓尽管辛辣地嘲讽了伪道学，然而他的抨击矛头大都指向礼教的虚伪——伪道学，而对虚伪的礼教却批判不多。再如，小说中对盐典商人高利盘剥人民的罪恶以及他们骄奢淫逸的生活，固然有不少揭露和讽刺，但吴敬梓鞭笞的重点则在于他们的伤风败俗的行为，而他借以抨击的思想武器又常常是封建的门阀意识和封建的道德规范，这就自然削弱了批判的力量。

然而，《儒林外史》毕竟为我们掀起了康雍乾“盛世”的虚表的一角，提供了即将崩溃的封建末世的真相，启迪了广大读者对封建社会存在的合理性的怀疑，这就产生了积极的影响，表现出巨大的进步意义和社会价值。

（四）寄托了作者的社会理想

吴敬梓不仅在《儒林外史》中揭露了科举社会的积重难返的种种弊端，而且还提出了以礼乐兵农去“疗治”这种“弊端”的处方，在小说中出现的一些正面人物大都是重视礼乐兵农的。然而，倡导礼乐兵农的颜（元）李（塨）学说，尽管对主客观唯心主义的思想体系具有巨大的批判力量，其社会理想却是迂阔无当的；同时，由于吴敬梓生活的不断下降，他对颜李学说的向往之情和倡导的努力也有所怀疑和反省，最后终于与之挥手告别，转向现实生活中，在市井小民身上寻找新的理想。这一转变过程在小说中有着生动的反映。

作者社会理想的转变，是在小说情节的发展中自然地表现出来的。礼乐兵农理想的倡导与实践，最初是这样在小说中呈露出来：杜少卿离开故乡安徽天长县移居南京秦淮河畔，“贤人”也渐渐聚拢来，共倡礼乐兵农，修复并祭祀泰伯祠；而在西陲边疆的青枫城，又有“博雅”君子将这种理想付诸实践。

此后则随着情节的发展，逐步地展现了作者这种理想的破灭过程。以体现礼乐的祭泰伯祠而言，当时主祭的“真儒”虞育德在祭祀之后依然无所作为，不得不黯然离开南京，悄然而去。及至王玉辉前来“瞻拜”时，早年修建得齐整崇峻的泰伯祠，已经积满灰尘，少有人问津了；祭祀“盛典”之后也不过几十年，盖宽前来游览时，只见泰伯祠的大殿“屋山头倒了半边”，“两扇大门倒了一扇”，“大殿上槅子都没有了”，“后边五间楼，直桶桶的，楼板都没有一片”，更其破败不堪，以致盖宽干脆就把当年的祭祀活动称作“古事”。以表现兵农的平青枫城而言，萧云仙带领士卒攻克城池，修复城垣，开沟修洫，垦荒劝农，兴文教、讲礼乐，然而不但无功，反落得个“严比归款”赔尽家产了事。小说写南京的一些名士如杜少卿、庄绍光、迟衡山、武正字等人在北门桥庄濯江府上举行登高会，以“奉饯虞老先生”，席间谈起平青枫一举，迟衡山就曾慨叹：“前代后代，亦时有变迁的。”从迟衡山的慨叹中，不难发现吴敬梓的确已认识到时代的发展变化。

在第五十五回一开始，小说写道：“话说万历二十三年，那南京的名士都已渐渐消磨尽了。此时虞博士那一辈人，也有老了的，也有死了的，也有四散去了的，也有闭门不问世事的。花坛酒社，都没有那些才俊之人。礼乐文章，也不见那些贤人讲究。”

从嘉靖皇帝于三十五年（1556 年）召见庄绍光到万历二十三年（1595 年）也不过近四十年，这期间以虞育德为代表的一群正面形象，就像划过封建社会黑夜长空的一群流星，瞬息即逝，并未曾留下耀眼的光芒，而他们原先生活的那个阶层，依然故我：

“那些大户人家，冠、昏、丧、祭，乡绅堂里，坐着几个席头，无非讲的是升、迁、调、降的官场；就是那贫贱儒生，又不过做的是些揣合逢迎的考校。”

看来作者对他早年生活过的那个上层社会，已经失去了信心，因而他不得不将眼光转向市井阶层中去，他终于惊异地发现：“哪知市井中间，又出现了几个奇人。”

在作品的最后一回，作者着意写了市井中间的四个“奇人”：一个是会写字的季遐年，一个是卖火纸筒子的王太，一个是开茶馆的盖宽，一个是做裁缝的荆元。如同回目所说“添四客述往思来”，作者增添这“四客”是为了“思来”，也就是为了探索新的理想。

这“四客”只有盖宽原先“家里有钱，开着当铺，又有田地，又有洲场”，只是已经败落下来。季遐年“自小儿无家无业”，王太的“祖代是三牌楼卖菜的”，荆元“在三山街开着一个裁缝铺”，这三人倒的确是市井小民出身。

季遐年靠卖字过活，狂放不羁，“他的字写得最好，却又不肯学古人的法帖，只是自己创出来的格调，由着笔性写去”。写字如此，卖字也如此，“要等他情愿，他才高兴。他若不情愿时，任你王侯将相，大捧的银子送他，他正眼儿也不看。”施御史的孙子施乡绅派了个小厮叫他去家中写字，正好找到季遐年本人。他“听了，也不回他”，又不说明自己身份，却对施家小厮说：“罢了。他今日不在家，我明儿叫他来就是了。”到了次日，他却跑到施府的敞厅上，对施乡绅痛骂一顿：“你是何等之人，敢来叫我写字！我又不贪你钱，又不慕你的势，又不借你的光，你敢叫我写起字来！”把个施乡绅骂得闭口无言。

作者生活在那个势利社会中，由于受到各种肮脏气而激发起来的愤激情绪，通过季遐年这一顿臭骂，倾泻无余，作者为之一快，读者也为之一快。

“天下的大国手”马先生，被“三四个大老官簇拥着”在乌龙潭畔下棋，却输给了“穿的褴褛”的王太，原先看不起他的那些人“大惊，就要拉着王太吃酒”。王太却大笑道：“天下哪里还有个快活似杀矢棋的事！”周旋于官场士绅的大国手却败给卖火纸筒子的，这正透露了作者新的认识——市井小民也有强似大国手的人在。

做裁缝的荆元并不像鲍文卿那样自轻自贱，他认为“难道读书识字，做了裁缝就玷污了不成?”而且他从不与“那些学校中的朋友”相与，认为“他们另有一番见识”。他常说：“每日寻得六七分银子，吃饱了饭，要弹琴，要写字，诸事都由得我；又不贪图人的富贵，又不伺候人的颜色，天不收，地不管，倒不快活?”这正是作者所主张的只有凭一技之长自食其力，才能自由做主不依赖别人的思想的反映。

至于盖宽卖茶，每日“只赚得五六十个钱”，生活极为困难，邻居老爹劝他找过去受过他惠的亲友“借个大大的本钱，做些大生意过日子”，他却对“世情看冷暖，人面逐高低”的浇薄世情有深切的体验，不愿向人开口。在盖宽的身上，正寄托着作者对自己身世的兴衰之感。

在这四客的身上虽然留有士人琴棋书画的痕迹，然而他们毕竟不同于小说前面出现的一些正面人物：他们来自社会下层，有着劳动群众的品格。他们凭一技之长谋生，不依附他人，不追求功名富贵，因而能保持人格的尊严。

这正表明了作者社会理想的新的转变。

尽管作者由于受到时代和阶级的局限，对这“四客”能否成为新的理想人物、是否能代表生活发展的必然趋势，还持有一定的犹疑，然而作者却已对他们寄以期望：“看官！难道自今以后，就没有一个贤人君子可以入得《儒林外史》的么？但是，他们不曾在朝廷这一番旌扬之列，我也就不说了。”这分明表示，作者晚年视做“贤人君子”的理想人物，已不再是能受到朝廷“旌扬”的士人，而必然是属于来自社会下层的“四客”一类的人物。二百多年前的吴敬梓能做出如此深刻的思考，不愧为一位杰出的、清醒的现实主义大师。他所创作的《儒林外史》不仅叙写了一个时代的知识分子的生活及其命运，描绘了封建末世的社会图景，而且还反映了他对社会理想的探索和追求。这对我们了解封建社会没落的必然性是大有助益的。

四　《儒林外史》的艺术表现

《儒林外史》不仅以其崭新的思想内容在我国文学史上占有重要位置，而且还以其独创的艺术表现，显示出独出心裁而又摇曳多姿的风貌。

（一）《儒林外史》的讽刺艺术

《儒林外史》的讽刺艺术有极高的成就，鲁迅认为在它产生之前，我国说部之中还没有一部“足称讽刺之书”，在它出现之后，“亦鲜有以公心讽世之书如《儒林外史》者”（《中国小说史略》），“所以讽刺小说从《儒林外史》而后，就可以谓之绝响”（《中国小说的历史的变迁》），对它做了极高的评价。

吴敬梓创造的讽刺艺术，既师承前人的讽刺传统，又有自己独创的风格，其手法之丰富，令人惊叹不已。鲁迅称赞它说“诚微词之妙选，亦狙击之辣手矣”（《中国小说史略》）。随着故事情节的逐步展现，摇曳多姿的讽刺手法纷至沓来，使人目不暇接，毫无重复之感。

一目了然和出乎意外，这是两种绝然相反的表现方法，然而在吴敬梓运用时都各具讽刺意味。作为文学体裁之一的词的产生，稍有常识的人都知道是唐五代以下的事，这本是一目了然的。可是当陈礼扶乩，请出“关圣帝君”所写的判词居然是“调寄《西江月》”一首，而进士王惠、荀玫又居然“悚然，毛发皆竖”，相信无疑。这样，在吴敬梓笔下，进士的无知，读者就一目了然了。

严贡生在船上吃的是云片糕，船家何尝不知道，读者也十分清楚，可是严老爷却硬说是为了治疗“晕病”，用了什么上党人参、四川黄连，一共“费了几百两银子”才“合了这一料药”，其存心讹诈船家力资，连“搬行李的脚子”也瞒不过，这本是一目了然的敲诈行为，严贡生却振振有词地倒打一耙，这个“衣冠人物”的操守，也就可以不问而知，是极其卑污的了。

侠客张铁臂用一颗血淋淋的“人头”骗取了娄三、娄四两位公子的五百两银子去后，“不怕有意外之事”的这两位公子还在等他归来大作“人头会”。可是久等却不见其来，打开革囊一看，原来是一颗六七斤重的猪头。事情之怪诞出乎读者的意料，不禁令人哑然失笑，而娄三、娄四徒务好客虚名的公子习气，也就历历如绘地呈现在读者面前了。

梁上的老鼠掉在燕窝碗里，厨役的钉鞋踢到点心盘上，陈和甫的衣袖招翻了粉汤，这三件事虽然光怪陆离，极为偶然，但在现实生活中也是可能发生的。不过，接二连三地一齐出现在蘧公孙和鲁小姐的婚宴席上，却未免出乎主客的意外，也出乎读者的意外。这就使得“一些也没有破绽”的、“极其辉煌”的喜事显得“不甚吉利”。存心“要做两件雅事”的蘧公孙，与热中制艺追求“封诰”的鲁小姐，原就不类，他们相配岂能“吉利”？作者在他们婚礼上穿插进这几件出乎意外的偶然事件，既有嘲讽，也有暗示。

故意漏写与特为补叙。这两种情况极易被误认为是纰漏和赘笔，但在吴敬梓笔下，也成为绝妙的讽刺。

莫愁湖梨园大会发起人、帖子上写的是季苇萧和杜慎卿，但会演前“六七十个唱旦的戏子”只“叩见杜少爷”一人，而未有“叩见”季少爷的。这不是作者的漏笔，而是故意的漏写，因为实际主人是杜慎卿，季苇萧只不过是帮闲清客。这一漏写，不但讽刺了旦角的势利眼光，而且也嘲讽了杜慎卿好美色的卑污行径。

有时事情已经过去，作者又不惮词赘，特为补叙，从而产生强烈的讽刺效果。严监生与妾赵氏正在谈论前妻王氏如何“心慈”，接济别人。之后，却让猫跳翻床顶上的竹篓，抖出王氏的私房银子五百两。这种对“心慈”的补叙，看似随手拈来，却有着浓郁的讽刺意味。同样，当范进中举后，退职知县张静斋随即来拜，既送银子，又赠房子，颇为慷慨。但作者又通过僧官之口说出“张家是什么有意思的人”，点出他的为人。其后，他怂恿范进去汤奉处打秋风，汤奉收到“帖子”，对这位“张世兄屡次来打秋风，甚是可厌”，但因新中举的“门生范进”一同前来，“不好回他”，只能“吩咐快请”。这一补叙就表明张静斋先前的“慷慨”行为只是吃小亏占大便宜的手段。作者补叙出他后来“打秋风”的目的，就嘲讽了他先前送银子、赠房子的手段。

人物的冷讽与作者的热嘲。作者在描写杜慎卿的形貌“穿着莺背色的灰纱直裰”“面如傅粉，眼若点漆”之后，忽然说“这人是有子建之才、潘安之貌”，这颇似赞美之语，但后文却又写他在雨花台上“太阳地里看见自己的影子、徘徊了大半日”，活脱是一幅顾影自怜的画像。读者至此方才明白前文的赞美之语实在是作者极为冷峻的嘲讽。

黄老爹“不做戏子”之后，穿戴起士绅衣着，颇引起恪守上下尊卑封建秩序的演员鲍文卿的不满，讽刺他说：“像老爹拄着拐杖，缓步细摇，依我说，这‘乡饮大宾’就该是老爹做!”这种冷讽一转到作者口中，则直斥黄老爹为“老畜牲”!

王惠就任南昌太守之初，迫不及待地要多方搜刮，蘧景玉却缓缓而言，说府中的吟诗声、下棋声、唱曲声将被戥子声、算盘声、板子声所代替。这是作者通过正面人物之口去委婉地嘲讽那些否定人物。对于“五河的风俗”，作者却直接出面给予热辣辣的斥骂，说“其风俗恶赖如此”！倾泻其满腔愤怒。总之，冷讽热嘲，相映成趣；嬉笑怒骂，皆成妙文。

攻讦与吹捧。吴敬梓常常让他的讽刺对象互相攻讦，从而抖出他们的老底。王德、王仁借汤奉取文“不入时目”，没有入帘来讽刺严贡生笔下干枯，没有才气。严贡生则反唇相讥，说：“才气也须是有法则，假若不照题位，乱写些热闹话，难道也算是有才气不成?”并且明知二王在周进“手里都考的是二等”，就竭力赞扬“周老爷极是法眼，取在一等前列，都是有法则的老手”，从而讽刺二王笔下杂乱无章。这样的攻讦就彼此揭了“底”。

卫体善、随岑庵这两位制艺选家对同行马纯上极为嫉恨，攻击“他把个选事坏了”，说他“终日讲的是些杂学”，“于文章的理法”“全然不知”。事实上马纯上所选的《三科程墨持运》虽不如古书行时，但在杭州城隍庙附近书店中尚有“发卖”，而这两位“老选家选的文章”却未曾见在何处刊刻出来，可见卫、随两位“老选家”的水平更在马二之下，他们攻击马二“全然不知”只是暴露了自己更其愚昧无知。

相互胡吹乱捧，更是一种妙趣横生的讽刺。西湖名士集会、分韵赋诗，卫体善、随岑庵这两位“二十年的老选家”自视颇高，目空一切，众名士也如众星拱月地加以顶礼膜拜。岂知他们的诗作中居然出现“且夫”“尝谓”

的字面，连此时刚刚学会写诗的匡超人看来也并不甚佳，被吹捧者的“才气”既然如此，那么吹捧者的“才能”也就可想而知了。他们相互吹捧得越高，跌得越重，作者对他们也就贬得越低。有时作者又让他笔下的人物诚心诚意吹捧对方，却不料实实在在地戳痛别人的疮疤。

在万雪斋的宴席上，一些盐商争相夸美自己的家乡徽州，说“一切的东西是我们徽州出的好”，“不但东西出的好，就是人物也出在我们徽州”。正当吹嘘得极为热闹之际，清客牛玉圃也向主人献媚，凑趣地说：“雪翁，徽州有一位程明卿先生是相好的么?”岂料他一心一意想奉承万盐商，恰恰戳到“雪翁”不堪忍受的痛处，当众抖出万雪斋是程明卿“书童”的老底来。于是，一场相互吹捧的闹剧哑然收场，满座为之不欢，读者却为之捧腹、喷饭。吹捧者的主观意愿与吹捧后的客观效果极不和谐协调，作者予以逼真地描绘，就形成强烈的讽刺效果。

崇高的谈吐与卑污的行为。杜慎卿纳妾，偏偏要说是“为嗣续大计”；寻男色，又说是“独得情之正”。严贡生自我表彰“为人率真，在乡里之间，从不晓得占人寸丝半粟的便宜”，但却拦劫猪只，讹诈钱财，逼占弟妇财产，强赖船夫力资，刻剥家人奴仆，到处招摇撞骗，无所不为，无恶不作。秀水县差人口口声声说：“我们公门里好修行……怎肯坏这个良心?”却执定要敲诈蘧公孙“三二百两银子”。范进穿着“吉服”，却口称“先母见背，尊制丁忧”；不用“银镶杯箸”，却“在燕窝碗里拣了一个大虾元子送在嘴里”。作者如实地描绘出他们的言行不一，也就将他们的口是心非暴露无遗，有着强烈的讽刺效果。

回目的谴责与正文的嘲讽。《儒林外史》的回目是经过作者着意构制的，与正文的配合也是经过作者精心安排的。回目与正文两相映照起着多方面的作用，而强化讽刺效果也是其中重要的一项。

匡超人从乐清逃来杭州，结识了景兰江、赵雪斋这一批西湖名士，之后又去拜访他的恩人潘保正的房分兄弟、“现在布政司里充吏”的潘三，十九回回目就大书“匡超人幸得良朋”。作者宁愿把兜揽公事、私刻印章、买卖关节、广放私债的恶吏称为“良朋”，可见得他对西湖名士的憎恶更在恶吏之上，把他们贬低在恶吏之下。这样的回目也就极为有力地配合了正文，讽刺了那些假名士。

鲍文卿临死虽然叮嘱儿子廷玺不必等服满就娶一房媳妇，但作者对廷玺未能守制却极为不满，在二十六回回目中大书“鲍廷玺丧父娶妻”，大加斥责，但正文中却对此事没有正面抨击，只是描写廷玺的言谈行事逐渐不同于前，为人气质也渐渐变化，成为一个帮闲的清客；随着他的这一变化，作者的用语也就多含讥讽。

其他如四十七回正文中描写方盐商与权卖婆在尊经阁上不堪入目的丑态，予以辛辣的讥讽，回目则大书“方盐商大闹节孝祠”，用一“闹”字就将正文中的讽刺转化为回目中的谴责。回目与正文，相互掩映关照，烘托出否定人物的丑恶本质，从而强化讽刺效果。

前倨后恭与前恭后倨。这两种截然不同的态度正反映了封建社会中人与人之间世态炎凉的关系。吴敬梓极善于摄取前后不同的镜头来解剖和鞭笞那些势利小人的丑恶灵魂。

周进与范进，在发迹前受尽冷落，一旦中了进士飞黄腾达，不是亲的也来亲。秀才梅玖可以尽情地嘲弄、奚落老童生周进，可是对国子司业周进却要如神般地敬重。胡屠户可以痛骂秀才范进“尖嘴猴腮”，但对举人范进则必须恭而敬之地称呼“贤婿老爷”。

反之，在不明白对方身份或有求于对方时，先是诚恳恭敬，而后又倨傲无礼。牛浦郎初次见到牛玉圃，为他装模作样的气势所威慑，“作揖”“下跪”，认作“叔公”；跟随日久，渐知底细，就让他在其衣食主人万雪斋面前出丑，终被撵出万家，连清客也做不成。匡超人逃至杭州时，对潘自业也曾“作揖行礼”，“欢喜之极”，潘三则帮他攒钱成家。可是一旦匡二考取内廷教习，潘三事发入狱后，托人邀约匡二前来会一面“叙叙苦情”，他竟然毫不理会。

作者就是这样或描写出他们前倨后恭，或描写出他们前恭后倨的不同态度，表露了对这些势利小人的强烈憎恶，这种鲜明的变化也就极具讽刺意味。

当场出丑与逐步暴露。一个特写镜头，闪光似的将讽刺对象的丑恶形态和灵魂呈现出来，让他们当场出丑。这是作者在《儒林外史》中常常运用的一种讽刺手法。

西湖名士支剑峰吃得酩酊大醉，口中乱嘈嘈地嚷道：“谁不知我们西湖诗会的名士！”正当他手舞足蹈，高兴万分之际，前面却来了“盐捕公府”，立即叫人“采过他来”，“揿去”他冒充士人的方巾，“一条链子锁起来”。

秦中书的宴席上高朋满座，饮酒演戏，一片欢乐，“大门口忽然一棒锣声”，就在欢乐的宴席上，将假冒中书的万里“锁了出去”。

吴敬梓常常在他们兴头上浇下冷水，让他们显出原形。有时吴敬梓对他所要讽刺的对象，却只先轻描淡写地提上一两句，然后再像剥春笋似的层层剥露，逐步展现他们的丑恶本质。

对匡超人的讽刺是从他拜马二先生为“盟兄”开始的，当时他流落杭州摆摊拆字，马二先生帮他银子，送他衣服，赠他书籍，教他读书作文，让他回乡事亲尽孝。匡超人十分感激，“拜为盟兄”，心地忠厚的马纯上为之“大喜”。但其实，此时的匡二才二十二岁，而马纯上已补廪二十四年，无论从年岁、学问、恩情来看，匡二也应该拜他为师，但却只认为“盟兄”。作者此处只用一句话点出匡二为人“乖巧”，心性刻薄，然后再通过他的一系列表现，步步深入地暴露他的丑恶本质，最后竟然攻击起恩人马纯上来，说他“理法有余、才气不足”。

写胡三公子的吝啬，也是先淡淡地写一句，他将为祝寿者所设的宴席由“两席改作三席”，这就初步透露了他的悭吝性格，然后才写他因为“出名的悭吝”无人肯借地方让他饮酒作乐，买鸭子要看肉厚不厚，买肉包子又嫌价钱贵，吃剩的“骨头骨脑”还一齐装走。从而淋漓尽致地表现了他的吝啬性格。这两种手法各有千秋，却又都能曲尽其妙地达到讽刺目的。

客观事物与主观经验。吴敬梓还善于随意点染人物周围的有关事物，或者突出他们一己的生活经验，烘染、衬托人物的性格，取得强烈的讽刺效果。

周进见到广东贡院的“号板”，勾引起长年屡困场屋的积愤，一头撞在“号板”上，“不省人事”；范进考了二十余次，得到周进的识拔才中了举人，一见“报帖”，不禁由悲而喜，喜极而疯，“一跤跌倒”，也是“不省人事”。一喜一忧，一哭一疯，均由与科举有关的事物“号板”“报帖”引起。

鲁小姐闺房中，“晓妆台畔、刺绣床前”全摆了八股文章，其人的心愿、志趣不问而知。杨执中客座中对联是“三间东倒西歪屋，一个南腔北调人”，颇有名士腔，可是对联上又有一个“报帖”，上书“捷报贵府老爷杨讳允，钦选应天淮安府沭阳县儒学正堂”，却露出了“腐儒”气。这样的对联与报帖放在一起极为不伦不类，但却正表现了“老阿呆”不三不四的性格。

突出人物一己的狭隘经验，让他们根据自己的理解去吹嘘他们并不熟悉的事物，从而出尽“洋相”，也成为绝妙的讽刺。

五河县余殷为了吹捧乡绅彭老四如何有声势，与皇帝又如何亲近，居然说：“彭老四点了主考了，听见前日辞朝的时候，他一句话回的不好，朝廷把他身子拍了一下。”别人笑他缺少常识，他还红着脸强辩“然而不然”。

牛浦郎吹嘘他如何骑着驴了，一直骑到安东县董老爷的暖阁上“走得地板咯噔咯噔的一路响”；这与王太太吹嘘她当年嫁人王家的威风，四个家人婆娘“把头在地板上磕得扑通扑通的响”，有异曲同工之妙。

此外，如夏总甲、匡超人、汤六之流，都爱吹牛，也都是从一己之生活经验，吹嘘未见之排场，作者细细写来，读者却为之喷饭。

总之，《儒林外史》的讽刺手法极为丰富而多变化，绝不限于以上所举。鲁迅对它作了很高的评价，并且在自己的创作中也汲取它的某些讽刺手法，熔铸成具有不同时代特色的讽刺艺术。可见《儒林外史》的艺术讽刺，对后来的影响极为深远。

吴敬梓在《儒林外史》中，对本阶级一些士人的嘲讽和讥刺，其最终目的在于挽救。这是自来《儒林外史》的研究者、评论者所一致公认的。如闲斋老人在序《儒林外史》时就说：“善者，感发人之善心；恶者，惩创人之逸志。”金和在跋《儒林外史》中也认为作者之“苦心”在于“警世”。黄安谨在《儒林外史评》序中同样认为“作者之意为醒世计，非为骂世也”。东武惜红生在序该书时也说这部小说“如暮鼓晨钟，发人猛省”。邱炜萲更说《儒林外史》是一部“警世小说”（《客云庐小说话》）。这些见解都不失为正确可取。

讽刺作为形象构成的一项重要方法，就是要改正讽刺对象的一些缺陷。谢皮洛娃在总结了萨尔蒂科夫·谢德林等著名讽刺作家的创作经验后说：“讽刺乃是对生活的某些方面和现象的嘲笑，其目的在于改正或根除它们”（《文艺学概论》第七章）。

鲁迅更在对中外古今讽刺作品进行深入研究的基础上，作出十分精辟的论断，他说：“讽刺作者虽然大抵为被讽刺者所憎恨，但他却常常是善意的，他的讽刺，在希望他们改善，并非要捺这一群到水底里。”（《什么是“讽刺”?》）

从《儒林外史》的实际内容来看，也大致符合这样的论断。吴敬梓所嘲讽的大多是他本阶级的读书人，尽管作者的讽刺辛辣，鞭笞沉重，然而却并非将他们置之死地，而是希望他们能幡然悔悟，洗心革面。即如在作者看来是头等大事的祭祀泰伯祠，参与其事者就有被作者不同程度嘲讽过的人物，如热衷举业的马纯上、诸葛佑，马纯上甚至担任三献；假名士蘧来旬、景本蕙；风流恶少季萑、余夔；其余如书办恶吏金东崖，惯于趋附的郭铁笔，甚至被杜少卿斥为“下流无耻极矣”的“匪类”臧荼也厕身其间。由此可见，吴敬梓对他们的嘲讽，的确“恰如较有聪明才力的公子憎恨家里的没有出息子弟一样，是一家子里面的事”（鲁迅《关于小说题材的通讯》），流露出的是“恨铁不成钢”式的感情。

尽管如此，《儒林外史》的艺术讽刺对我们仍然有着很大的认识价值。鲁迅说得好：“……然而待到同群中有讽刺作者出现的时候，这一群却已是不可收拾，更非笔墨所能救了，所以这努力大抵是徒劳的，而且还适得其反，实际上不过表现了这一群的缺点以至恶德，而对于敌对的别一群，倒反成为有益。我想：从别一群看来，感受是和讽刺的那一群不同的，他们会觉得‘暴露’更多于‘讽刺’。”（《什么是“讽刺”?》）

的确，吴敬梓所创造的讽刺艺术，不仅可以提供我们作为发展讽刺艺术的借鉴，而且他的艺术讽刺对我们认识封建末世的社会现实也有价值，作者所力图挽救而予以嘲讽的人物，在我们看来都是一群没有前途的“不可收拾”的封建士子而已。作者对他们的讽刺，也并不能使他们有所感悟、有所奋发，刺之并不能救之，只不过“暴露”了他们必然没落的命运而已。

(二) 《儒林外史》的结构艺术

《儒林外史》的结构艺术也独具特色，然而有些研究者囿于某些西洋小说的概念，对它颇有微词，说什么“《儒林外史》之布局，不免松懈，盖作者初未决定写至几何人几何事而止也，故其书处处可住，亦处处不可住。处处可住者，事因人起，人随事灭故也；处处不可住者，灭之不尽，起自无端故也，此其弊在有枝而无干。何以明其然也？将谓其以人为干耶？则杜少卿一人不能绾束全书人物。将谓其以事为干耶？则‘势利’二字，亦不足以赅括全书事情，则无惑乎篇自为篇，段自为段矣”（《缺名笔记》）。

胡适在论及《儒林外史》的结构样式时，也有类似的见解，他说：“《儒林外史》没有布局，全是一段一段的短篇小品连缀起来的；拆开来，每段自成一篇，斗拢起来，可长至无穷。”（《五十年来中国文学》）

这些评价是极不允当的。鲁迅在有关著作中，曾对吴敬梓及其《儒林外史》作过许多深刻的分析，给予很高的评价。在论及《儒林外史》的结构艺术时，他虽然并不完全同意上述见解，对《儒林外史》的结构艺术给予一定的肯定，但也显然流露了一些贬意，如说“唯全书无主干，仅驱使各种人物，行列而来，事与其来俱起，亦与其去俱讫，虽云长篇，颇同短制”（《中国小说史略》）；认为这部作品仅“是断片的叙述，没有线索”（《中国小说的历史的变迁》）。

其实，认为没有贯串全书的主要人物、没有赅括全书的情节，就不能算作长篇小说，这仅仅是从一些外国长篇小说结构概括出来的见解，它不仅不能范围《儒林外史》，也并不能全面反映所有外国长篇小说的结构艺术。俄国批判现实主义作家契诃夫就说："《我的朋友们的生活故事》，我把它写成许多各自成篇的故事的形式，由情节、思想、人物等的共同性而互相紧密结合起来。每一篇故事都有一个单独的标题。不要以为这个长篇小说是由许多小块凑成的。不，它是真正的长篇小说，是一个整体，其中每一个人物都跟整个小说血肉相连，不能缺少。"（《契诃夫论文学》，《写给阿·谢·苏沃陵》）《儒林外史》的结构样式，不也正有着与此类似的特点么？

如前所述，《儒林外史》是一部反映清初知识分子生活面貌的长篇小说。作者通过对当时各种类型士人的描绘，从而揭露和抨击了封建末世的黑暗和弊端，并提出自己的社会理想，以及自己的理想在现实生活的冲击下，不断幻灭、不断发展的过程。它的结构样式就是为这样的创作意图和思想主题服务的。

从纵的看，在整部小说的情节发展中贯串着以下几条线索；知识分子中大部分人受到牢笼、毒害；个别人物受到迫害、镇压；还有一些正直的知识分子，在努力实践自己的社会理想过程中逐步感到幻灭。围绕着对知识分子生活遭遇的描写，作者又深入解剖了官场乃至整个社会：从科举出身的官吏，昏愦无能，贪婪凶残，使得吏治越发腐败、黑暗；受理学浸染的士人，口是心非，言行不一，使得社会风气更趋败坏、浇薄；官僚地主与盐商典当相互勾结，两者的势力彼此消长不已；作者对否定人物施以嘲讽，切盼他们改善；对肯定人物大力表彰，希望他们能挽救颓风，然而，他们先后都使作者失望了。作者不得不舍弃他们，而在现实社会中另行寻求新的理想人物。这几条线索或隐或现、时伏时起地贯串全部作品，从而反映了封建末世的真实景象，体现了作者的创作意图，表现了作品的思想主题。

从横的看，整部小说的结构，除楔子与尾声之外，可分成三大部分，作者将上述几条线索按照现实生活发展的实际情况，精心地分别主次，妥善地安排在这几个部分中。全书五十六回（据目今可见的最早刻本卧闲草堂本），浑然成一体。第一回通过"楔子"以"敷陈"创作大义，塑造"名流"王冕以"隐括"小说全文；然后又以最后一回"幽榜"回映"楔子"。卧本"楔子"回批语说"作者以史汉之才，作为稗官，观楔子一卷，全书之血脉经络，无不贯穿玲珑，真是不肯浪费笔墨"；"幽榜"回批语又说"一上谕、一奏疏、一祭文，三篇鼎峙，以结全部大书，缀以词句，如太史公自序。”这是以《史记》《汉书》的结构来比喻《儒林外史》。后来的一些评论家也都一再指出这一特色，如天僇生即认为《儒林外史》这类小说“其源出于太史公诸传”(《中国历代小说史论》)。换言之，作者是以开始的“楔子”揭示了小说的全部情节。危素、时仁与王冕这两类截然不同的知识分子，就是后来出现的许多士人的代表，七泖湖边三个不知姓名的客人的聚会，就提示了后来的三湖之会；王冕眼光中的社会动乱景象，也就是后来一些士人活动的社会背景。作者所描绘的“楔子”这幅画面，无异是整部小说情节的浓缩，是当时社会现实的缩影，尔后的正文，只不过是将这浓缩的情节逐步铺开，将现实的缩影徐徐舒展。

第一部分自第二回起到三十回止。主要描写出一群为科举牢笼、理学毒害的士人，以二进（周进、范进)、二王（王德、王仁)、二严（严大位、严大育）及汤奉、张静斋之流为代表，以莺脰湖、西子湖、莫愁湖三湖之会为中心，暴露了科场中举人、进士的愚昧无知和虚伪贪诈，嘲讽了江湖上名士、高人的攀附权贵和故作风雅。与此同时，在这一部分中也隐隐约约地表现了少数士人受到迫害的情景，这就是有关“钦犯”王惠的情节，这一情节在以下部分中有所补叙交代。围绕着这两条线索的发展，逐步展现了吏治的腐败、人民的困苦，以及在封建官僚统治下盐商典当势力逐步抬头的趋势。

第二部分自三十一回起到四十六回止。在这一部分中，作者描写的重点已转移到这样一些士人：他们不受八股制艺的牢笼，不独尊程朱理学的地位，宣扬自已的理想，并努力付诸实践，但最后终于破灭。沿着这一条线，作者着重写了三个中心：修祭泰伯祠、奏凯青枫城、送别三山门。围绕着这三个中心，塑造了一些真名士、真儒者的形象，如杜少卿、迟衡山、庄绍光、虞育德、萧云仙，等等。修祭泰伯祠，是他们倡导礼乐兵农理想的标志；奏凯青枫城，是他们实践礼乐兵农的努力；而送别三山门，则表明了他们礼乐兵农理想的破灭。从此以后，这批贤人、学者也就风流云散，漂泊各地去了。在这一部分中，作者的视野还从这三个中心逐步扩展开去，表现了社会各阶层的状况。

第三部分自四十七回起到五十五回止。如果说上一部分中杜少卿、虞育德、迟衡山、庄绍光、萧云仙等人是努力以倡导和实践礼乐兵农的理想来改变社会风气，那么这一部分中出现的为作者所肯定的人物虞华轩则只是“激而为怒”式地亲自上阵与“五河的风俗”搏斗。前面两个部分中的贿赂行为、暗通关节，到这一部分中发展为公开卖官鬻爵，“有了钱，就是官”。而盐商典当的招摇横豪、伤风败俗，较之前两部分更有过之而无不及。在这一部分中，寄寓着作者理想的泰伯祠，“壁上”早已积满“尘灰”，“乐器、祭器”也都全部被锁起来，无人问津。因而作者便自然而然地写出第五十五回“述往思来”，表示着一个旧时代的结束和预示着一个新时代的到来。显然，整部小说的结构是首尾一致、浑然一体的。

《儒林外史》的结构手法也极为丰富、巧妙，如同它的讽刺手法一样，也是值得充分肯定和认真研究的。

首先，由于这部小说是由众多的艺术形象来共同体现思想主题的，因而较之以一两个主要人物贯穿始终的长篇小说来，就更其重视各种人物的登场与退场。吴敬梓对此做了精心的设计。不同人物的登场与退场方式，充分表现了他们独特的性格，也显露了作者对他们或贬或褒的不同态度。

一些人物的登场是同气相求或趋附拉拢。前者如范进，他首次登场是参加院试，而主持院试的又是早年与他有着类似遭遇的周进，范进就是在周大人手中先后考取秀才、举人而进入宦途的。后者如“南海县光棍”张静斋，他是为了巴结新举人范进而初次登场的。

一些人物的登场是闲闲引入或突然闯进。前者如“老阿呆”杨执中的登场，是由邹吉甫与娄三、娄四两公子闲话时偶然提及，然后一步一步上场的。后者如张俊民的出场，是在“第一等贤人”权勿用被魏大人拿住“要将他审问时”，张俊民突然闯进场中，向魏大人说明权勿用是娄府“上客”，既解了权勿用的困境，自己也就此登台表演。

一些人物的登场是无意邂逅、臭味相投或故意作合、投其所好。前者如匡超人在逃往杭州的船上无意中遇到景兰江，两人求名心切，谈得非常投机，从此牵三搭四，勾出一串西湖名士来。后者如“美貌少年”季苇萧，原就是一个自命“清风明月常如此，才子佳人信有之”的风流俗物，他与另一个既爱男宠又恋女色的“对月伤怀，临风洒泪”风流才子杜慎卿结识以后，两人“极其投合”，他揣摩透了杜慎卿的心思，故意介绍神乐观来了一个“飘逸风流”的“男美”，煽起杜慎卿的情欲，终于寻见一个身材“肥胖”、“油晃晃”的黑脸，“两道重眉，一个大鼻子，满腮胡须”的道士来霞士。杜慎卿见到如此“男美”，“心里忍不住”，“拿衣袖掩着口笑”，而读者却为之捧腹大笑了。

有的人物是帮助亲友处断家务而登台，有的人物是见义勇为为人消灾而出场。前者如“铮铮有名”、见银眼开的“廪膳生员”王德、王仁，是为了解决严大老官与严二老官的纠纷开始登台演出。后者如鲍文卿的出场，是为了替“大才子、大名士”向鼎求情。这两种不同的登场方式，正表现了作者对这两类不同人物的爱憎。

另外，对于肯定人物的出场，作者更加着意安排，以期取得先声夺人的效果。他们或由正面人物先予介绍或由否定人物引而出之。前者如庄绍光的出场，先由杜少卿予以介绍；后者如萧云仙的初次“亮相”，是为了救援老和尚、弹打“贼头”赵大。前一种出场方式起了正面渲染的作用，后一种方式则产生了反面烘托的效果。

《儒林外史》中人物的退场方式，较之丰富多彩的登场方式来说要相对逊色，然而也并非全然一律、平庸呆板。在吴敬梓笔下，有的是寂寞无聊、悄然离去，有的是洁身自好，终老林下。前者如虞育德之离开南京三山门，后者如王冕之隐居在会稽山中。前一种方式反映了作者对原来理想的幻灭，后一种方式表露了作者对真正弃绝功名者的无限钦迟。

有的远祸全身、老死他乡，有的打瞎双眼、跌倒在地。前者如王惠避祸远走四川成都，最后客死异乡。后者如敢于“劫饷”的赵大，先在山东道上被萧昊轩打得抱头鼠窜，后又被昊轩之子萧云仙在四川打瞎双眼、跌倒在地。前者表现了作者对文字狱受害者的一定程度的同情，后者则表现了作者对武力反抗者的敌视，流露了地主阶级的封建意识。

但小说中大部分人物的退场总是不了了之。这又有两种情况：对于那些热衷制艺、追逐功名的科场中人物，作者对其中大部分人物进行嘲讽、鞭笞之后，随即放置一旁，不予理睬。这是因为作者生活的时代，正是清代初期恢复科举制度以后的鼎盛时期，一般士人依然在功名利禄的欲海中或遨游或挣扎，作者无法预示到他们的下场，只有略而不写。另一种情况是作为作者新的理想人物的“四客”，除了盖宽是被“人家出了八两银子束脩”请去教书以外，对季遐年、王太、荆元三人，作者以赞扬他们凭一技之长自食其力、自由自在不事权贵的性格以后，也随即搁置起来，对他们的下场不着一字，这正表现了作者对市井小民能否成为新的理想人物还有犹疑。

总之，作者对书中重要人物的进退场方式，都做了精心设计，表现了他的艺术匠心。

其次，《儒林外史》的照应手法也是值得称道的一种结构艺术。所谓照应，是指性质有些相通、表象有些类似的事件，在作品中反复出现，彼此补充，显示它们在区别之中的联系，从而更加突出事物的性质，起到强化思想主题的作用。吴敬梓运用这一手法极为成功。

再次，吴敬梓在安排和组织《儒林外史》的情节时，还大量运用了对比手法，使得画面更加鲜明、思想更为突出。对比又和讽刺艺术有关，因为讽刺就要求突出事物的矛盾，而突出矛盾的最有效的方法就是对比。对比作为一种艺术手法，就要求作家有高度的认识水平，能够分辨出客观事物之间以及客观事物本身各方面的差别和联系。只有这样，才能在创作中正确、娴熟地运用对比手法。吴敬梓在《儒林外史》中运用的对比手法极为绚丽多彩，无一不产生强烈的艺术效果。

从整个小说的结构来看，祭泰伯祠前后是一个对比：之前是以嘲讽否定人物为主，之后则是以赞扬肯定人物为主。

从人物形象来看，这部以士子为主要形象的作品，尽管作者笔下的这些士人性格不同、身份各异，但大体上分属两类：一类是受科举牢笼、理学毒害而醉心于功名利禄的士子，一类是坚持理想、不受统治阶级羁縻的比较正直的士人。这两类知识分子的思想情操、生活意趣处处形成对照，这又是一种对比。

从作者的理想看，在作品的主要部分所塑造的杜少卿、虞育德、迟衡山、萧云仙等正面人物形象中，寄寓着作者倡导礼乐兵农、讲究文行出处的理想；在小说的后一部分中却反映了作者先前理想的破灭，并重新在市井小民中去探寻新的理想。尽管这两种情况在作品中所占的篇幅很悬殊，但也是一种对比，从这一对比中让读者了解到作者世界观也随着情节的展开而不断发展。这些，都是作品整体结构的对比。

在具体情节的安排上，吴敬梓也运用了极为精彩的对比手法。例如反面人物的集会，在作者写来极其不同，三湖之会与祭泰伯祠和三山门送别，气氛就大不一样，这就形成对比。诸暨知县时仁邀约王冕与乐清知县李本瑛邀见匡超人，两者就不一样，前者为巴结老师危素，后者却是出自爱才心切，出发点大相径庭，写成文字也就成为对比。至于南昌前任蘧太守的“吟诗声、下棋声、唱曲声”换为新任王太守的“戥子声、算盘声、板子声”，也自然是一种对比。

不仅情节安排讲究对比，在刻画人物性格时也运用对比。鲍文卿之恭、向鼎之谦、严贡生之奢与严监生之吝，在对比中显得更为突出、鲜明。不同身份人物之间，作者也用对比，如学道周进的“绯袍金带”与童生范进的

“麻布直裰”，在这种对比中，更表现出科举制度之所以能够牢笼士人的缘故。

身份相同的人物之间也有对比，如高翰林与鲁编修。高翰林诋毁杜少卿，态度严峻而用语尖刻；鲁编修劝说娄公子，略寓责备而语气平和。这种种对比手法的运用，就使得人物性格具有个性，避免流于类型。

吴敬梓还经常将照应、对比这两种表现手法交织起来运用，取得更为突出的艺术效果。例如权勿用、万青云、沈琼枝、卢信侯下场颇有类似之处：权勿用是在二“娄”席上被乌程县的差人一条链子锁走的；万青云也是在秦中书宴席上被台州府的差人一条链子锁走的；沈琼枝是在杜少卿府上被县里差人捉走的；卢信侯是在庄绍光的花园中被中山王府发兵拿走的。这四个场面极为类似，先后出现于作品中，彼此有着照应作用。但权勿用、万青云是作者嘲讽的对象，而沈琼枝、卢信侯却不是作者抨击的人物。尽管他们的下场类似，但具体情节又不同，这就自然形成对比。权勿用、万青云被捉时，主人的表现或是洗刷自身，或是相互埋怨；而沈琼枝、卢信侯被拿时，主人或送程仪，或为打点。这两类主人和被捕者之间既有照应又有对比，作者写来各具特色，恰如其分，从而表现了对不同人物的不同态度。

另外，《儒林外史》的艺术结构中还有一些非情节成分。这种非情节成分实际上是作者的插话。插话形式在宋元话本和明代拟话本中就已存在，是当时说书人（作者）对他们所说（所写）的故事和人物表示的看法与评价，有褒有贬。吴敬梓继承了这一传统，于描写故事、刻画人物之外，将它作为一种辅助手段，以倾泻其爱憎感情。

总之，《儒林外史》虽然貌似短篇集锦，但实为长篇巨制，是一种创新的艺术结构，对后来谴责小说如《官场现形记》《二十年目睹之怪现状》等等，都产生了巨大的影响。同时，《儒林外史》丰富多彩的结构手法，同它的讽刺手法一样，为我们留下一份珍贵的、可资借鉴的遗产。

五 《儒林外史》的流传

《儒林外史》在吴敬梓生前已完稿，但它的刊刻却是在吴敬梓身后。程晋芳在《文木先生传》中说：“又仿唐人小说为《儒林外史》五十卷，穷极文士情态，人争传写之。”这就表明程晋芳作传时，尚无刻本行世。金和《儒林外史跋》则说：“是书为全椒金棕亭（兆燕）先生官扬州府教授时梓以行世。”金兆燕是吴敬梓表兄兼连襟金榘之子。他从乾隆三十三年（1768 年）起到四十四年（1779 年）止任扬州府学教授十二年。由此可以推知金兆燕的刻本大约成于此际。可惜这一刻本至今未曾发现。金和之母是吴敬梓族兄吴檠的女孙，金和也曾“出藏本与邑人薛时雨集资为笺注而梓行之”（《儒林外史跋》），这一刻本也未见流传。这对于我们了解《儒林外史》的原貌带来了一定的困难。因为程晋芳说“《儒林外史》五十卷”，以及金和所说“是书原本仅五十五卷”，这两种本子目前均未发现，所以无法做出明确的论断。

目前可见的最早刻本，则是嘉庆八年（1803 年）的卧闲草堂本，却作五十六回。此后嘉庆二十一年（1816 年）的艺古堂刻本、同治八年（1869 年）的群玉斋活字本及苏州书局活字本，均以卧本为祖本。其后还有同治十三年（1874 年）申报馆活字本以及齐省堂增订活字本（不是增补本）、光绪七年（1881 年）申报馆第二次活字本等，均为五十六回。新中国成立后，作家出版社于 1956 年出版的《儒林外史》删去最后“幽榜”一回，即成为五十五回本。1958 年以后人民文学出版社数次出版的《儒林外史》也是五十五回本。关于五十六回本中最后一回“幽榜”是否为他人所“妄增”，学术界还有不同意见。人民文学出版社 1984 年再版《儒林外史》时，已将“幽榜”一回作为附录印出。此外，光绪十四年（1888 年）还有一种增补齐省堂《儒林外史》六十回本出现，有东武惜红生的序言。东武惜红生即居世绅，所增四回文字可能出自他的手笔。这所增的四回从原四十三回插入，而将四十三回原来文字分割在四十三回上半回及四十七回下半回内。

据粗略统计，自嘉庆八年（1803 年）卧本问世以来二百多年内，《儒林外史》被刊印了数十次，由此可见它的流传极其广泛。1978 年吉林人民出版社还出版了仁钦忠乃和仁钦道尔吉的蒙古文译本《儒林外史》，说明这部小说不仅为汉族人民所热爱，也为兄弟民族所接受。

吴敬梓的成就具有世界意义，《儒林外史》与世界文学大师的杰作一样，也成为世界各国人民珍贵的精神财富，被译成英、法、德、俄、越、日、捷克、匈牙利等文字。世界各国的学者，对吴敬梓及其《儒林外史》都做了极高的评价，如德文译本的序言中说：“《儒林外史》被认为是中国古典文学中第一部伟大的讽刺作品，属于古代文学的杰作。过去诚然已有讽刺文学的萌芽，但它们却不能和这部作品同日而语。”法国拉鲁斯大百科全书第五卷称：“《儒林外史》是一部最优秀的讽刺小说。”美国大百科全书第六卷称：“《儒林外史》由一个个精彩的讽刺故事组成，它对后来的中国讽刺文学产生了极大的影响。”英国大百科全书第十卷称：“《儒林外史》是一部杰出的讽刺文学作品。这部小说以封建社会的一个浪荡公子为中心，把许多故事贯串起来，不论对故事情节和人物性格的描写，都远远超过了前人。”冈本隆三在日译本《儒林外史》的序言中说：“此书激烈地批判了当时举世狂热于学习八股文的丑态，以及必然由此而产生出无能的官吏与腐败，这些如何使得中国的社会形成为癌的情况，一一展现在读者面前。”俄译本序言更认为《儒林外史》“可以有充分根据地被称为作家的卓越天才的纪念碑，有权被认为是现时中国古典文学的光辉典范之一”。这些评论，已充分说明《儒林外史》以它杰出的思想性和艺术性得到世界的公认。

名家解读古典名著

世情讽喻小说（下）

解读《歧路灯》

杜贵晨　著

在我国古代小说史上，《歧路灯》是第一部也是唯一一部以教育为题材的白话长篇小说。自从它被挖掘整理出版以后，究竟该怎样看待这部和《红楼梦》同时代的作品，一时间议论纷纷。本书在以可靠的资料介绍了《歧路灯》的作者李绿园的时代、家世、生平及著作之后，多角度、多侧面地解读了它的成就与不足，同时分析、比较了它与《红楼梦》和《儒林外史》的异同，内容充实，语言活泼，通俗易懂。

一 血腥盛世——李绿园生活的时代

李绿园生活于清康熙、雍正、乾隆时期，他长寿的一生几乎与18世纪共始终。

清朝是在全国人民的血泊中建立起统一的极权统治的，“扬州十日”【顺治二年（1645年），清兵破扬州，于城中杀戮十日】、“嘉定三屠”【顺治二年（1645年），清兵在嘉定（今属上海市）进行了三次大屠杀】、“留头不留发，留发不留头”【清顺治元年（1644年）颁“剃发令”，违者处死，当时因有此说】等疯狂的杀戮，写下了历代封建王朝开国史上最黑暗的一页。此后的“康乾盛世”则继续了这一“脍炙人口的虐政”（鲁迅语）。

在残酷镇压农民起义等各种武装反清斗争的同时，尤其注重钳制舆论，镇压人民思想上的反抗。自顺治九年（1652年）明令禁止文人结社，以后屡次严申，雍正三年（1725年）更定例究查；自顺治十四年（1657年）“科场案”（这一年顺天、江南、河南三处科举考试皆有舞弊，事发兴大狱，处死主考官等甚众，株连治罪者颇多）、顺治十八年（1661年）“哭庙案”（苏州文人金圣叹等以给顺治送丧为名，哭临文庙，揭告贪官，被清廷处死）、“奏销案”（清廷以追欠钱粮为名惩治汉族士绅，褫革万余人，捕三千人）等以后，康、雍、乾三朝更迭兴大狱，尤以文字狱最为惨烈，如康熙二年（1663年）“《明史》案”，除庄廷鑨已死“焚其骨”外，杀七十余人，株连二百余人（一说七百家）。此外有沈天甫“逆诗”之狱，戴名世《南山集》之狱，雍正时汪景祺《西征随笔》之狱，吕留良、曾静之狱，谢济世注《大学》之狱等。据不完全的记载，乾隆六年（1741年）至五十三年（1788年）的四十八年间，各种文字狱有六十三起，杀人焚书几乎成了每年的常例，其酷虐更甚于康熙、雍正。此外，康、雍、乾三朝还多次特诏禁毁“淫词小说”。

与高压手段相辅的是麻痹、利诱、笼络、羁縻等怀柔措施。理学是宋儒掺和了佛教义理的新儒学，主张“明天理，去人欲”，非常合乎封建统治阶级麻痹人民的需要，清初诸帝都提倡不遗余力。康熙亲召理学家入宫讲习，刊印《性理精义》《性理大全》《朱子全书》等颁行全国。给理学家以高官厚禄，如李光地、汤斌、陆陇其等都是所谓“理学名臣”。清代又以功名富贵为诱饵，以八股文为手段，使天下读书人白首窗下，消磨于四书、八股文之间。同时开捐纳、保举之途，康熙、乾隆时还特设博学鸿词科，以名缰利索，四面网罗。康、雍、乾三朝先后集大批学者编辑了《古今图书集成》《四库全书》等大型类书丛书，还开局修撰《明史》。这些措施固然有利于典籍文化流传的一面，但清朝皇帝的本意却是为了加强统治，借以羁縻汉族文人名士，抽毁不利于清朝统治的书籍。例如乾隆一面诏求遗书，一面发布禁书令，仅乾隆三十九年（1774 年）至四十七年（1782 年）的八年间就焚书二十四次，一万三千八百六十二部。

高压政策使“前代文人受祸之酷，殆未有若清代之甚者，故雍、乾以来，志节之士，荡然无存”（柳诒征《中国文化史》)。而怀柔的手段似收到更多的效果，对于入清以后成长起来的知识分子尤其如此。他们没有明遗民学者文人对清朝的仇恨，又觉得读了书，不能没个官做，至少要靠读书所得以养亲糊口，所以大都入了理学和八股文的魔道，久而不闻其臭。即使有识之士，也往往“低首降心，知其不可而为之。”（袁枚《答袁惠缵孝廉书》，《小仓山房文集》卷十七）这两手政策的影响，从当时河南的几件事可以看出。

乾隆二十二年（1757 年)，夏邑附生段昌绪因收藏吴三桂檄文被杀，前江苏布政使彭家屏因藏明末野史赐自尽，引起河南藏书之家人人恐惧。河南古称中州，自宋元以来为“理学名区”。清初著名理学家孙奇逢先后讲学新安、辉县，造就了一大批理学门生，康熙时的“理学名臣”汤斌及理学家魏一鳌、耿介等就都是他的学生。影响所及，清代河南讲习理学的风气，一直非常浓郁。乾隆年间还出了一位被称为“中原名儒”的刘青芝，他是李绿园早年师事的前辈友人。

然而清朝统治者能暂时压制各种反抗，却不能防止自身的腐朽和堕落，更不能永远阻止历史前进的步伐。相反，“康乾盛世”表面成功却助长了统治阶级骄奢淫逸，并掩盖了深刻的危机。雍正用阴谋夺得帝位，屠杀兄弟，诛戮大臣，猜忌刻薄，刚戾自恣，是有清第一个暴君。乾隆则好大喜功，征战杀伐的“武功”一定要“十全”，“南巡”一定要六次。特别值得指出的是，自康熙五十一年（1712 年）诏定“盛世滋生人丁，永不加赋”之制，以后相沿未改，至乾隆五十五年（1790 年）七十八年间，全国人口由二千四百十七万骤至三万万零一百四十八万，增十二倍有奇，大大超过了缓慢的社会生产的发展。国库空虚，又挥霍无度；米价腾贵，官僚又乘机贪污盘剥。乾隆间军机大臣和珅一人就占田八千顷，家私估银十亿两。朝政败坏，以致“康熙元年以来，中外臣民愍不畏法”（《康雍乾时期城乡人民反抗斗争资料》，中华书局版第二页)，至乾隆中，“‘刁民’……往往聚众抗违，逞凶滋事。……动辄汹涌，甚至殴官伤役”（同上第七页）。据载，这一时期较小规模的农民起义有四十六起，较大规模的农民起义有四起，大多发生于乾隆年间（同上第四章），可见这一“盛世”是如何地从危机四伏向危机四起发展了。

不过，从整个封建社会的历史看来，康、雍、乾三朝还是一个相对安定的时期。那时社会矛盾在发生、积累乃至局部激化，却还没有大规模全面爆发，社会生产仍在缓慢发展中，农业、手工业、带有资本主义萌芽性质的城市工商业都有了长足的发展。从全国的情况看，南京、苏州、杭州、扬州、武昌等已成为工商业繁荣的大都市，城市工商业中雇佣劳动已相当普遍，例如“苏州机户，类多雇人工织，机户出（资）经营，机匠计工受值，原属相需，各无异议”（江苏省博物馆编《江苏省明清以来碑刻资料选集》第六页）。从《歧路灯》作者李绿园的家乡河南的情况看，经济的发展虽落后于南方，首府开封又曾在明末受过水患，但至乾隆年间各郡商业行馆仍呈现“星罗棋布，次第秩然”（阿思哈《重修相国寺并建行馆小记》）的景象。开封以南四十里的朱仙镇为当时全国四大镇之一，南北往输，商业最为繁盛。

雇佣劳动与自由贸易的迅速发展必然造成对封建制度的冲击，并影响到思想文化领域的变化。自清初顾炎武等提倡“经世致用”之学，抨击君主制，至乾隆中戴震直斥“后儒以理杀人”（《戴东原集·与某书》），提出“有人欲才有天理”，要“体民之情，遂民之欲”（《孟子字义疏证》）的主张，标志了思想文化领域里反封建专制的斗争一刻也没有停止。尽管这一脉进步思想在当时影响不大，但与经济领域里资本主义萌芽的发展相呼应，又值理学泛滥日久，弊端百出，故能动摇封建思想统治。康熙甚至发现理学家魏象枢、李光地等虚伪做作，当面斥责，普通有识之士就更可以对理学之弊表示不满和进行批评了。

康、雍、乾时期封建制度的危机还具体地表现为世家地主地位的动摇和败落。我国古代的封建制度是由封建家庭的宗法制放大而来的，封建家庭历来是封建国家的基础和细胞。封建国家是一姓之产业，皇帝以“孝”治天下；封建家庭则化家为国、移孝作忠。上下一致的宗法制关系维持了中国数千年的封建统治。但是，到了封建社会后期，这个统治的基础开始动摇解体，清代的状况尤为严重，突出表现为贵族和普通地主子弟的堕落。例如清朝建立不久的顺治末年，八旗子弟就已经不习武艺；康熙皇帝斥责太子允礽“举动不法祖德，不遵诲谕，唯肆恶虐众，暴戾淫乱，难以尽言，……岂可托祖宗之宏业!”不禁为之“痛哭仆地”（《清鉴》康熙四十七年）；大臣徐乾学的子弟在外招摇纳贿，争利害民；张鹏翮的子侄在外指名要钱，成了《水浒传》中所写的高衙内似的无赖。普通乡绅子弟也大都不事读书、生产，相率偷惰成风。李绿园写他几十年所见说：“近来浮浪子弟，添出几种怪异，如养鹰、供戏、斗鹌鹑、聚呼卢（即聚赌）等是。我生之初，不过见无赖之徒为之，今则俊丽后生，洁净书房，有此直为恒事。”（《家训谆言》，《歧路灯研究资料》，下引此书只注篇名，不注书名）许多世家地主因此败落。例如《儒林外史》的作者吴敬梓“袭父祖业，有二万余金；素不习治生，性复豪上，遇贫辄施，偕文士辈往还，饮酒歌呼穷日夜，不数年而产尽矣”（程晋芳《文木先生传》），成了封建家庭的叛逆；而更多的则生活糜烂，连人品也堕落了。诚如《红楼梦》中贾母所慨叹的：“如今的儿孙一代不如一代了。”

“兴废系乎时序，文变染乎世情。”（《文心雕龙·时序》）康、雍、乾三朝“外似升平，内实蛊坏”的虐政统治，使一代文学蒙上了浓重的阴影。学者为了远祸，而寄情考证，于故纸堆中讨生活；诗文作者多谀颂献媚，点缀升平，或为消遣应酬之作；小说戏剧则托古人古事，甚至要声明“无朝代可考”，“皆是称功颂德，眷眷无穷，实非别书之可比”。（《红楼梦》第一回）或者托之花妖狐魅，“料应厌作人间语，爱听秋坟鬼唱诗”，王士祯题《聊斋志异》的这两句诗曲折地道出了当时小说家为文字狱所迫的悲剧，同时也说明了一旦作“人间语”（描写现实生活）就很难从主观上超出封建文网的规范。

李绿园就是生活于这样一个时代的作家，他的《歧路灯》就诞生在这样一个政治和文化的氛围里，其成就与局限都与封建社会这个血腥盛世密切相关。

二　百年兴家——李绿园的家世与生平

李绿园，名海观，字孔堂，号绿园，晚年又号碧圃老人。祖籍新安（今河南省新安县），累世居住在县北北冶镇的马行沟村。

李绿园一世祖名李昂。昂生三子，长名守分；守分生三子，次名调元；调元生二子，长名玉琳，次名玉玠。玉琳是一个普通的秀才，弟兄耕读持家，稍丰裕，但一遇灾荒，便无力应付：

康熙辛未岁，大饥。玉琳兄弟方奉母就食四方，会洛阳会试，玉琳乃留试，遣弟玉玠负母赴南阳去矣。试竣，持七十钱星夜奔迹，抵南阳之梅林铺，音问渺然。值日将暮，计穷情急，乃坐道旁呼天大号曰：“我新安李某也，寻亲至此，已八百里，足茧囊竭，而亲不可得，独有死耳!”益大号。突有仓皇来前者，即玉玠也。玉玠已为土著延作塾师，坐间，忽心动，若有迫之者曰：“起！起！汝兄至矣。”急出户，闻号声乃前，与玉琳相持泣归。……

这是清乾隆间中州著名文人刘青芝所写《宝丰文学李君墓表》中的记载，刘青芝还据此另作有《李孝子传》。这个故事在清代广为流传，被载入地方志。

这个“寻母李孝子”就是李绿园的祖父，名玉琳，字雍州，号鹿峰。康熙辛未（1691年），李玉琳又从南阳流迁至鲁山县（今河南省鲁山县）的水牛屯，大约康熙癸未（四十二年，1703年）【据徐玉诺《歧路灯及李绿园先生遗事》（《歧路灯论丛二》收载）引李绿园《重修关壮缪祠碑记》】，移居临县宝丰的河岸李（村名）。也许因为是同姓又是孝子和读书人的缘故吧，河岸李姓家族热情收留了这位外乡人，还推荐他到附近鱼山的义学里教书，后又在村东南三里宋家寨的李姓庄园中划出一区赠给了他。从此，李玉琳遂在宋家寨安居下来，靠着教书维持一家人的生活。

李玉琳教书治经，对《春秋》颇有研究，著有《春秋文汇》，不传；他也能作诗，但传世仅《鱼齿山》一首，末联云：“满目沧桑堪惆怅，愁看山色碧层层。”大概一生不得志。他的重孙李于潢曾写诗追念，说他“当年穷经只伴僧”（《述先德自励诗》）。然而他却是绿园一家在宝丰奠定基业的第一人。李玉琳生卒年无考，大约在李绿园出生后某年去世，归葬新安祖茔。

李玉琳一子名甲，字尺山，号厚夫。这李甲即绿园的父亲，前引刘青芝《宝丰文学李君墓表》就是绿园葬父时请刘青芝所写的碑文，其叙李甲行状说：

及玉琳殁，仍归葬新安祖茔。宝距新六百里，文学君春秋霜露，祇荐频繁，历数十年不衍期。……母病腿疼，君常翼之行，雨雪则负之。……母重听，然喜闻里巷间好事，君坐卧指画，以色授母，母目之而省，时为颐解。其因时随事，委曲以博高堂之欢者，多此类也。

看来李甲也是一位秀才和孝子，他另外还做过些什么，我们就无从知道了。李甲生年不详，卒于乾隆戊辰（十三年，1748年），葬宝丰。

李氏一门寄籍宝丰、以孝相踵的家世，对《歧路灯》的构思和写作有重大影响。李绿园是李甲的独生儿子［据《新渑李氏族谱》。但刘青芝《宝丰文学李君墓表》中，有李甲临卒“忽招诸子至榻前”的话，栾星以为“绿园还有兄弟”。待考]。

康熙四十六年（1707年），李绿园生于宝丰县宋家寨（一说本年十二月初一日寅时生于鲁山之水牛屯，见徐玉诺《歧路灯及李绿园先生遗事》。此从栾星先生说），他六十九岁所作《宦途有感寄怀风穴上人》诗中有自注记及襁褓时事云：

余生弥月，先妣赠公（外祖母）抱之寺，师冷公和尚赐名“妙海”，实菩萨座下法派也。

李绿园名“海观”应是因此而来。《歧路灯》以“灯”命名，取义于佛教以“灯”喻佛法指明破暗的传统，说不定也与此有蛛丝马迹的联系。

宋家寨是一个风景优美、民风古朴的小村庄，在宝丰县城东南七里，北临滍水（今名沙河），西依鱼山，山上有寺，兼为地方上的义学，绿园幼年就曾在这义学里读书。“抱书此地童龄惯，坐数青山藉草茵。”（李绿园《立夏登村右鱼齿山》）这里的山水风物深深打动他幼小的心灵。特别是鱼山脚下汉墓前的石兽辟邪，引起童年绿园的无穷兴趣，偎依抚弄，与之结下了亲昵的情谊。

宋家寨北数里隔滍水有宋村，是南宋爱国将领牛皋大败金兵处，童年的绿园也曾随乡前辈登高远眺这片古战场；绿水青山，茅屋瓦灶，生活着终年辛劳的农民，他们厚道淳朴的天性，更给了童年绿园以深刻影响，赢得了他终生的好感、同情和尊敬。绿园还不止一次随父赴新安祭扫祖墓和探视族人，激起他在寄籍之乡光大门庭的愿望，可惜这些都无从考查了。

李绿园的祖父教书，绿园上学应是很早的。那时，读书是为了做官，绿园也走上了科举的道路。康熙五十八年（1719年），绿园十三岁，入城考秀才，住远亲李秋潭家，绿园晚年回忆道：

余十三龄，入城应童子试。先生（指李秋潭）于海观有瓜葛姻谊，遂主于其家。晨起，携余步北门认激水，反入七世同居坊，左入饭馆，各尽浆粥二器。盖先生素窭，惧晨炊之不佳也。尔时海观虽髫龄，颇微窥默识其意。（《李秋潭遗墨幅间题语》）

与一般文人自诩的早慧不同，李绿园自幼就敏感于贫寒家计的难处，从而长成后练达人情，勤于治生理家。他晚年所作《家训谆言》中说：“元儒云：儒者以治生为急。不知治生，必至贫而丧其守。知此，则史书所载，某某不事家人生产，不足为训也。”这与同时代吴敬梓“素不习治生”（程晋芳《文木先生传》）的趋向完全相反。李绿园十三岁那年大概没有考中秀才，但他中秀才的时间不会太晚。乾隆元年（1736 年）他应河南乡试，中了举人。这一年新皇帝即位，李绿园正值“而立”之岁，“仪观甚伟，风气非常”（刘青芝《李孔堂制义序》）。新科得中，壮志凌云，他有诗说：

君不见隆中名流拟管、乐，抱膝长吟志澹泊；又不见希文秀才襟浩落，早向民间寻忧乐。一旦操权邀主知，功垂青史光烁烁。男儿有志在勋业，何代曾无麒麟阁？……（《赠汝州屈敬止》）

这诗是他中举后一年写赠一位老迈孝廉的，诗中以诸葛亮、范仲淹（字希文）的功业与友人共勉，抒发的实际是自己跃跃欲试、建功立业的心情。

为了这出将入相的抱负，李绿园读书求学异常刻苦认真，他的《鱼齿山头远望》一诗写到早年读书的情况说：

我生僻隘乡，赋质颇不恶。架上遗蠹简，牵率强为索。茫然昧厥趣，扣槃而扪龠。偶而窥一二，据案自惊愕。迨自境迁后，所得竟无着。再读未见书，此怀复跃若。

在四书、八股之外一切书籍都被视为“杂览”的时代，李绿园这样博览群书，苦心求索，是难能可贵的。刘青芝《李孔堂制义序》称他是“有志斩伐俗学，力涸筋疲于茹古者也”，他写的八股文也“忧世之怀，壮行之志，殷殷时露行间”。但这样的读书为文，对于科第来说无异缘木求鱼，结果他一生没能考中进士。《歧路灯》写娄潜斋会试考卷中有讽刺皇帝的话而被黜；还写一位读书做了官的人，因不曾中过进士而终生遗憾，大概就寓有作者会试的经历和感慨。

然而举人已是衿绅了。李绿园中举后，除应会试外，居乡还应有许多的活动。但直到他五十岁出仕，我们约略知道的只是他在乾隆八年（1743 年）参与修纂《宝丰县志》，乾隆十三年（1748 年）葬父在家守孝，并于本年开始写作《歧路灯》。其他可注意的就是他已倾心于弥漫中州的理学，他于乾隆八年跋宋足发《性理粹言录》写道：

先生是编，实于圣贤为己工夫，煞曾体贴过来，故其萃集者，辞皆体要，而义已详该；诚学者座右之珍哉！

但他所珍的是“体贴过来”的理学，也就是《歧路灯》中反复称道的“真理学”。中举后他的家境也显然好了起来，已有了“十亩蔬园”（《夏日南园》），即他诗中数度咏赞的“南园”。“南园”可能又称为“绿意园”，他并因此自号“绿园”。

在读书中举和应会试的日子里，李绿园到过河南的许多地方，而开封和北京两地到的次数最多，大概因为开封是河南首府，而北京是会试必到的罢。这期间，他的交游也日渐广泛，由他的诗文和其他间接资料可以考知的就有李秋潭、王陈思、张问政、张仙、屈敬止、郭倜、宋足发、吕公溥、吕燕昭、李元章、刘青芝、刘伯仁等二十余人。

吕公溥字仁原，号寸田，新安人。一生不务科举，家藏书万卷，日以读书吟诗为事，有《寸田诗草》；袁枚为之作序，称“诗中雄伯”。吕燕昭字仲笃，又字中一，是吕公溥的侄子，乾隆举人，仕至江宁知府，亦能诗。吕公溥后来曾为《绿园诗钞》作序，《序》今存；吕燕昭是今知最早评阅《歧路灯》的人，称《歧路灯》“以左丘司马之笔，写布帛菽粟之文章。”（《乾隆庚子过录本〈歧路灯〉过录人题语》）

李元章，新安马行沟李绿园的族人，是一位风趣的板话诗人、通俗文艺家，后来经商致富，曾请李绿园教自己的儿孙读书。刘青芝字芳草，号实夫，晚号江村。宝丰邻县襄城人。青芝为清前期著名学者和古文家，康熙举人，雍正进士，选翰林院庶吉士，托病辞归。著书终身，长于传记。青芝可算作李绿园的前辈。他的儿子刘伯仁是绿园乡试的同年，所以绿园能师事刘青芝，过从甚密。上引吕燕昭评《歧路灯》所指出的特点，与刘青芝的影响有关。我们从李绿园的交游中找不到达官显宦，这大概因为他起家寒微而又不喜攀附的缘故吧。

乾隆二十一年（1256 年），李绿园五十岁，开始了他称之为“舟车海内”的生涯。这将近二十年的游历，显然是在外辗转做官。他以举人出仕，又无朝贵或封疆大吏做靠山，历任可能只是一些府州县衙的杂职，甚至坐冷板凳候补的日子也不会少，所以史志未见记载，他自己也囫囵称之曰“舟车海内”。从今存李绿园的诗文和他的友人少量有关的诗文看，李绿园的足迹遍及河南、河北、山东、北京、天津、湖北、四川、江西、江苏、浙江、贵州等地，“舟车海内”是不虚的，只是极少有关他仕历的线索。他有一首《开州署中苦雨》诗，末联云：“不获登城望，田间更何如?”好像开州现任官的口气，但史志上也找不到有关他在开州任职的记载。可以确认的是，他最后任贵州思南府印江县知县。郑士范《印江县志·官师志》载他于乾隆三十七年（1772 年）到任，“能兴利除弊，爱民如子，疾盗若仇”，是个贤能的“循吏”。李绿园自己也有诗记载这时做官的情况：“政简无忧案牍积，宦贫常虑酒杯空。”（《喜雨亭》）然而他在任仅一年左右就辞职归田了。

李绿园于乾隆三十八年（1773 年）“以病告归”（吕公溥《绿园诗钞

序》）。“告归”真正的原因是为事所迫，这可以从他本年所作的《宦途有感寄怀风穴上人二首》的第一首约略窥知。诗云：

竹筇扶步叩禅关，峰岭千层水一湾。祸不可撄聊远害（余以运铅之役，缺匮部项，几频于险），盗何妨作只偷闲。犹夸循吏频摇首，但号诗僧亦赧颜。易地皆然唐贾岛，两人踪迹一般般。

题下署“乾隆癸巳暮春印江署中作”，写此诗时归心已定，而尚未卸任，或正在办理离任中。从夹注可知，他决计辞归，是“运铅之役”中“几频于险”的影响所致。清代贵州是采铅重地，这里所谓“运铅之役”，即指当时贵州向外省及京师运铅的工役。路途险远，运量巨大，“每有坏船之患”，“沿途雇募船只，每多勒掯耽误之弊”（《清实录·高宗实录》卷一八五）。李绿园任职的印江县距离当时著名铅厂永兴不远，他到任不久就遇上了这件繁难的事，他虽久历官场，对这件事却并没有经验。可能正是碰上了“坏船”或“勒掯耽误之弊”，结果“缺匮部项”，也就是说，负责运送的铅遭到损失。他大概因此被责令赔补，宦囊倾尽，还可能搭上部分家资。他七十岁时有诗云“宦唯山水不曾贫”（《丙申今有轩梦余口占》），七十一岁时还去新安马行沟教书，都是“几频于险”的余波。没有革职问罪已是不幸中之大幸，所以他当时不敢“恋栈”官位而托病辞职了。

乾隆三十九年（1774年），李绿园六十八岁，经风尘波涛数千里而返抵家乡宝丰。二十年宦游，他没有变得恶浊，没有沾染官气，而“依然故吾，见之者不知其为官”（吕公溥《绿园诗钞序》）。乡居无事，检点宦囊，只有半世积腋成裘的诗文卷帙，使他感到格外亲切，引起他整理传世和进一步创作的欲望。

返乡后第二年，他的二儿子李蘧中了进士，分用为吏部主事。教子成名的喜悦，也加强了李绿园的自信。“老觉文章终有价”（《丙申今有轩梦余口占》），七十岁的老绿园如“老骥伏枥，志在千里”，整理旧作，再赋新篇，《歧路灯》的续写即从本年开始。第二年（乾隆四十一年，1776年）他大概因祭祖扫墓去了新安，被马行沟族人“邀之课子侄”（吕公溥《绿园诗钞序》），一住三年，教书之余，编定《绿园诗钞》，续写完《歧路灯》，还时往本邑的横山访旧友吕公溥，饮酒高会，诗文唱酬，“剧谈数晨夕，相乐无间”（同上），“酒后耳热，每自称通儒。”（道光《宝丰县志》本传）

乾隆四十四年（1779年），李绿园七十三岁，从新安撤帐归来，不久由次子李蘧迎养去了北京。四年后，仍归宝丰。徐玉诺据李家祠堂木主说李绿园

“乾隆五十五年庚戌（1790年）六月二十八日巳时寿终于米市胡同京邸，享年八十有四”（《歧路灯及李绿园先生遗事》，《歧路灯论丛二》）。如果这个记载不误，李绿园八十岁以后又去了北京，并死在那里。有人认为他死后寄厝北京，未归葬，但李蘧当时已是都察院监察御史，不会不归葬他的父亲，而且据杨淮《国朝中州诗钞》所记李蘧“庚戌丁艰家居”的话看来，李绿园死后还是归葬于宝丰的。

李绿园有四子，长子李葹，一生事迹不详，乾隆五十一年（1786年）客死于开封。次子李蘧，字卫多，号祉亭，乾隆乙未进士，历官吏部主事、都察院监察御史、工部给事中、江西督粮道等。三子李范，廪贡生。四子李葛，乾隆丁酉拔贡，工书法，历任四库全书誊录官、灵宝县教谕。四子中李蘧官最大，名最高，《宝丰县志》本传说他“置腴田四百亩，属从子经理，为祀先资。”看来也最富有。绿园孙辈十余人，第十一孙李于潢为道光年间中州著名诗人，为人放达不羁，有《方雅堂诗集》等传世。余无闻人。

自李玉琳逃荒离新安（1691年），迁宝丰，至李绿园逝世（1790年），李家历三世一百年。这一百年是清王朝由盛而衰的时期，却是李绿园一家由寒素至于富贵的时期，李绿园是光大门庭的关键人物。与吴敬梓、曹雪芹的从大富大贵落到一贫如洗相反，李绿园是踏着现实的台阶步步登高的。“曾经阔气的要复古，正在阔气的要保持现状”（鲁迅《而已集·小杂感》），李绿园大致属于“要保持现状”的人。

三　文章有价——李绿园的诗文和《歧路灯》的创作

“老觉文章终有价，宦唯山水不曾贫。”（《丙申今有轩梦余口占》）这两句诗是李绿园晚年回首平生的感慨，其中有不能入“麒麟阁”的遗憾，也不无赋闲循吏的自慰，但其中心意思却是对自己文学成就的自负。是的，李绿园留下了丰富的文学遗产，他是我国封建社会晚期一位杰出的文学家。

今知李绿园的著作，除《歧路灯》外，有《李孔堂制义》《绿园文集》《绿园诗钞》《拾捃录》《家训谆言》《东郭传奇》《四谈》《破山斧》等八种。《李孔堂制义》是李绿园早年应试所作八股文的结集，今佚，仅存刘青芝所作的序。《绿园文集》亦佚，栾星《李绿园诗文辑佚》卷之三辑文数篇，有的可能出自此书。《绿园诗钞》散佚，今人共辑得一百零二首；《拾捃录》或又名《拾瀋集》，记遗事轶闻、民间传说、文坛掌故，杂以考订，是李绿园平日读书和见闻的札记，《宝丰县志·李绿园传》说他“性沉潜好学，读书有得，及凡所阅历，辄录记成帙”，指的就是这部书。《家训谆言》今存，说他平日“每以明趋向、重交游训诫子弟”，这部书可作为《歧路灯》的注脚。《东郭传奇》系戏曲。据读过此书残本的徐玉诺说：“唯先生不谙填词，调极简单；但词白尖俏挖苦，可与傅青主《骄其妻妾曲》比美。”（《徐玉诺《歧路灯及李绿园先生遗事》）看来是演《孟子》“齐人有一妻一妾”章故事的。《四谈》包括《谈大学》《谈中庸》《谈文》《谈诗》，“豫西一带塾师喜为传抄演唱”（同上），是以讲唱形式介绍典籍的通俗读物。《破山斧》仅知书名，此书连同《东郭传奇》《四谈》二书虽均不见正式著录，但都曾经新文学家、河南诗人徐玉诺的目验。李绿园在《歧路灯》中多次写到后辈子孙刻印“祖宗诗文”，似有自己的著作不被后世珍视的隐忧，现在他的著作确实也大半失传，可见可论的只有少量的诗文和一部完整的《歧路灯》了。

李绿园少壮时“志在勋业”，以“通儒”自期，“沉潜好学”，“在官不废吟咏”（《中州先哲传·李绿园传》），有“诗僧”的谑号。他晚年居新安编定诗集，曾请吕公溥为之作序。《序》中说：

绿园既去，余展而与三侄中一共读之，二十日乃竟。集中诸体，多爽劲流利。《读史》二十三首，论断严确，可以论世。《说黔》三十首，物理人情，体验入微，可备职方之采。至于黔蜀之篼篴，吴楚之帆棹，齐鲁幽燕游历诸作，亦多大力磐礴，神与俱流。而其与友朋生死离别之际，拳拳恳恳，三致意焉。绿园其有情人哉！噫!远官数千里外，日手一篇于蛮烟瘴雨中，卒全其诸生之本来面目以归。归来依然故吾，见之者不知其为官，其胸中原自有不容已之情，故发而为诗，自有真诗，工不工非所计也。然其尤佳者，固又未尝不工也。

“读之，二十日乃竟”，可见《绿园诗钞》收诗数量之多。从序文对“诸体”的介绍可知，《绿园诗钞》的题材不外咏史、纪游和赠答应酬之类，而内容质实，风格朴茂有力。可惜全书散佚，今栾星《李绿园诗文辑佚》录五十三题九十四首、《李绿园诗文辑佚再跋》录七题七首，徐玉诺《歧路灯及李绿园先生遗事》录《阅阮园海〈燕子笺〉题其后》一首，共得一百零二首，吉光片羽，亦弥足珍贵。

这一百零二首诗中，咏史及纪古迹名胜的约有三十余首。《辟邪歌》和《读史二十四首》的“伊尹生空桑”“欧阳五代史”“和议误南宋”“嘉靖大礼狱”“红丸一案不须疑”诸篇，有一定价值。诗的某些论断在《歧路灯》里也有所表现。如第九回“柏永龄明君臣大义”一节表现的正是“嘉靖大礼狱”诗的见解，二者可以对看。但这类题材的诗多数观点陈腐，教忠教孝，有的甚至赞美秦始皇“焚书坑儒”的暴政为“古来荒秽一扫除”，并为其“搜罗未尽”而遗憾。这在清政府日以焚书杀人为务的时代，真有点助纣为虐的嫌疑。《集陶八首》《禽言六首》为闲适之作，辞意平平。存诗中写得最好的是一部分吟咏风土人情和即景抒怀的作品，例如《京邸庚伏，偶忆家中农况，无由睹也，为绘六绝句，示宋受徽》组诗：

村　叟

皤然两鬓背生斑，因饲疲牛守阜间。
儿辈极知农务急，尚嗔痴少肯偷闲。

村　妪

手拈团线坐蓬门，膝边席地睡弱孙。
只恐醒来啼索乳，喃喃附耳细温存。

村　丁

顶笠挥锄臂半裎，剔除稂莠护嘉茎。
今春社北逢村赛，学得新伶一两声。

村　妇

陇畔禾垂小路叉，笋篮盛饼缶盛茶。
馌妇阿嫂饶闲趣，携赠小姑野草花。

村　童

碧水溪头绿柳坡，群儿斗草衬新蓑。
急呼黄犊申严嘱，休啮南边豆半科。

村　姑

短发新梳自觉妍，笑呼阿哥近门前：
东家妹妹新衫好，侬有昨朝卖茧钱。

这些诗为各色村农写照，形象生动，意蕴淳厚，于赞美中流露出对农民辛劳的同情，如果不是对农民有较深了解和感情的作者，是写不出来的。又如：

鱼山看残雪

雪融三日后，聚散欲平分。
铺坂疑垂瀑，蛰坳讶断云。
鸟留飞白体，叶落贴黄文。
试看畦町地，羊欣几幅裙。

横山借书

石滩桥断隔清渠，借得邻翁健步驴。
老仆无心成画意，为添驼背一囊书。

前者极写一个“残”字，后者突出一个“书”字，都诗中有画，富于情趣。其他如五言“万山争落日，一壑束长风。”“旅榻鸡频催，西山月半痕。”皆为佳句（《中州诗征》卷十四）。但李绿园写诗以“道性情，裨名教”（《绿园诗钞自序》）自任，总的看来，格调近腐，缺乏抗争精神，所以成就不高，其现存诗作主要是作为研究《歧路灯》一书知人论世的资料而已。

李绿园的文章仅存《性理粹言录跋语》《宝丰宋村宋统制牛伯远祠碑记》《绿园诗钞自序》（残篇）、《歧路灯自序》《李秋潭遗墨幅间题语》等五篇，已难全面了解他在文章方面的成就。

幸存的一残一全的两篇自序是研究李绿园文学观点的珍贵资料。《绿园诗钞自序》论诗云：“诗以道性情，裨名教，凡无当于三百之旨者，费辞也。”又云：“唯其于伦常上立得足，方能于文藻间张得口。”这种封建正统的诗文观，有关心现实和主张写实的积极的一面，但根本上是落后保守的。《歧路灯自序》论小说则更为陈腐之见，他提出《三国演义》“幼学不可阅”，《水浒传》“流毒草野，酿祸国家”，《金瓶梅》是“诲淫之书”，《西游记》“幻而张之”“惑世诬民”，把当时称为“四大奇书”的几部古典小说名著都否定了。同时又写道：

余尝谓唐人小说，元人院本，为后世风俗之大蛊。偶阅阙里孔云亭《桃花扇》、丰润董恒岩《芝龛记》，以及近今周韵亭之《悯烈记》，喟然叹曰：吾故谓填词家当有是也。借科诨排场间，写出忠孝节烈，而善者自卓千古，丑者难保一身，使人读之为轩然笑，为潸然泪，即樵夫牧子厨妇爨婢，皆感动于不容已。以视王实甫《西厢》、阮园海《燕子笺》等出，皆桑濮也，讵可暂注目哉!因仿此意为撰《歧路灯》一册，田父所乐观，闺阁所愿闻。子朱子曰：善者可以发人之善心，恶者可以惩创人之逸志。友人皆谓于纲常彝伦间，煞有发明。

这篇《歧路灯自序》表明，宣扬忠孝节烈是李绿园小说观的核心。这一创作宗旨在《歧路灯》中亦多有反映。然而，从《歧路灯》的实际创作情况来看，李绿园对“四大奇书”等名著不仅多次读过，而且也有所研究和借鉴。他公开声明的文学观与内心实际的认识有一定差距，他主观的意图与创作实践有较大矛盾。例如他反对“幻而张之”，但当《歧路灯自序》说到《歧路灯》的创作时，他又赶紧声明这是“空中楼阁，毫无依傍”，“至于姓氏，或与海内贤达偶尔雷同，绝非影射。若谓有心含沙，自应堕入拔舌地狱”，不惜设誓赌咒说是虚构的。所以，他并非一概反对艺术虚构。总之，他的文学主张是内容上载道，然而是道其所自道；艺术上写实，然而是非幻非真的写实，从而决定了《歧路灯》的创作基本上是现实主义的。

关于《歧路灯》的创作过程，我们今天知道得很少。《歧路灯自序》中说：“盖阅三十岁以迨于今而始成书。前半笔意绵密，中以舟车海内，辍笔者二十年。后半笔意不逮前茅，识者谅我桑榆可也。”《歧路灯自序》写于乾隆丁酉即乾隆四十二年（1777 年），上推三十年为乾隆十三年（1748 年），当时李绿园四十二岁，正当葬父守制的期间。栾星《李绿园传》说：

守制家居，一方面有的是裕暇，一方面科名仕途淹滞，遂寄情寓志于笔墨。这是可以理解的事。先于此，绿园正锐意于礼部会试，仆仆风尘于豫冀道途，像这样大部头的著作，他不会执笔，也没有裕暇执笔；以小说的题材及绿园严格而固执的写实态度而论，也必待人到中年，对世态人情有一番深入阅历之后，只有到此时，才可能执笔。小说开篇第一回，写谭忠弼“念先泽千里伸孝思，虑后裔一掌寓慈情”，也正符合绿园丁艰守制时的心情。

这个分析是很精辟的。进一步说，《歧路灯》写谭家祖籍丹徒、寄籍祥符，丹徒的谭绍衣援引了祥符的族弟谭绍闻，这个构思也是与李绿园父死丁艰而不免想到自己家世的心情有关的。

李绿园写作《歧路灯》态度严肃而认真，付出了艰苦的努力。“漫嫌小说没关系，写出纯臣样子来”（第三十六回），他是把小说当作“迩之事父，远之事君”（《论语·阳货》）的“劝世文”（第七十一回）来写的。为此，他心存“著述家忠厚之意”（第一百回），常常“为贤者讳，不忍详述了”（第八十一回），一涉及男女私情，就声明“不敢蹈小说家窠臼”（第一百零八回），“草了一回又一回，矫揉何敢效《瓶梅》”（第五十八回），却又要使“田父所乐观，闺阁所愿闻”，在奇正雅俗间斟酌用笔，颇费了一番心血。第九十回写程嵩淑称赞苏霖臣说：“前日你送我这部书，方晓得你存心淑世，暗地用功，约略有二十年矣。一部《孝经》，你都著成通俗浅近的话头，……为妇稚所共喻，这却是难得的。”这番话实际是李绿园借书中人物之口自述创作的甘苦。

至乾隆二十一年（1756 年）李绿园五十岁出仕，《歧路灯》已写作了八年，完成了大约前八十回，随后“舟车海内”，不得不停下来。作者自云从此“辍笔者二十年”，但我很疑心他在这二十年中是否完全放弃了《歧路灯》的写作。第五十六回写塾师智周万被诬以淫欲之事辞馆，作者很有感慨地写道：“智周万则有我偌大年纪，焉有这事，此等语岂非下乘哉!”书中智周万是“年逾五旬”，作者写这段话时也应在五十开外。那么，这段话极可能是作者在“舟车海内”的宦游期间，暇时翻检旧稿而补缀上去的。但李绿园终于未能在宦游中续写完《歧路灯》。所以，当李绿园开始撰写《歧路灯》时，吴敬梓的《儒林外史》还在写作中；当《歧路灯》写至三分之二时，曹雪芹的《红楼梦》才开始动笔，而等到李绿园辞官回河南续写《歧路灯》时，吴、曹这两部大著作都早已问世流传了。

乾隆三十九年（1774 年），李绿园辞官返抵家乡。“官去已抛滋蔓事”（《怀宓轩捡携来签帙》，余暇多了，而且出将入相的希望最后破灭了，于是“老觉文章终有价”，他的创作热情重新高涨。大约归田后的第二年，李绿园开始续写《歧路灯》，后来到新安马行沟，一边教书，一边撰写，至乾隆四十二年（1777 年）八月全书脱稿，前后共历三十个春秋，而实际写作的时间合计约有十年。由于李绿园晚年精力不大如以往，而且经过了二十年“舟车海内”的世事挫磨，仁恕的思想加重了，续写部分又是正面文章，大团圆的结局是既定的，所以无论情节、人物都写得比较草率。“洞房花烛”“金榜题名”的俗套不必说，连“掘地得金”“冤鬼拾卷”的奇谈都用上了。作者自己也觉得“不逮前茅”，承认心有余而力不足。

乾隆四十二年（1777 年），李绿园在新安教书期间续写完《歧路灯》，接着辑录平日训诫子弟的谈话，写成了《家训谆言》。《家训谆言》全书共八十一条，是一部封建时代治身理家的格言集，内容包括读书治产、处家交游、行止坐卧、穿衣吃饭等。其中自然少不了迂腐的说教，如“幼年子弟到人前，第一要恭敬简默”“福善祸淫，载于史册，见于眼前者，几如印版一般”等，都是道学家声口。但有些话还是可以启人心智的，例如：

古云：“栽花不如种树”，则种树尚矣!所谓十年之计树木是也。春日暇时，墙边隙地，或栽杨柳以备材用，或栽果实以供孝慈，用力甚少而成功甚多，不可忽也。

子弟不必吃烟，妇女尤宜戒之。与其惧火灾、劳手足而自悔，则何不于甫入口时，乘其涩辣呕吐之苦而预为之戒乎？

人家败堕之由，除吃酒赌博外，尚有八个字，足以耗散储蓄：一曰“不好意思”，一曰“还不妨事”。夫“不好意思”之事，必非一定该用之钱；“还不妨事”之言，正古人所云“才说无妨定有妨”之谓也。

这些阅历之言，今天读来也不失鉴诫的意义。

《家训谆言》成书后没有单独流行，而是被作为《歧路灯》的附录和注脚面世的。乾隆庚子过录本《歧路灯》卷首附原过录人题语说：

学者欲读《歧路灯》，先读《家训谆言》，便知此部书籍，发聋振聩，训人不浅，非时下闲书所可等论也。故冠之于首。

今天看来，《家训谆言》是研究《歧路灯》的重要资料。由于它的意旨大都在《歧路灯》中或正或反地写到了，所以它虽是《歧路灯》创作的余波，而在一定意义上，却可以作为《歧路灯》的写作纲领来读。

四　灯火阑珊——《歧路灯》的故事和主题

《歧路灯》全书一百零八回，写一个乡宦子弟败家辱身，又回头向善、复兴家业的故事。

明代嘉靖年间，河南祥符县萧墙街有一家人，姓谭，祖上原是江南丹徒人，做官卒于河南，至今五世，俱是书香相继，列名胶庠。主人谭忠弼，字孝移，拔贡生，端方耿直，学问醇正，相处也都是些极正经有学业的朋友。孝移自幼娶周孝廉的女儿，不幸早卒。续弦王氏，生一子乳名端福，夫妇甚是珍爱。端福七岁，父亲口授《论语》《孝经》，已大半成诵。

一日，孝移收到祖籍丹徒族侄谭绍衣家书，方知是丹徒谋修族谱，遂南归丹徒，祭祖修谱已毕，孝移思家情切，念子意深，便一心要回去。谭绍衣苦留不住，遣人送至河南交界。孝移晓行夜宿，到家已是上灯多时，端福还在邻家玩耍，不免心中烦忧，便打算延师教子。他请到端方正直博雅的好友娄潜斋做了儿子的塾师。端福拜师之日，父亲为之取学名绍闻。谭绍闻与娄潜斋的儿子娄朴、外表兄王隆吉共读于碧草轩。娄潜斋教导有方，三个聪明的学生读书上进，每日咿唔之声不绝。孝移心中喜欢，不久又为儿子聘定副榜孔耘轩之女慧娘为妻，诸事遂心。不久县学保举谭孝移贤良方正，入京选官；娄潜斋也随后中举，入京会试。王氏请了劣等秀才侯冠玉继任西席。这侯秀才算命卜卦，赌博看戏，放纵学生玩耍。王隆吉辍学随父经商。谭绍闻无人管束，随先生赶会玩景，乐得快活。仆人王中看了着急，却也无可奈何。

谭孝移在京候选，看到朝政日非，又忧虑家中教子之事，面君之后，便递了告病呈子，部批“患病回籍”。娄潜斋也因会试卷子中有讽谕皇帝的话被黜。谭、娄二人便相偕南归。孝移到家，见侯冠玉情态，知他用《西厢记》《金瓶梅》教儿子，又见端福神情俗了，心中闷闷，加以车马劳顿，竟真的病倒在床。王氏请了庸医董橘泉、姚杏庵和巫婆赵大娘先后来医，结果把谭孝移一个可治之症，弄到不可救药。孝移临终，遗命儿子“用心读书，亲近正人”，并说道：“好儿呀，你只守住这八个字，纵不能光宗耀祖，也不至覆家败门；纵不能兴家立业，也不至弃家荡产。”又遍嘱挚友娄潜斋、亲家孔耘轩、仆人王中，一痛而亡。

谭绍闻没了父亲，塾师侯冠玉偷懒放纵，母亲王氏溺爱不明，就渐渐丢了书本，整日耽于玩耍，因放火箭，崩了手掌，烧坏衣裳，还焚毁了两间草房；又买画眉，王中苦劝不止。转眼三年，谭绍闻丧期已满，二八年华，可惜不曾添上什么学问，倒学了些沾风惹草，东游西荡。父执辈正言教诲，侯冠玉诿过弟子，惹恼王氏，即将侯冠玉开发了。此时娄朴已中了秀才，谭绍闻自觉相形见绌，加以前辈教训，也有点触动天良。不料外兄王隆吉经商结交上前布政使公子盛希侨，邀谭绍闻结拜了干兄弟。那盛希侨“是一把天火，自家的要烧个罄尽，近他的也要烧个少皮没毛。”还有一个匪类绰号“兔儿丝”的夏逢若，也来续盟，做了“四弟”，缠定谭绍闻酗酒、赌博、狎妓，在外迷恋的不止一个土娼妓女，赌输三十千，又输一百五十两。岳父孔耘轩听说，腹中暗自沉泪，邀孝移生前好友程嵩淑同来规劝，被夏逢若酒后一番邪说，弄得谭绍闻“把砒霜话当饴糖吃在肚里”。值王中生病，账房阎楷回家，谭绍闻于是在家中养了一个戏班子，大把送钱使用；张家祠狎妓赌博，一夜输钱八十余串。他为了还赌债，装死吓唬母亲，然而平明醒来，心中也觉懊悔，对母亲和王中表示要改过自新。

赌徒张绳祖使夏逢若来勾引谭绍闻。绍闻初不想去，但想到妓女红玉，便道：“只去这一遭，安慰了红玉，往后我就再不能去了。”这一去又输了一百四十串钱。王氏张罗为绍闻娶孔慧娘过门，又纳婢女冰梅为妾。婚事大操大办，欠债二千两，只好借债还债。谭绍闻妻贤妾娇，有了儿子，却又勾搭上寄居家中的皮匠之妻，被皮匠捉奸诈钱。孔慧娘忧夫成疾。王中以老主人的遗嘱直言相劝，反被谭绍闻逐出家门。谭绍闻又滥交匪类白兴吾、王紫泥、管贻安等，狂嫖滥赌，夜以继日，偶尔竟赢了一百两银子，满心喜悦，夸耀于母亲。慧娘、冰梅乘绍闻高兴，于闺中置酒小酌，软语匡夫，居然说动谭绍闻召回王中，收心读书，一连半月不曾出门。夏逢若几番勾引，绍闻都正言拒绝。

孔耘轩为女婿谭绍闻请了绰号“惠圣人”的三等秀才惠养民做教师，县学小考，谭绍闻居然还取了个童生案首。

破落宦家子弟张绳祖收买范尼姑，将正在苦读的谭绍闻骗至地藏庵赌博，一下输掉四百九十三两银子。为了躲这笔赌债，谭绍闻弃家出逃，吃尽苦头，回家后，仍被张绳祖逼债，告到县衙。幸好知县程公是一位廉能的官员，惩治恶徒，宽释了谭绍闻。由于谭绍闻误了考试，耽搁了功名，妻子孔慧娘气恼，病重而亡。

谭绍闻只好割产还债。新发财主巫凤山托绍闻的舅舅王春宇来提亲，绍闻便娶了巫家的女儿翠姐做了填房，这原是旧日提过，谭孝移不曾应允的。谭绍闻成了巫家的女婿，又认识了巴庚、钱可仰、窦又桂一帮赌徒。窦又桂因赌输钱，又被父亲责打，悬梁自尽。谭绍闻成了聚赌逼死人命的案犯之一，就借了近六百两银子，由夏逢若托邓三变行贿，方才大事化小，小事化了。夏逢若从中得了数百银两的好处，却成了谭绍闻的恩人，公然入谭宅内楼昂昂而坐，被王中当面斥骂。谭绍闻听了巫翠姐的挑唆，又将王中赶出家门。王中携了妻子赵大儿去南园居住种菜，一片纯臣事君般的心思，准备着将来继续为少主人尽力。

谭绍闻仍出入赌场，一日赢了一对赤金镯儿；翠姐得了，大为喜欢，撺掇绍闻再去赢一对银镯。不料那金镯是大盗赵天洪的赃物，谭绍闻牵连入了捕房。王中闻讯，联络了孔耘轩、张类村、程嵩淑、娄朴等一班绅士生员入衙保释。众乡绅赏识王中行事，“虽古纯臣事君，不过如此”。程嵩淑又为谭绍闻请了博古通今、满腹经纶的智周万为师。谭绍闻也发誓痛改前非，专心读书。

一班匪类仍想方设法勾引谭绍闻出来聚赌。他们造谣污蔑，逼走了智周万。对他们的引诱，谭绍闻初时拒绝，渐渐把持不住。随后谭绍闻在夏逢若家又遇上了刁蛮的赌棍虎镇邦，输银八百两，因无法还赌债，便寻死自缢，被仆人救活。他对家人不禁泪流满面，良心发现。

为了还赌债，谭绍闻托表兄王隆吉借银四百两。因虎镇邦外出，即暂用此银安葬父亲。葬事完毕，谭绍闻聆听娄师伯教诲，本要痛改前非，无奈虎镇邦前来逼讨赌债，便用了夏逢若的主意，在家伙同虎、夏开起赌场。赌场暴露，虎镇邦、夏逢若俱被拘责。谭绍闻暗中使钱买通县衙师爷，仅受了扑刑，然而家中已是债台高筑，难以维持。这时，谭绍闻忽然想起娄潜斋老师已中进士，做了济宁的知州，便前往济宁，一来打抽丰，二来避债。谭绍闻在济宁住了一月，受了老师娄潜斋的不少教诲和师兄娄朴的许多熏陶，还得了二百五十两银子的馈赠。他在回家的路上，被人设局劫掠，险些丢掉性命，幸而保全了银两。

谭绍闻回到家中，因随夏逢若逛城隍庙，中了道士的邪说，请来家中烧炼金银，反被道士拐走二百余两。又听信夏逢若的教唆，欲私铸铜钱，被冰梅婉转劝阻；王中回宅探望，得知情形，将夏逢若痛殴赶出门去，才算罢休。不久，仆人德喜、双庆背主而去；巫翠姐也带儿子回了娘家，谭绍闻债集如猬，渐渐到了“当一票子花一票子”，日用赊欠无门的地步。王中让谭绍闻设席请孔耘轩、程嵩淑等人商议，程嵩淑为谭绍闻设定“割产还债”的方略，谭绍闻羞愧得无地自容，只好典卖房产。“碧草轩是卖与开酒馆的，要立死契；前半截院子、账房及临街市房，是典与商家，要立活契。”自此以后，谭绍闻立志改过，再不敢错走一步，错会一人，守住父亲“用心读书，亲近正人”的遗教，与儿子兴官同室读书。

谭绍闻接到丹徒族兄谭绍衣给父亲的来信，知绍衣已中进士，升任荆州知府。因盛希侨一番话，谭绍闻动了自立为贵的念头。县学考试，谭绍闻名列儒童第一，儿子篑初也得了好成绩。一家喜庆，巫氏回家，家人蔡湘也约了双庆归来，家道渐渐有了一线转机。

谭绍衣升任河南开封道台，系念族谊，加意栽培绍闻父子。绍闻父子一起考中秀才。谭绍衣出资为绍闻重修祖墓，亲自教督绍闻父子和盛希侨兄弟，并敦促他们各自刻印祖宗遗墨。王中掘地得金，献与主人。

谭绍闻考中乡试副榜，赴京入国子监肄业。谭绍衣授职浙江左布政使，带挈谭绍闻赴任，抵御倭寇。谭绍闻以火箭破敌，立了军功，入京面君，选授黄岩县知县。谭绍闻居官一年多，因母亲患病，便告了终养。临行，谭绍衣为绍闻的儿子篑初说定自己的外甥女薛全淑为妻。绍闻回到家中，房产都已赎回，碧草轩上，较之父亲在日，更为佳胜，不久，谭绍衣升转河南巡抚；带了薛全淑来，与篑初完婚。王中的女儿全姑便做了篑初的小妾。适逢会试，谭篑初考中进士，钦点翰林院庶吉士，奉旨省亲，一门荣耀。

《歧路灯》的故事本身，不是什么传奇，从以上的叙述可知，它的主题就是“用心读书，亲近正人”。这八个字在书中多次出现，被谭绍衣尊崇为“满天下子弟的‘八字小学’，咱家子弟的‘八字孝经”，要求“镂之以肝，印之以心，终身用之不尽”。这八个字是李绿园写作小说于“纲常彝伦间”的主要“发明”，是一盏指引世宦地主子弟绍闻衣德、绳其祖武的“歧路灯”。

一般说来，这八个字用为青少年成长立身的规范，有相当的道理。无论什么时代，青少年要有所成就——退一步说，不致败家辱身，都要注意“用心读书，亲近正人”。世界上没有不学无术，滥交匪类而可以立身成事的人。

然而，《歧路灯》的这一主题不是抽象的原则，它通过谭绍闻覆败成立过程的描写，确定了这“八字小学”具体而鲜明的社会阶级内容。作者是站在世宦家庭的立场上说话的。书中写谭绍闻是五世乡宦的后裔，反复强调他的家庭是一个“极有根柢人家”“正经有来头门户”，不仅看不起那些乡农工商“小户人家”，就连“南乡有名的大财主吴自知”也被奚落为“乡瓜子”“村愚”。作者的全部同情都寄于谭绍闻这样一些祖上做过官的“主户人家”。

应该承认，《歧路灯》的主题实在算不得高明。灯火阑珊，它只是一个时代、一个制度将近烟消火灭的象征。不过，如同我们不应过分责备《儒林外史》有意复古、《红楼梦》倾向逃禅那样，若抓住《歧路灯》主题的卫道倾向而全盘否定这部书，也是不科学、不公正的。李绿园并非具有远见卓识的政治家、思想家，这是很明显的。我们对李绿园与《歧路灯》的批评，应该而且只能是对小说家和小说的批评。正如恩格斯针对歌德所说的，“我们决不是从道德的、党派的观点来责备歌德，而只是从美学和历史的观点来责备他”（《卡尔·格律恩〈从人的观点论歌德〉》）。从“美学和历史的观点”来看，《歧路灯》的主题虽然是平庸的，但它的全部描写却有独特不朽的价值。

五　教育小说——《歧路灯》对封建教育和知识界状况的描写

在我国古代小说史上，《歧路灯》是第一部也是唯一一部以教育为题材的白话长篇小说。

我国是一个重视教育的国度，从孔子开始，古代的伟大圣哲几乎都首先是一位教育家。元明以来的白话长篇小说，有的是历史演义、英雄传奇、神魔公案、才子佳人、世情社会的巨著，社会生活的方方面面几乎都涉及了，唯独没有以青少年教育为题材的长篇小说。与《歧路灯》几乎同时产生的《儒林外史》和《红楼梦》，都在一定程度上触及了封建社会的教育问题，但显然没有成为描写的重心。《歧路灯》则不然。在广阔的家庭社会生活背景上，它注意的中心是世宦子弟的教育问题，并由此自然扩展到对科举制、知识分子命运和社会文化风习的描写，创造了一代社会文教生活的巨幅画卷。

《歧路灯》反映出我国古代重视教育的优良传统。人类社会世代相延地向前发展，每一代人都有继往开来的责任和义务。《歧路灯》第一回“念先泽千里伸孝思虑　后裔一掌寓慈情”，开宗明义，表现的就是谭孝移仰答祖德、俯念后裔的光前裕后的思想，在封建时代有很高的典型性。《红楼梦》中贾政对儿子宝玉的态度就也表现了这一点。这种思想的封建宗法性本质不足为训，但重视后代，并自然发展到重视教育，却是千古不易的真理，每一个成年的读者都可以从这里得到启发。《歧路灯》第一回有诗句云：

万事无如爱子真，遗安煞是费精神；
若云失学从愚子，骄惰性成怨谁人？

第二回又有诗云：

欲为娇儿成立计，费尽慎师择友心。

书中还写谭孝移在京候选，一日“口中不言，已动了思归教子之念”，又一日“因柏公教曾孙，这教子之念，如何能已，归志又定下了一多半了。”又有一日“做下儿子树上跌死一梦，心中添出一点微恙。急想回家，怕儿子耽搁读书。”他日夜系念、死不瞑目的就是教子读书。历来小说写父子情深的，从无这般细腻真切和感人。教子成立，是为人父母生平一大责任，《歧路灯》以形象的图画显示了我国古代这一重教的传统，有一定进步意义。

《歧路灯》重视青少年教育的出发点是儒家性善论的观念。“原来人性皆善，这绍闻虽陷溺日久，而本体之明是未尝息的。”（第八十六回）这就是说，一个人入了“歧路”，哪怕“陷溺日久”，只要根本上没有变坏，都是可以教育的。教育不仅可以使善者日以进德，而且可以使那些“良心未尽”的失足者悔过向善、重新做人。谭绍闻就是作者集中全力塑造的一个接受教育转变过来的典型，盛希侨也是一个败子回头的形象。从作品的描写看，作者相信并主张挽救这样的失足者，表现了一位教育家应有的胸怀和热情。当然，李绿园不是教育万能论者，他让无恶不作、不可救药的教唆犯夏逢若得了一个发配极边的下场。

《歧路灯》从三个方面描写了对青少年教育的问题。首先是家庭教育。一个好的家风是教育好子弟的关键。第九十七回说：

天无心而有气，这气乃浑灏流转，原不曾有祥戾之分。但气与气相感，遂分为祥戾两样。如人家读书务农，勤奋笃实，那天上气到他家，便是瑞气；如人家窝娼聚赌，行奸弄巧，那天上气到他家，便是乖气。

一个家庭的成败祸福不决定于“无心”的天，而决定于这个家庭的风气。谭绍闻能回头向善的重要原因之一，就“多亏他是一个正经有来头的门户”，娄潜斋一门由寒素而兴旺发达，就是因为他家“耕读相兼”，而夏逢若所以变坏和不可救药的原因之一，乃是“他父亲也曾做过江南微员，好弄几个钱儿。那钱上的来历，未免与那阴骘两个字些须翻个脸儿”。

作品写家庭对子弟的教育必须从幼年抓起。第一回中说：“端福儿已七岁了，虽未延师受业，父亲口授《论语》《孝经》，已大半成诵。”第二回借孔耘轩之口说：“学生自幼，全要立个根柢，学个榜样，此处一差，后来便没下手处。”又有诗说：“人生基业在童年，结局高低判地天。”第三回还借娄潜斋之口说到家庭教育必须讲究方法：

自古云：教子之法，莫叫离父；教女之法，莫叫离母。若一定把学生圈在屋里，每日讲正心诚意的话头，那资性鲁钝的，将来弄成个泥塑木雕；那资性聪明些的，将来出了书屋，丢了书本，把平日理学话放在东洋大海。我这话虽似说得少偏，只是教学之法，慢不得，急不得，松不得，紧不得，一言以蔽之曰难而已。

这在旧时是教育儿童的很开明的意见。但作者显然倾向于“急”一些，“紧”一些，尤其反对溺爱护短，姑息纵容。作品中所写的王氏是一位糊涂母亲的形象。她生怕儿子读书读出病来，儿子赌博赢了钱，她欢喜道：“咱家可也有这一遭儿，……赢不死那天杀哩!”一味放纵，后来想管束儿子，又由不得她了。这个糊涂母亲的形象贯串全书，她的失误和悔悟，都可以为溺爱子女者戒。

在《歧路灯》的时代，幼学大半经由私塾。谭绍闻就是在自己的家塾里读书的。作品写办好学校的关键是择聘教师，而择师首重人品。第二回中谭孝移说：“我想娄潜斋为人，端方正直博雅，尽足做幼学楷模。小儿拜这个师父，不说读书，只学这人样子，便是一生根脚。”由重师而尊师，故谭孝移延娄潜斋教子，敦请的礼仪一丝不苟。作品先后共写了四位不同类型的教师。简言之，两个反面的：侯冠玉的特点是“劣”，惠养民的特点是“腐”；两个正面的：娄潜斋的特点是“通”，智周万的特点是“达”。四位教师对谭绍闻的不同影响，生动显示了教师是学校教育的关键。

《歧路灯》所提出的“用心读书”主要是学校教育问题，而“亲近正人”则基本上是社会教育的问题。作品写谭绍闻改过自新，就是在“亲近匪人”或“亲近正人”这个要害处痛下针砭。

《歧路灯》不仅从家庭、学校、社会三个方面写了青少年的教育问题，而且也写到了教学的内容和培养目标。书中借谭孝移之口说：

王伯厚《三字经》上说的明白：“《小学》终，至《四书》。《孝经》通，《四书》熟，如《六经》，始可读。”是万世养蒙之基。如此读去，在做秀才时，便是端方醇儒；到做官时，自是经济良臣；最次的也还得个博雅文士。若是专弄八股，即是急于功名，却是欲速反迟；纵幸得一衿，也只是个科岁终身秀才而已。总之，急于功名，开口便教他破、承、小讲，弄些坊间小八股本头儿，不但求疾反迟，抑且求有反无；况再加以淫行之书，邪荡之语，子弟未有不坏事者。（第十一回）

今天看来，这番话几乎纯粹是三家村冬烘的说教，但这些话句句是针对侯冠玉教书的更糟糕的情况说的，所以在当时仍有救正时弊的意义。这些话的中心在于反对“专弄八股”和“加以淫行之书，邪荡之语”，反对“急于功名”而忽视人品学问。

《歧路灯》劝学的目标，第一是做“经济良臣”，即娄潜斋、谭绍衣、季刺史那样的清官；其次是做“端方醇儒”或“博雅文士”，如谭孝移、孔耘轩、程嵩淑那样的乡绅。这个目标，就是吴敬梓在《儒林外史》中讲求的“文行出处”——“处则不失为真儒，出则可以为王佐”，都是儒家“用之则行，舍之则藏”（《论语》）的处世原则的体现。这是当时正派读书人最普通的想法。

《歧路灯》的作者反对伪道学，而不否定理学本身。他用以抗衡伪道学的旗帜是“正经理学”即“真”理学。这种理学“都是布帛菽粟之言”，“饮食教诲之气”，治家能“把一个人家竟做得火焰生光昌炽”，做官能使得“境内个个都是念佛的，连孩子、老婆都说是青天老爷”。这是明末清初以来经世致用的“实学”思想的体现。而且作品中讲到理学，还极力推崇“不认得字”的娄潜斋的哥哥和仆人王中，甚至济宁州的皂役。第九回借柏公之口说：

这“俗”字全与农夫匠役不相干。那“语言无味，面目可憎”八个字，黄涪翁专为读书人说，若犁地的农夫，抡锤的铁匠，拉锯的木作，卖饭的店家，请问老先生看见他们有什么肉麻处么？

李绿园对劳动人民的好感和尊重，在这里得到了一定程度的体现。如同《儒林外史》结末歌颂琴、棋、书、画四个市井奇人那样，《歧路灯》对比“读书人”歌颂“农夫匠作”，是对“读书人”恨铁不成钢。第七十二回写“当槽的走到过道里自语道：‘天下有这般出奇的事：做篾片的，偏是本镇上一个秀才；讲道学的，竟有州上的一个皂役!’”感慨的就是该讲道学的读书人，反倒不讲而下流了。

李绿园歌颂、肯定下层劳动人民的品质，为读书人说法，本意是纠正理学的弊端，而提倡“真”的，“正经”的，也就是他所认为的正统的理学。然而，“正经理学”与理学弊端不过五十步与百步之别。作者所谓“正经理学”有时不过是要把不正经的事做得不那么“面目可憎”罢了。当然李绿园主观上并不想这样，他真心诚意要纠正读书人的“俗”，但他要在理学内部战胜理学，这就如恩格斯所批评的歌德对德国“鄙俗气”的厌恶那样，结果“相反，倒是鄙俗气战胜了他；鄙俗气对最伟大的德国人所取得的这个胜利，充分地证明了‘从内部’战胜鄙俗气是根本不可能的”（《卡尔·格律恩〈从人的观点论歌德〉》）。

对知识界状况的不满，自然延伸到与造成这种状况有绝大关系的八股取士的科举制度的批判。李绿园继承了明末以来顾炎武等进步思想家讲求通经致用、反对八股文、反对科举制的传统，在《歧路灯》的描写中提倡读经，鄙薄八股文。在他的笔下，凡是专弄八股过来的人，都胸无点墨、不学无术。祥符县副学陈乔龄是个“时文（八股文）学问”，拟不得匾额，张类村是个“优等秀才”，也撰不得屏文，然而，他们人还老实，受了八股文的害知道痛心。他们的自愧，实际是对八股文误学误人误国的控诉。而侯冠玉一类“学匪”就不然了，他们受了八股文的害还自以为得意，又拿了八股文去骗饭害人。侯冠玉教导他的学生谭绍闻说：“……总之，学生读书，只要得功名；不利于功名，不如不读。若说求经史、摹大家，更是诬人。……你只把我新购这两部时文，千遍熟读，学套，不愁不得功名。”（第八回）以明清科举考试的情势而论，侯冠玉所说也是事实。顾炎武早曾指出：

今以书坊所刻之义，谓之时文，舍圣人之经典，先儒之注疏与前代之史不读，而读其所谓时文。时文之出，每科一变，五尺童子能诵数十篇而小变其文，即可以取功名，而钝者至白首而不得遇。（《亭林文集·生员论》）

可见侯冠玉传授的“千遍熟读、学套”八股文取功名之法由来已久，是由不合理的科举制度造成的。而这样一来，必至于败坏天下之人才，产生了无用如陈乔龄、张类村，无行如侯冠玉、韩秀才、王紫泥这些人。在这些形象身上，《歧路灯》表现出对八股文的极大厌恶与轻蔑。

由鄙薄八股文进而抨击科举试场的弊端，《歧路灯》揭露了府、州、县学的考试，有送银子给学官“保等”的，有雇人替考的。盛希侨的弟弟盛希瑗就是花费千余两银子雇枪手替考中的副榜，侯冠玉既是枪手又是枪架子。朝廷会试，书中共写了三次：第一次娄潜斋试策的卷子中有影射皇帝信方士而饵丹药的话，被黜落第；第二次娄潜斋的儿子娄朴、第三次谭绍闻的儿子谭篑初，都因为卷子中有触及时弊的话几乎落榜，靠了祖上的“阴骘”、鬼神的默佑才侥幸登第。这样的描写，等于说科举最高级的考试也是以无用之虚文取士的。

李绿园出身于一个教书世家，他的苦心，他的热情，他的经验和见识，加上文学描写的才华，使《歧路灯》作为教育小说有了特别的价值。从整体上看，《歧路灯》向我们显示了教育是一个多么巨大而复杂的系统工程，它所涉及的许多问题，至今仍具有启发作用。但是在李绿园的时代，整个封建制度都僵化腐朽了，对于教育，没有什么力量可以保证和支持，哪怕最好的意见得到实行。所以，《歧路灯》的整体描写也向我们显示：无论何种药方，都救不了当时的教育，更救不了整个封建社会。

六　发愤之作——《歧路灯》对封建末世的暴露

李绿园对教育的关注，出于他对封建末世的忧患意识。他主观上是自觉地通过小说教忠教孝、针砭时弊的。《歧路灯自序》说：“吾故谓填词家当有是也。借科诨排场间，写出忠孝节烈，而善者自卓千古，丑者难保一身，……因仿此意为撰《歧路灯》一册。”《歧路灯》中说：“漫嫌小说没关系，写出纯臣样子来。”这些都明确表示作者自托于稗官，干预社会的用心。因此，《歧路灯》不止对当时的教育，而且对整个封建末世的重大社会问题，都是一部有“关系”之作。

当李绿园作为一名连年不第的老举人把笔草创《歧路灯》之际，当他晚年作为一位“几频于险”而被迫辞官的赋闲县令续写补缀《歧路灯》之际，可以想见其人是“意有所郁结，……退论书策，以舒其愤，思垂空文以自见”(司马迁《报任少卿书》)，这决定了《歧路灯》是一部发愤之作。

《歧路灯》的题目、构思特别是谭宅家道复兴的结局，体现了作者淑世的信心，使作品带有一定乐观的情调。但全书的具体描写都在在使人感到作者很大程度上是知其不可而为之。“信心”，是一种幻觉；“乐观”，掩饰着深沉无可排遣的家国之忧。

《歧路灯》写谭绍闻覆败成立的过程，是按照儒家“修身、齐家、治国平天下”的逻辑，以“修身”为中心辐射整个社会的。所以，它最先触及的是当时社会的中产世宦地主家庭，这是在整个地主阶级中最具代表性的一层，因而更有“著此一家，即骂尽诸色”（鲁迅《中国小说史略》）的典型意义。《歧路灯》写谭孝移五世乡宦，三口之家，每年有近两千银子的进项，谭孝移却终日忧心忡忡。他对娄潜斋说：

兄在北门僻巷里住。我在这大街里住，眼见的，耳听的，亲阅历有许多火焰生光人家，霎时便弄得灯消火灭，所以我心里只是一个“怕”字。（第三回）

又写孝移听王氏称道商贾家日用排场奢费：

孝移道：“居家如此调遣，富贵岂能长久?”王氏道；“单看咱家久长富贵哩!”孝移叹口气道：“咱家灵宝爷到孝移五辈了，我正怕在此哩。”（第四回）

作者对谭孝移的盖棺论定是：“兢兢业业终身怕，传于世间作典型。”这个“怕”字有些什么意味呢？我们且看《红楼梦》第五回中宁、荣二公之灵嘱警幻仙子训悟贾宝玉时所说：

吾家自国朝定鼎以来，功名奕世，富贵传流，虽历百年，奈运终数尽，不可挽回者。故遗子孙虽多，竟无可以继业。其中唯嫡孙宝玉一人，……略可望成，无奈吾家运数合终，恐无人规引入正。

《红楼梦》第一回中声明“此回中凡用‘梦’用‘幻’等字，是提醒阅者眼目，亦是此书立意本旨。”它幻设宁、荣二公之灵此番嘱告亦是此书立意本旨，透露的也正是谭孝移心里的那个“怕”字。可见《歧路灯》写谭孝移的“怕”，不是李绿园做小说的由头，而是反映了作者郁结心中又与整个地主阶级呼吸相通的没落心理，是他从自身阅历产生的对封建世宦地主家庭难免“灯消火灭”的预感。

这“怕”字是封建末世一般地主家庭的社会处境造成的。史载清康熙中叶以后，随着农业的恢复发展，产生了剧烈的土地兼并。而且由于商业资本和高利贷资本的参与，这种封建时代周期性发生的兼并表现为地权的转移空前频繁：土地“屡易其位，耕种不时”，“人之贫富不定，则田之来去无常”，

“地亩之授受不常”，“田时易主”（《清史简编（上)》)。这种地权的“无常”“不常”，当然大量是自耕农的破产，但显然也包括了一般地主家庭地位的浮沉动荡，由此产生谭孝移那种危若累卵的忧惧是很自然的。书中写“谭孝移午睡，做下儿子树上跌死一梦，心中添出一点微恙”。又写侯冠玉让端福儿拿给他看的《金瓶梅》，“孝移接过一看，猛然一股火上心，胃间作楚，昏倒在地”，从此不治而亡。他的病死，本质上正是那一个“怕”字造成的，是封建末世地主阶级精神崩溃的一个绝妙象征。

谭孝移的“怕”也与《红楼梦》宁、荣二公之灵的忧虑一样，都集中在担心后世无可以继业。《红楼梦》中的贾宝玉成了百年贵族家庭的叛逆，谭绍闻则是另外一种类型，他是那种用“有一点缝丝儿，还要用纸条糊一糊”的奴化教育养成的娇娃，“读书的憨瓜”，他的家庭之所以屡次颠蹶而架子未甚倒，全是由于官府的庇护。书中写王氏道：

那一遭儿姓茅的骗咱，被官府打顿板子。这一遭贾家又骗咱，又叫官府打顿板子。敢情咱主户人家子弟，再没人敢骗了。若不是官府厉害，这些人还有叫人过的日子么。（第四十七回)

殊不知落到挨板子地步的正有过去的主户子弟，张绳祖就是这样一个典型：

张绳祖叹了一口气道：“咳!只为先君生我一个，娇养的太甚，所以今日穷了。我当初十来岁时，先祖蔚县、临汾两任宦囊是全全的。……后来先君先母去世，一日胆大似一日，便大弄起来。渐次输的多了，少不得当古董去顶补。岂没赢的时候？都飞撒了。到如今少不得圈套上几个膏粱子弟，好过光阴。粗糙茶饭我是不能吃的，烂缕衣服我是不能穿的，你说不干这事该怎的？……”（第四十二回)

书中夏逢若、管贻安、王紫泥、鲍旭、贲浩波等都与张绳祖先后走在同一路上，这班匪类正就是从谭绍闻那样的“憨瓜”堕落成的。官府的“板子”使他们尝皮肉之苦，却防止不了他们的堕落。这些人知道“官府的厉害”是怎么一回事，书中又一个匪类貂鼠皮道：“你说我没良心，你看这省城中住衙门的，专一昧了良心要人家的钱哩!”（第五十六回）事既如此，这一班浮浪子弟真正是不可救药了。书中“正人”之一的程嵩淑说：“这满城中失教子弟最多，我老程能家家管他么?”（第五十五回）那么，《歧路灯》写一个败子回头的故事淑世，也是无济于地主阶级后继无人的。

总之，《歧路灯》作为一部“家政谱”，显示了在它的时代，封建地主阶级“齐家”是难的，正应了全书开头引的古话：“成立之难如登天，覆败之易如燎毛。”

《歧路灯》进一步暴露了那个庇护主户人家的官府也已腐败不堪。它所写故事发生在明代，抨击了嘉靖皇帝崇信宦官、摧折忠良、昵方士、饵丹药、事鬼不事人等诸多弊政。这与《儒林外史》评论永乐夺位、宁王造反的情况是一样的。《歧路灯》第四回写祥符官员接朝廷喜诏在龙亭。“龙亭”是清代才有的名称，以李绿园写谭孝移偕娄潜斋南归“沿途考证芳躅”的态度，这一点他不会是不知或疏忽，而似乎有意露一丝此书实际反映清代社会的消息——这其实是不必透露而后知的。

《歧路灯》对清代社会作了广泛的揭露和批判，有些描写是触目惊心的。首先，官场腐败，政以贿成。书中写官场无处不贪。第六回谭孝移进京候选，长班张升道：“这是礼部的事，将来还要到吏部哩。……只是要费钱，处处都是有规矩的。”第六十八回写老满道：“天下无论院司府道，州县佐贰，书办衙役，有一千人，就有九百九十个要钱作弊的。”第一百零五回盛希瑗道：“即如今日做官的，动说某处是美缺，某处是丑缺，某处是明缺，某处是暗缺；不说冲、繁、疲、难，单讲美、丑、明、暗。一心是钱，天下还得有个好官么？”

又写公事无贿不成。如选官要钱，谭绍闻立了军功，需兵部引见，被兵部书办“这不合例，那不合例，刁难一个万死”，结果盛希瑗暗中代送了二百四十两银子，才“合例”引见。保举要钱，谭孝移举贤良方正，娄潜斋道：“如今这宗事，上下申详文移，是要钱打点的，若不打点，芝麻大一个破绽儿，文书就驳了。”后来王中用银子办得“水到渠成，刀过竹解”。打官司要钱，祥符县主簿董守廉因张绳祖许了给一百两银子，当即答应要拿谭绍闻问罪。在另一案件中，谭绍闻托夏逢若、邓三变设法送了厚礼，董守廉又开脱得谭绍闻“撒手不沾泥”。

更令人惊奇的是“旌表节孝”也要钱。县学周东宿道：“如今世上，断少不得的是这个钱字。”（第五回）盛希侨说：“啥是章程？银子就是章程。火大蒸的猪头烂，钱多买的公事办。”又说：“你把银子交明，那东西是办事的‘所以然’，离了它，不拘怎的说，俱是干拍嘴。”（第七十七回）作者为一个善通关节的书办命名为“钱万里”，这“钱万里”对王中说的一句“名言”就是“我姓钱，你们记着”（第五回）。

而办各种公事用钱是有价的，书办钱万里对王中说保举用钱，“大约比选官的少，比举节孝的多。”（同上）各级官吏索贿之法不同，书办衙役拿手的是“刁难”，从中作梗，拒人于衙门之外；州县官要乡绅的东西，“只用夸夸就是要的。司道若叫州县办值钱的东西，一定要奉价，上头送来，下头奉回，说：‘这东西卑职理宜孝敬，何用大人赏价。’再一次不说，州县已知上台是此道中人，就下边奉去，上头用了。总之，上台要下僚的钱，或硬碰，或软捏，总是一个要。”（第九十六回）所以下僚的贪污受贿除自肥之外，还须供上：“克扣下钱，好奉上司，才能升转哩。”（第八十一回）而且政以贿成由来已久，第五十一回退职的驿丞邓三变说：“从来官场中尚质不尚文，先要一份重礼相敬，若有要事相恳，还要驾而上之些，才得作准。”这些揭露散见全书，使《歧路灯》隐约似一部清中叶的《官场现形记》。

《歧路灯》中虽然慨叹“天下还得有个好官么”，但在实际的描写中，却是好官多而贪官少，最大的贪官也只是上面提到的主簿后又升任县令的董某，而书办衙役则几乎没有一个好的，从而减弱了批判的力量。造成这种情况的原因，一是作者有不能“犯上”的保守思想，二是他作书的主旨在于“写出纯臣样子来”，三是他长期浮沉于地方下层衙门，对书办衙役之类太过熟悉，甚至未免受过这些人不少的“刁难”而有特别的厌恶。同时清代衙门书办是幕府制度的产物，清张际亮《送姚石甫（莹）之官江南序》说：“今天下，自天子以外皆命于书吏，语虽激切，而书吏之害可知。”所以，清代书办衙役的危害有的不下于正式官。《红楼梦》第九十九回也是专写书吏之害的，《歧路灯》涉及的更多，而且有意无意地给读者造成了官好吏恶的印象，这就与作者对官场的实际看法有矛盾。

李绿园对此似乎是有觉察的。例如他写书中最大的清官位至河南巡抚的谭绍衣为族侄谭篑初、外甥女薛全淑完婚，各级的官员都送贺礼，“大约共值五千有零。抚台哪里肯收，众官哪个肯依，再三往复，情不能恝，抚台只得收下”。试想作者把笔之际，不会误把这全书中最大的受贿当作清廉。他可以不写，然而还是在第一百零七回的结尾注此一笔。可知李绿园写清官不过是表达淑世的愿望，“写个榜样劝人”（第七十一回），而且终于不能为了主观的理想昧着良心歪曲现实，读者于此不可错会了。并且应当看到，《歧路灯》写清官，如谭绍衣曲全白莲教徒性命，季刺史午夜筹荒政等，正是当时水深火热中的人民衷心盼望的，一定程度上反映了人民的愿望，是不应当仅从削弱了作品批判力量一面过多责备的。实际上这是作者两难的地方，因为书中也曾借郑州老农之口说：“郑州城，圆周周，自来好官不到头。”作者是个正统派，写书中要兼顾理想与现实两面，所以有了上面提到的充满矛盾的叙述与描写。

其次，恶绅肆虐，民不堪命。《歧路灯》所写的谭宅，是个比较本分的地主家庭，日常收租用仆，待人接物，都能存大体，用恩义。谭孝移在世时，“贫富高低人，眼里都有”，信用王中，所以才能养得这个仆人终身不二，如纯臣事君的样子。谭绍闻虽一度堕落，但从他的家庭说，也还未甚作恶。这是作者笔下一个“正经有来头门户”，而且从全书命意，它将来要衰而复兴的，所以写谭宅始终都无贬辞。但写到别一些乡绅地主，作者就能如实反映阶级压迫和剥削的残酷现实了。

第十七回写盛希侨自道家规说：“像如舍下，有七八家子小子，内边丫头爨妇也有十来口。我如在外一更二更不回来，再没有一个人敢睡。即如家中有客，就是饭酒到了天明，家中就没一个敢睡的。若是叫哪个不到时，后头人是顿皮鞭，前头人是一顿木板子，准备下半截是掉的。”第十九回写家酿的酒少了两缸，盛希侨就“一片混打”，做酒老张无辜挨了二十木板子，“受了这场屈气，又染了一点时气，前日死了”。第五十三回写邓三变家催租，声言一日不交，即拿帖子送入官府。第六十四回写地主子弟管贻安霸占了民妇雷妮，还送到赌场为娼，结果逼得雷妮的公公刘春荣吊死在管家门上。这种乡绅鱼肉百姓的状况已令人发指，更有的拿了活人卖钱牟利。第十三回媒婆薛窝窝劝王氏买婢女说：“如今主户人家，单管做这宗生意，费上几两银子，买个丫头，除使的不耐烦，还卖一宗大价钱。”

李绿园是从维护地主阶级的根本利益作出上述揭露的，用心是使“恶者可以惩创人之逸志”，因而描写中惋惜旧家与厌恶匪类丑行的情绪兼而有之，但也包含了一定程度的对人民的同情。例如写边公审管贻安逼死人命案一节：

> 边公吩咐：“传雷氏到案。”左右一声喊道：“传雷氏!”管贻安慌了，紧到家中，见了雷妮，说道：“好奶奶！只要你说好话，不中说的休要说。”管家妇人一齐说道：“一向不曾错待你，只要你的良心，休血口喷人。”雷妮哭道：“您家有良心，俺公公也不得吊死在您门楼上。”……（第六十四回）

这里，作者的同情心明显寄于雷妮一边。联系到第九十一回写“谭观察拿匪类曲全生灵”，第九十四回写“季刺史午夜筹荒政”，可以认为，作者有意通过小说为民请命，这在当时文学中是难能可贵的。

最后，风俗败坏，动荡不安。官场的腐败，土豪劣绅的肆虐，必然造成社会风气的堕落和激化社会矛盾。《歧路灯》在描写谭绍闻歧路彷徨的过程中，自然地展示了这样一幅暗淡的社会图景：有剪绺的，劫路的，开黑店的，窝赌的，卖淫的，卖老婆的，以老婆诱人讹钱的，拐带妇女的，测字、卜卦、降神、相面、说媒、看风水、炼黄白、认干爹骗钱物衣食的，沸沸扬扬，人欲横流，无一处干净，无一刻安定。

《歧路灯》写社会风气的堕落集中于赌博的描绘，从第十六回写谭绍闻初"试赌盆"，到第七十四回写"张绳祖卑辞赚朋"而谭绍闻戒赌，大小的聚赌写了十余次之多，参加的有世家子弟、商贾店家、尼姑兵丁，甚至巫翠姐在闺房也拉人成赌。王氏道："哎哟！如今哪个不赌。许多举人、进士，做官哩，还要赌哩。"（第六十回）而且"从来开场窝赌之家，必养娼妓，必养打手，必养帮闲。娼妓是赌饵，帮闲是赌线，打手是赌卫。所以膏粱子弟一入其囮，定然弄得个水尽鹅飞。"（第二十六回）赌博本是违禁的，但是"从来绅士盘赌窝娼，一定要与官长结识"，与书吏衙役"联络成莫逆厚交"（第四十六回），所以禁而不止，依然"娼妓百家转，赌博十里香"（第七十四回），许多旧家因而败落，并演出无穷丧风败俗的事来，甚至酿成命案。

《歧路灯》写人命案甚多，如乜守礼女人吊死（第十三回），盛宅酒工老张被打气病致死（第十九回），九娃儿学戏被他叔父打死（第三十回），河阳驿一拐夫畏罪而死，幼商窦又桂输赌而死（第六十四回），刘春荣之死（第六十四回），等等。这些描写，揭露了所谓"康乾盛世"其实是命案丛起、民不聊生的。而有的地方官与杀人越货的魔王恰是一丘之貉，第七十三回写一个"久惯杀人的魔王"要杀德喜，同伙谢豹忙架着臂腕道：

"使不得！使不得！这县的沈老爷，是咱的一个恩官，为甚的肯与他丢下一个红茬大案哩。你住了手，我对你说这老爷好处。第一件是不肯严比捕役；第二件咱同道犯了事，不过是打上几下挠痒板子便结局。留下这个好县份，咱好赶集。一时手窘了，到这县做生意，又放心，又胆大。况这里捕头王大哥、张家第三的，咱们与他有个香头儿。王大哥十月里嫁闺女，他们有公约，大家要与他添箱。设若要丢下个小人命儿，他身上有这宗批，咱身上有这宗案，如何好厮见哩？你再想。"

如此官匪一家，就苦了普通百姓家。人民在现实中得不到保护，便容易信奉宗教，于是"南边州县有了邪教大案"（第九十一回），其实是当时人民利用宗教聚众反抗官府的起义。书中的描写把这次起义歪曲丑化了，但没有掩饰社会现实的动荡不安，反而借谭绍衣"曲全生灵"表现了顾惜民命的倾向。

李绿园在《歧路灯》中多方面地揭露了现实的黑暗和丑恶，抒发了自己的满腔愤懑和对清明政治的向往，这些都在一定程度上反映了人民的情感和愿望。同时，作者也深知这些社会问题不可能从根本上得到解决，所以《歧路灯》只围绕它的中心人物写了一部“家政谱”，没有大量展开官场生活的描绘。

它的主人公谭绍闻小有功名，做官也半途而废，告终养回家，孝养他的母亲去了。书中借官运亨通的谭绍衣之口说：“天下做父母的，到老来有病时，只要儿子不要官，且后悔叫儿子做官。”（第一百零六回）与全书开篇谭孝移为了教子不做官的描写联系起来看，作者是把“齐家”和“孝慈”放在人生第一位置的。这里有正派读书人独善其身、不甘与世浮沉的想法，也有报国无路、回天乏力的悲哀。但是，对封建纲常的君臣之义，作者仍然心有未安。所以，《歧路灯》写了一个义仆王中，把他比作屈原，几经被逐，忠心不二；比作诸葛亮，受谭孝移临终托孤之命，为之鞠躬尽瘁，辅助谭绍闻如“古纯臣事君心事一样”（第五十四回）、“忠臣志图恢复”（第九十七回）一般；还多次声明“忠臣义仆一般同”（第十三回）、“义仆忠臣总一般”（第五十三回）。在这个形象身上，寄托了作者“处江湖之远，则忧其君”的情感。正是这种封建正统意识限制、妨害了作者的批判，使他的笔锋不能正面指向上层统治阶级，至多是泛泛的揭露，客观上给人一种大官是好的、事情都被小官僚和书办衙役弄糟了的错觉，这是作者始料未及的。

七　“市井《春秋》”——《歧路灯》对资本主义萌芽的反映

李绿园是一位“通儒”。《歧路灯》的故事发生在河南首府祥符，谭宅又在“这大街里住”，经营土地外，还出租市房，有城南二十亩主要种商品菜的菜园。书中写租用谭宅房屋的客户就有隆泰号孟嵩龄，吉昌号邓吉士、景卿云，当铺的宋绍祈，绸缎铺的丁丹丛，海味铺的陆肃瞻，煤炭厂的郭怀玉，“这孟嵩龄、邓吉士是客中大本钱、老江湖”（第二十八回）。谭宅的女主人王氏娘家就是商人，谭绍闻续娶的妻子巫翠姐娘家也是新发的财主，谭宅与工商业有着密切的联系。与吴敬梓《儒林外史》、曹雪芹《红楼梦》不同，李绿园在《歧路灯》中有意地也是自然地大量描写了清代市民和工商业者的生活，成为我国古代小说中一部广泛深入地反映资本主义萌芽的“市井《春秋》”。

《歧路灯》所写的祥符，不是清中叶最为繁华的大都市，但它位居中州，客商云集，《歧路灯》正生动地反映了这一状况。书中写到的大工商业和高利贷者就有王春宇父子、王经千兄弟、宋云岫、巫凤山、吴自知，还有上述谭宅的客户等等，有名有姓的市贩商贾、店主铺家、伙计匠作之类市民形象不下数十人。商贾中有本省的土著，如王春宇、巫凤山、吴自知、白兴吾。但“多是山、陕、江、浙”（第六十九回）的客商，如棉布商窦丛、京货铺焦丹、书店老板阎楷，还有“江西银匠铺”（第七十五回）等等。写到的行业店铺更琳琅满目，如产行、牙行、屠行、南酒局、木匠局、药铺、当铺、轿铺、鞋铺、饭铺、面铺、京货铺、银匠铺、银钱铺、估衣铺、首饰铺、油果铺、熟食铺、笔墨铺、绸缎铺、海味铺、代书铺、豆腐干铺、书店、客店、酒店、布店、梭布店、珍珠店、木厂、车厂、煤炭厂、粮食坊子等等；大的铺面店家立有字号，“若省城里字号家最多”（第二十六回），书中写到的大字号就有隆泰号、吉昌号、泰和号、春盛号等等。有的字号跨省连郡，如“北京、云南、湖广湘潭、河南开封是一个泰和号”（第二十六回），宋云岫在北京、天津都有铺面，天津的伙计“买了海船上八千两的货”（第十回），搞国际贸易；王春宇的生意也做到苏、杭、汉口和北京。祥符市面百物充盈，第五十二回写谭绍闻置办向县衙行贿的礼物，卷轴册页、纱罗绸缎、鸡凫牛羊外，列举的名特产还有三十余种；市场兴旺，书中写到的吹台大会，山陕庙、瘟神庙庙会，都是节日性质的大型集市贸易活动。每年一度的三月三日吹台大会，人山人海，单是繁（bó）塔（开封古迹之一，与吹台为近邻）周围就“黑压压的”“有七八里一大片人，好不热闹”（第三回），各色生意，各种娱乐，“气象万千”，宛然乾隆中一幅《清明上河图》。

《歧路灯》关于工商业高利贷活动的描写，显示了清中叶资本主义萌芽发展的某些特点：

（一）资本增殖迅速。从市场情况看，第八十八回写梅克仁再次来到祥符，“只见街上添了许多楼房，增了许多铺面，比旧日繁华较盛。”从工商业者个人的情况看，虽都风尘波涛，历尽艰辛，但无不发财致富。例如宋云岫在天津“买了海船上八千两的货，……共长了一万三千五百二十七两九钱四分八厘”（第十回），阎楷“领了伊舅氏一千本钱，……不十年发了两万多利息。”（第九十七回）王春宇最初只是个小铺主，后来生意“发了大财，开了方，竟讲到几十万上”（第一百零八回）。

（二）经商渐成热门。许多人弃儒经商，书中说：“且如生意人，也有许多识字的，也是在学堂念过书的，也有应过考的，总因家里穷，来贵省弄这个钱。”（第六十九回）王春宇父子、阎楷都是丢了书本改做生意的，而且都发了大财。这一方面反映了清中叶人口剧增，科举的名额仍旧很少，中的机会少；另一方面也说明商业利润大，来得快，比读书更实惠，有吸引力。

王春宇就是因为儿子隆吉上学“远水不解近渴”，才让他辍学经商的（第八回）。旧家地主、衙门僚弁也染指商业，第六十九回写前布政使公子盛希侨看看家业渐消，便与谭绍闻商议“先做个小营运，异日再设法添些本钱，好干那本大利宽的事。”——他二人的生意并没做成，但盛家的门客满相公说：“即如我们生意人，也有三五位先世居过官的。”说明有些商人是由旧宦地主沦落成的。第三十四回写“刘守斋祖上是个开封府衙书办，父亲在曹门开了个粮食坊子。……登时兴腾起来”就是一个例子。经商之风甚至吹入闺房，巫翠姐、滑氏都托娘家人用自己的私房钱放债，冰梅为丈夫谭绍闻设想保守家业，就有做豆腐让王中去卖的打算。“八十妈妈休误上门生意”，已成了当时的俗语。（第十三回）

（三）商业经营有道。《歧路灯》写到的店铺几乎都有伙计，店主与伙计的关系犹后世老板与雇员，计工给酬，以货币支付。例如王隆吉写账一年的劳金为十二两（第八回），已相当老秀才惠养民教书一年薪金的一半（第三十八回）。大字号在外地的生意由伙计代理，如宋云岫在天津的生意（第十回），王春宇在苏州的生意（第四十四回）等等，说明我国商业传统的伙计制度在清代已发展较为完备，而雇佣关系已更明确。

杰出的工商业者都有敬业、勤恳和节俭的品质，如王春宇家房内“正面伏侍着增福财神，抽斗桌上放着一架天平，算盘儿压几本账目，墙上挂一口腰刀，字画儿却还是先世书香的款式”（第三回），一副诚心敬意经商的摆设。后来他“发了大财”，做寿还不忍铺张。又如书中写阎楷是“一个至诚人”（第九十七回）。

生意人讲究招揽结交顾客，如王隆吉白送盛希侨马鞭子，就是他“生意精处。平素闻知公子撒漫的使钱，想招住这个主顾”（第十五回）。王经千深知“放债的妙用”，毫不迟疑地向借债的谭绍闻“如数奉上”，还多年不催讨，“只如忘了一般，日积月累，渐渐的息比本大，……坐收其利，川流不息”（第六十六回）。在京城里，出现了“官利债”，“三个月一滚算，做官的都是求之不得”（第八十四回）。真正无孔不入。

（四）资本利润向地租转移。工商业、高利贷资本利润除消费和用于扩大周转外，大量向地租转移。例如“南乡有名大财主吴自知”又是一个大高利贷者，“城中许多客商家，行常向他出息揭债哩。”（第四十八回）这个吴自知买了谭绍闻“割产还债”的三顷地一处宅院；又如第五回写“南马道街有个新发财主，叫邹有成，新买了几顷地，山货街也有几份生意。”第一百回写王春宇经商发财，为儿子“买了两所市房，五顷多地，菜园一个。”第八十五回王中对谭绍闻说：“若说是做生意，这四五百两银子，不够作本钱。况生意是活钱，发财不发财，是万万不敢定的。唯有留下几亩土，打些庄稼，……”总之，那时的商人地主认为：“凡置产业，自当以田地为上”（钱泳《履园丛话》卷七），所以资本转来转去，大量地落在购置土地房产上，几乎没有投资办工厂、开矿山的，封建的小生产观念就这样束缚了资本主义萌芽的发展，而历史上中国也就没能进入资本主义社会。

（五）封建政治限制着工商业发展。地方官绅压制工商业者，例如第八十四回“盛希侨威慑滚算商”，就是靠了旧家豪门的威风干预经济活动，使众客商不得不在算账中少收了谭绍闻二百两银子，而且那老客商还说道：“今日望日，关帝庙午刻上梁，社首王三爷言明，有一家字号不到，罚神戏三天。”看来工商业者还必须应付地方上各种巧立名目的捐派，日常生活中工商业者仍被轻视，第二十一回林腾云家请客，“中间两正席，自是城中僚弁做老爷的坐了，两边正席是乡绅坐了”，本城富商大贾仅得“列席”。所以，商人发了财，却还不得不趋奉官绅，例如宋云岫代付了娄潜斋、谭孝移居京的房费、回家的路费，还演戏奉请了二位，谭孝移夸奖道：“少年豪爽得很。”官绅给工商业者的干扰和负担显然也是资本主义萌芽发展的障碍。

《歧路灯》进一步反映了资本主义萌芽发展给社会生活带来的深刻影响。首先，它冲击和动摇了地主经济。书中写高利贷对地主家庭的盘剥往往乘虚而入，例如谭绍闻因赌博、娶亲而揭债，被王经千“把这一笔债放在他身上，每年有几百两长头。”（第六十六回）谭绍闻卖了三顷地一处宅院，得银三千两，仅够王经千原银一千五百两的生息债，而且中间早已陆续还过九百两息银。结果王中惊呼：“行息债是擎不住的，……咱的来路抵不住利钱，将来如何结局?”（第三十六回）这个谭宅的“诸葛亮”，最恨的是夏逢若一帮匪类，最怕的却是客伙们“动了算盘时，一丝一毫不肯让人”（同上），谭宅衰落的一个重要原因也正是受了工商业者所放高利贷的盘剥，显示了资本主义萌芽给地主经济造成的困境。

其次，工商业者普遍争取提高社会地位。我国古代有“贱商”的传统，清代中叶情况有所改善，开明士绅如本书作者李绿园已经认识到“士农工商，都是正务”（第三回），但“工商”特别是“商”仍然为四民之末，经济上富了，社会地位却比不上“士”——那些所谓“有前程的（读书）人”（第四十回），这自然使商人心中不忿。例如王春宇一直抱愧自己“少读几句书”（第三回），并非因为书本对他有什么用处，而是因为“到了人前不胜人之处多着哩。”（第七十四回）这抱愧的背后就是提高自己社会地位的要求。在一些不“本分”的商人那里，这种内心的企求变成了行动。他们财大气粗，有的摆阔气，争体面。巫凤山家走失一头骡子，“后来寻着，与马王爷还愿唱堂戏，写的伺候大老爷昆班。真正城内关外，许多客商、住衙门哩，都来贺礼，足足坐了八十席。谁不说体面哩。”（第七十四回）

有的买功名。刘守斋家“兴腾起来”之后，自己“做了国学，挂帐竖匾，街坊送了一个台表”（第三十四回）。王经千用高利贷赚取的银子为儿子、侄儿各买了一个省祭官。

有的攀附结交官绅，例如前述宋云岫在京，除对谭、娄二位很“豪爽”外，还到了“尤老爷、戚老爷处”。他忙里偷闲，相与官绅，完全是商人势利之心。他对谭、娄二人道：“只要中进士，拉翰林，做大官，一切花销，都是我的，回家也不叫还。”谭、娄共道：“这个很好。”娄潜斋后来还议论他“将来还有个出息”（第十回），言外之意当下经商“没出息”，与官、绅搭上关系，就可“出息”得像个“体面”人了。

更有商人巫凤山的女儿翠姐“所以甘愿做填房者，不过热恋谭宅是个旧家，且是富户”（第八十二回）。翠姐最初要嫁入谭宅被谭孝移阻住，孔慧娘先占了位置，而终于凭一套“好陪妆”被谭宅花轿迎娶做了继室少主妇，客观上可以说是商人势力用金钱打破了世宦地主门面的一个绝妙的象征；而翠姐的代替孔慧娘，也仿佛巴尔扎克《人间喜剧》中那些满身铜臭的暴发户女子在情场角逐中把贵族太太小姐们赶下台一样，显示了阶级力量消长的动向。

最后，应提到商品经济产生了与之相适应的文化和社会意识。据统计，《歧路灯》一百零八回书中，有五十六回写到或提到戏曲（许寄秋《从〈歧路灯〉谈乾隆前后戏曲的发展状况》，载《歧路灯论丛一》）。当时“弄戏的规矩，全要奉承衙门”（第二十四回），官僚地主唱堂戏，养戏班子，关起门来品味。商人不甘落后，于是也唱堂戏，如巫凤山、王春宇也养戏班子，如第二十一回写一个叫吴成名的粮食坊子经纪收留了绣春老班，“打外火供着”。但更多的是资助市面公演，或为扩大商业影响独资演戏。书中所写吹台大会、山陕庙、瘟神庙多次的庙会，都是以市场繁荣为背景的；宋云岫生意发财，高兴得“天津大王庙、天妃庙、财神庙、关帝庙，伙计们各杀猪宰羊，俱是王府二班子戏，唱了三天。”这些戏是开放与民同乐的，所以真正支持了戏曲繁荣的是工商业市民阶层。有许多戏是小说改编来的，如第十回宋云岫请谭、娄看的《全本西游记》。小说与剧本都很流行，例如侯冠玉让谭绍闻读的就有《西厢记》和《金瓶梅》，书中说：“南京是发书地方。这河南书铺子的书俱是南京来的。”（第九十二回）阎楷在祥符“开一座大书店，在南京发了数千银子典籍。”（第九十七回）其中，一定有不少“坊间小八股本头儿”（第十一回），说不定就有侯冠玉津津乐道的《金瓶梅》《西厢记》一类小说戏剧刻本。总之，随着商品经济的发展，市民文化普及了，扩大了，从而深刻影响人的精神面貌和社会心理的变化。

“如今官场，称那银子，不说万，而曰‘方’；不说千，而曰‘几撇头’”（第九回），把商人的行话作了官场的语言；社会上，“万般皆下品，唯有读书高”的封建传统观念动摇了，许多人把书本丢了，有的堕落，有的转而经商；建功立业、青史留名的传统人生理想也失去了号召力。

滑氏对怕坏了“理学名头”的丈夫惠养民说：“声名？声名中屁用！将来孩子们叫爷叫奶奶要饭吃，你那声名还把后辈子孙累住哩。”（第三十九回）她要的是实惠。

夏逢若开导谭绍闻说：“人生一世，不过快乐了便罢。……若说做圣贤道学的事，将来乡贤祠屋角里，未必能有个牌位。若说做忠孝传后的事，将来《纲鉴》纸缝里，未必有个姓名。就是有个牌位，有个姓名，毕竟何益于我？”（第二十一回）他要的是及时行乐。

柏公对谭孝移讲了一番朝廷的昏暗、做官的难处后结论说：“只有奉身而退，何必定要叫老虎（指阉党即宦官集团）吃了呢？”他要的是独善其身。

这些说法的趋向各异，但根本上有一点是相通的，那就是“益于我”。而且这结论都是一番算账得出来的，可见商品交换的原则已是多么严重地动摇了圣贤事业、大丈夫名节的封建人生观念了。

在对资本主义萌芽的反映中，《歧路灯》塑造了众多的市民形象：有心狠手辣的大商人兼高利贷者王经千，有性情豪爽喜交士绅的年轻商人宋云岫，有离家千里携子作商却送了儿子性命的可怜的棉布商窦丛，有开酒馆为名窝娼聚赌的巴庚，有笃守“圣人爷书上说过，万石君拾粪”（第四十八回）的话背着粪筐买三顷地一处宅院的地主兼高利贷者吴自知，等等。

一般说来作者对商人的态度还是好的，例如写谭宅的几家客商、王春宇、宋云岫、窦丛等，全无轻薄之笔，而有称许之意。但到底认为商人比士、农低一等，所以书中提倡的是“耕读相兼，士庶之常”（第二回），绝不鼓励工商，甚至让王春宇再三地“讨愧”少读了几句书。这都显示了作者虽然很大程度上冲破了“贱商”的传统偏见，但还未能放下举人老爷的架子，承认士、商平等，这在那个时代是不能苛求的。作者对正派商贾寄予了深切的同情，不惜笔墨地让王春宇倾吐创业经商的辛苦。有一处写他对儿子隆吉说：

我的日子不是容易的。……做个小生意，一天有添一百的，也有一天添十数文的，也有一天不发市的，间乎也有折本的。少添些，我心里喜欢，就对你娘说，哄他同我扎挣；折了本钱，自己心里难过，对你娘还说是又挣了些。人家欠账，不敢哼一点大气儿。……出外做生意，到江南，走汉口，船上怕风怕贼。……又怕水手就是贼，一夜何尝合过眼。单单熬到日头发红时，我又有命了。又一遭儿，离汉口不过三里，登时大风暴起了，自己货船在江水里耍漂，眼看着人家船落了三只，连水手舵工也不见个踪影……（第一百回）

同情中洋溢着对王春宇创业精神的肯定，进而对商人相与主户“本是银钱上取齐”的做法也表示了理解：“要之做客商，离乡井，抛亲属，冒风霜，甘淡薄，利上取齐，这也无怪其然。”（第六十回）在那个时代的知识分子中，对商人生活有这样体贴和认识的，实在是不多见的。

在众多市民工商业者形象中，写得最为成功的是新发财主巫凤山的女儿巫翠姐。她自幼在抹牌、看戏的生活中长大，山陕庙演戏，“那柏树下就是她久占下了。只这庙唱戏，勿论白日夜间，总来看的。那两边站的，都是她的丫头养娘。”（第四十九回）她的婚姻就是在庙戏场上被谭绍闻相中定下来的。她全不管什么“三从四德”，只因“热恋谭家是个旧家，且是富户”（第八十二回），便乐意做填房；谭家穷了，她就顶撞丈夫、忤逆婆婆，甚至一言不合主动要求“你（谭绍闻）就办我个老女归宗”。从此回娘家照料自己私积放债的银钱，图“将来发个大财，也是有的”（第八十二回）。

而当谭绍闻考取了儒童第一名，家道初见转机，她赶紧自备厚礼回来，依然做她的少主妇。回家后卸了妆，第一句话就是：“我的旧裙子搭在床横杆上，往哪里去了？”（第八十七回）她以“描鸾刺绣”的手艺做纸牌，却雇人为自己做鞋；她对丈夫赌博是唯恐其不赢，自己还在香闺设了赌场；她看不起王中，却善待冰梅母子，并把对冰梅的这份善心归功于《芦花记》的教育；她把戏文当作生活的信条，凡论事从中引经据典，她的母亲巴氏也娇嗔她“好一张油嘴，通成了戏上捣杂的”（第八十七回），却又不仅是话说得“油”，有时还真有见识，甚至石破天惊，如谭绍闻从济宁回来说到路上遭了强盗，巫氏道：“……这都是些没下场的强贼。像那瓦岗寨、梁山泊，才是正经贼哩。”（第七十三回）总之，泼辣、任性、大方、权变、聪明、要强、强烈的发财欲是这个富商之女的突出性格特征，她是新兴商品经济文化哺育出来的个性解放的女性，在这部“市井《春秋》”中也是一颗光亮的明星。

八　人物画廊——《歧路灯》的写人艺术

《歧路灯》旨在为人生指明破暗，关心的是人的命运。所以，它在多方面描绘社会生活的场景中，能把人物作为画面的中心。它写了二百多个人物，官绅吏役、清客帮闲、秀才师爷、商贩经纪、医卜星算、僧道妓尼、赌徒游棍、乌龟娈童、公子哥儿、绿林强人……三教九流，无所不有，更无不让人过目留影。有许多人物写得栩栩如生，个性突出，更有某些深刻的内涵，显示作家写人的高超艺术。

谭绍闻是一个败子回头的形象。幼年父亲“严密齐备”（第一回）的保守教育，把他做成一个“读书的憨瓜”（第四十四回），这是一个不足以守成的性格。如果谭孝移活得长久，谭绍闻未必不能顺利读书做官，弄一顶乌纱撑住门户。因谭孝移早逝，这就使谭绍闻失去了读书做官的督军，随了偷懒放纵的先生，进而“沾风惹草，东游西荡，只拣热闹处去晃”（第十四回），很快就晃到一群匪类中去了。书中写这个“憨瓜”堕落中最突出的性格特征是“面软”（第七十四回）、“心软”（第七十三回）。初入匪场，他狎妓脸红，赌博手颤；但几经出入，习惯成自然，便放手大弄起来。这中间他受过贤妻义仆的规劝，父执良师的训诫，也不断地良心发现，他后悔过，哭过，上吊自杀过，但终于不能断然拒绝匪类的引诱，一而再、再而三地重蹈覆辙，最后把家业弄得几乎精光，“也把贫苦熬煎受够了”（第一回），才渐渐回头向善。

按照作者的理解，“软弱”是谭绍闻抵不住匪类勾引的原因，书中写谭绍闻这样想道：“我一向吃了软弱的亏。”（第六十六回）实际的描写也把他这一性格特征突出了，写活了，更在客观上进一步显示了这一特征的本质内涵。谭绍闻的“软弱”从根本上说不是由于缺乏生活经验，而是剥削阶级享乐腐化的本性使然。他反复堕落，“说读就读，说赌就赌”（第四十三回），越陷越深，无非为了“财”“色”二字。第五十七回写乌龟以娼妓珍珠串的名义勾引他赴赌，他犹豫再三，最后还是想到“珍珠串几番多情，我也太恝绝了，也算我薄情，不如径上夏家游散一回，我咬住牙，只一个不赌，他们该怎的呢?”于是坦然地去了。这一次他拿定主意只嫖不赌的，却不料虎镇邦的六个元宝使他乱了方寸，书中写他“一见六个元宝，眼中有些动火，……发起昏来。便见那五个元宝，顷刻间有探囊取物的光景”（第五十八回）。于是大赌起来，输银八百两，还几乎闹出一场官司。其他如“一诺受梨园”、被高皮匠“炫色攫利”“倒运烧丹灶”“秘商铸私钱”等等一连串上当吃亏，无非是财迷心窍或色欲攻心，往往是酒、色、财一齐上，使他“发起昏来”。“软弱”的根子正在这个纨绔子弟的劣根性上，无论发誓赌咒拿定的主意，只要受了“财”“色”的勾引，他都会面嫩耳软地见异思迁。反过来对王中这个忠仆，他动辄就逐出家门；德喜儿、邓祥顶撞了他，他也知道，说：“祥符是个有日月地方，我就把您这些东西，一齐送到官上，怕不打折您下半截来。”又对讼师说：“这家生子，骨头也是我的。”（第八十回）从不有什么踌躇和软弱。

所以，与《儒林外史》中杜少卿、《红楼梦》中贾宝玉的叛逆性格不同，谭绍闻是地主阶级蜕化堕落的败家子典型。他丧失了旧道德，又没有获得新思想，一味任着纨绔子弟的劣性阵阵发作而堕落，诚如夏逢若戏谑他所说：“谭贤弟……人人都说他是个憨头狼。”（第八十四回）真是一个传神的形容。唯其如此，这个形象在当时的社会上才有更大的概括性。当然，谭绍闻的结局振起，减弱了他作为“败子”的批判意义。但作品描写他的改悔根本上是由于家境内外交困的逼迫，东山再起是靠了以谭绍衣为象征的尚未倒台的封建宗法制度和政治制度，这就有相当的合理性。所以，作为地主家庭“败子回头”的形象，从历史的发展看，当然缺乏典型性，但在当时的社会环境中，却还有一定的生活依据。

王氏是一位糊涂母亲的形象。她的糊涂集中表现为对儿子谭绍闻的溺爱，用她自己的话说就是“见儿子太亲”“惯坏坑了他”（第八十二回）。然而这只是问题的一个方面。王氏的糊涂很大程度上出于小市民的俗气。例如，她放纵儿子玩耍，表面是认为“书也不是恁般死读的”（第三回），骨子里是因为她看到当时“世上只要钱，不要书”（第七十四回）。她任从儿子赌博，就是以为赌博也有赢的时候。有一回谭绍闻赢钱——实际是吞了引他大赌的钓饵，王氏就为儿子打气说：“赢不死那天杀哩!”（第三十五回）后来谭绍闻把赌场开在自己家里，王氏喜的“一天有十几串抽的头钱”（第六十四回）。她听任儿子让戏子占了书房，是因为“儿子拿了三十两哄了”，说是戏主送来一月房钱，她“便喜欢起来”（第二十三回）。总之，在多数情况下，她放纵谭绍闻都是利令智昏的结果，“溺爱”则主要表现为对儿子堕落后的护短。倘若当初不利令智昏，也就不会有后来的护短。所以王氏的糊涂根本上是财迷心窍，这也是向往新兴工商业者暴发户生活的心理表现。

她看出谭宅不能“久长富贵”的危机，却不赞成丈夫谭孝移那种“兢兢业业终身怕”的保守疗法，而是要向新发的财主们看齐。她晓得新发的财主们家“丫头忙着哩，单管铺毡点灯，侍奉太太姑娘们抹牌，好抽头哩”。（第四回）就在丈夫去世后一件件地纵容儿子学样做起来。上述她对谭绍闻的种种听之任之甚至撑腰打气，都是受了当时新发工商业者家庭生活方式和观念影响的结果。而这影响又几乎都是消极的成分，工商业者艰苦创业、精于治生的一面，她恰恰没有看到，更无从效仿，所以只沾染了小市民难免的俗气。总之，王氏这个糊涂母亲的形象，与《西厢记》中崔母、《牡丹亭》中杜母那等封建顽固的老夫人形象适成对立的极端，她是被新兴工商业者的生活方式和观念弄得眼花缭乱、心烦意乱而糊涂起来的老夫人形象。这个走出了封建家庭的死胡同却又搭错车的人物，也与她的儿子一样，得不到任何人的喜欢。

王中是一个义仆的形象。虽然作者有通过这个形象表现事君之道的用意，但实际写成的终于还是谭宅一个奴才。他是“奴仆”中一个“大理学”（第一百零三回），对主人“一星诡儿也没有”。因此被谭孝移临终付以托孤的重任，还预留田宅为他做后路。就倚重而言，实际已不把他作奴仆看待。唯其如此，才使得王中效忠谭宅——由老主人而少主人，更加死心塌地。从谭孝移一方面说，对王中以恩宠、以义结，信任有加，按旧时一般讲义气知恩图报的观念，王中的做法是可以得到解释的。然而不然，书中写王中为谭家所做的一切，都很少与谭孝移的恩养有关，而是为了老主人生前奉守而自己心悦诚服的封建礼教和谭宅与自己的主仆名分。书中写王中时时提起“大爷在日”如何如何，固然有“挟天子以令诸侯”的意思，但归根到底还是他对谭孝移生前的一套深信不疑。第五十三回写王中诟骂夏逢若道：“你是个什么东西，就公然坐到这里!”直接原因就是恨夏逢若坐在了他不应该坐的内楼里，坏了礼法。第六十六回写王中到了春盛号，谭绍闻的表兄王隆吉指着椅子道：

“你坐下说话。”王中再三不肯，“坐在门限上说起话来”。第一百零六回写谭绍闻欲以王中的女儿全姑为妾又怕王中不允，却不料王中连女儿做小主人的妾也还是觉得“心中有些不安”，要到谭孝移坟上“磕头禀过，见小的不敢欺心”。理由就是“我是奴仆”——这句话概括了王中的全部精神状态和实际生活。谭绍闻说“这家生子，骨头也是我的”，连讼师冯健都有些听不顺耳（第八十回），王中却安心居之不疑；在谭绍闻都有些不忍为的地方，王中却觉得是受了过分的抬举；甚至别人一时不把他作奴仆看待，他几乎就有些不自在。他做惯做稳了奴仆，以致觉得奴仆中也有些“名教”的乐趣，于是不再想做“人”，这可以说是中国文学史上奴才的典型之一。清中叶奴婢制度已到了崩溃的边沿，《歧路灯》在这样的时代将王中与背主的奴仆对比来写，狂热地表彰王中这个义仆，为之送字、立牌坊、请旌表，客观上有维护行将消亡的封建奴婢制度，向背主的奴仆们做“招安”之意，是不足为训的。

夏逢若是个市井无赖的典型。他也是一个小官宦堕落子弟，已经一贫如洗，专一取巧诈骗为生。他的信仰是“人生一世，不过快乐了便罢”（第二十一回），所以什么不要脸丧天害理的事都干得出来。他“生得聪明，言辞便捷，想头奇巧”，诨号“兔儿丝”（一种攀附寄生于豆科作物上的野草），有一套“粘”和“缠”的本领。他使谭绍闻一误再误，倾家荡产，还不觉他有什么可恨的地方，有时甚至不得不借重他。第五十一回写谭绍闻遭了官司，焦丹为他合计请一个人去走官府的后门：

焦丹说道：“这赌博场里弄出事来，但凡正经人就不管，何况又是人命？若要办这事，除非是那一等下流人，极有想头，极有口才，极有胆量，却没廉耻，才肯做这事；东西说合，内外钻营，图个余头儿。府上累代书香人家，这样人平素怎敢傍个门儿？只怕府上断没此等人。”谭绍闻极口道：“有!有！有！我有一个盟友夏逢若，这个人办事很得窍。”王氏道：“你又粘惹他做什么？王中断不肯依。”绍闻道：“事到如今，也讲说不起。况他平日，也不曾亏欠咱。”

对谭绍闻来说，夏逢若就是他吸上瘾的鸦片烟。然而作者并没有把夏逢若脸谱化，如写他年龄渐长，也有偶然良心发现的时候——他的母亲病重，也还知道自己不便在外留宿；娘死了，他也“号啕大哭。声声哭道：‘娘跟我把苦受尽了呀！’这一恸原是真的。”（第七十回）他有时甚至觉得坑害了一向真诚待他的谭绍闻而心里不安。不过，他既已堕落到非坑害人不能为生的地步，为了钱也就一次次昧起良心重复去干那“算不得一个人”（第四十二回）的事。在这个形象身上，使我们看到为什么地主膏粱子弟堕落了而不能自拔的真实，这一形象与谭绍闻“败子回头”的形象有互补的作用。

《歧路灯》中写得好的人物还有先前提到的惠圣人、王春宇、巫翠姐等。此外，“傻公子”盛希侨，年轻商人王隆吉，薄命淑女孔慧娘，书办钱万里，庸医姚杏庵、董橘泉，风水先生胡星居，江湖术士武当山道士，官媒薛窝窝，再醮妇姜氏，妒妇杜氏，惠圣人妻滑氏，戏主茅拔茹，赌棍张绳祖、王紫泥、虎镇邦，以及市井无赖白鸽嘴、细皮鲢、貂鼠皮等等，这些人虽着墨不多，也妍媸毕现，各有性情，显示了作者以文字传神写照的卓越才情。

《歧路灯》写人艺术的具体方面，则有以下几点：

（一）有意识地把各种人物对立来写，使彼此个性分明。《歧路灯》第三十九回“程嵩淑擎酒评知己”说：“咱数人相交，原可以当得起朋友二字。但咱三人之所以不及潜老（娄潜斋）者，我一发说明：类老（张类村）慈祥处多断制处少，耘老（孔耘轩）冲和处多棱角处少，我便亢爽处多周密处少。即如孝移兄在日，严正处多圆融处少。唯娄兄有咱四人之所长，无咱四人之所短。”专讲这一班理学朋友性格的不同，说明作者写人是有意相互对照以突出个性的。所以，同胞兄弟，惠养民、惠观民性情真伪不同；同胞姐弟，王氏与王春宇对读书的看法不同；同是匪类，盛希侨、夏逢若有豪纵与诡诈、无心与有心为恶的不同；同是谭宅塾师，娄潜斋、侯冠玉、惠养民、智周万各有不同；同是少妇，孔慧娘、巫翠姐有守礼内向和任性而为的不同；同是小妾，冰梅与杜氏有温顺与悍妒的不同，等等。而且这些人物性格的对立或对照又不是随意设置成的，都可以从人物的出身经历、环境教养找到根据，如惠氏兄弟的不同源于一个务农齐家、一个讲理学又娶了不贤的妻子；王氏姐弟的不同，在于两人处境有异。至于“正人”与“匪人”的对立，则以王中与夏逢若为几乎始终的对手——一个千方百计辅助谭绍闻守业走正路，一个挖空心思勾引谭绍闻堕落赚取他的金钱。从第十六回夏逢若出场到第一百回他被遣发极边，八十五回书某种程度上可以看作王中与夏逢若争夺谭绍闻的“拉锯战”。夏逢若“平日原怕王中”（第五十六回），王中则把夏逢若“真真恨极了”；王中骂过、打过夏逢若，夏逢若也伺机多次向谭绍闻进过王中的谗言。王中两次被逐都直接与夏逢若相关，大有昏君在上，进奸佞而远忠良的态势，而两个人物相反相成，个性分外鲜明。

（二）在矛盾冲突情节发展中刻画人物性格的独特性、丰富性和发展变化。早期通俗小说人物形象往往性格单一固定，缺乏变化。《歧路灯》显然打破了这个历史的局限，它把情节作为人物性格的历史，随着时间、空间、故事情节的推移渐进刻画人物性格。对贯串人物性格始终规定人物命运的基本特征，作者不惜笔墨，反复点染，如谭绍闻的“软”、王氏的糊涂、王中的一心向主、夏逢若的“兔儿丝”本性、巫翠姐的以戏文为生等，都在情节和细节中不止一次被突出体现出来。

有的用绰号固定下来，如惠养民是“圣人”盛希侨是“傻公子”“公孙衍（谐‘厌’）”，张绳祖是“没星秤”，夏逢若是“兔儿丝”，贾李魁是“假李逵”等等，都有助于突出人物的性格特征。

有的进一步用口头禅似的语言突出人物性格的某一点，如夏逢若的诈伪做作表现在凡事标榜“我这为朋友的”，王中对大人先生们说话开口总是“小的”、对王氏母子爱提“大爷在日”，谭绍闻悔悟后又堕落，总是说“到那边就回来”，盛希侨骂人总是“狗攮的”，管贻安只讲了一次却使他令人难忘的话即“我是骄惯成性”（第三十四回）。这些话几乎成为人物性格的一个标记，正如法国狄更斯的小说《大卫·科波菲尔》中的密考伯太太总是说“我永远不会遗弃密考伯先生”，有类似的效果。人物性格的丰富性和发展变化，从上述四个主要人物形象的评析中可以看出，这里可以从略了。

（三）运用讽刺手法揭示人物性格特征。有时作者无意于讽刺，但写实的结果造成了讽刺。如娄潜斋是作者所写笃于友情的人，但在谭孝移死后治丧的议论中，他还说“耘老此说，几令人破涕为笑。……”（第十二回）接下来讲了一个“躲殃被盗”的故事。这“破涕为笑”一词和绘形绘色讲故事，显然不合时宜，足见出娄潜斋的腐酸和虚伪；又如第一百零六回写谭绍闻要他母亲向王中试探讨全姑为妾说：“娘见王中，硬提一句，他不依时，娘是女人家，只说娘老的糊涂了，丢开手，话就如忘了一般。”“娘是女人家”这话，今天看来就如当面骂娘，但作者视为当然，王氏也承认过“我一个女人家见识”（第十九回），自然不以为非。但客观上显然不合理，如实写下来，便造成对谭绍闻性格的讽刺——尽管也有读者见识感受的作用。有时作者直接挖苦揶揄，如第五回“慎选举悉心品士”，写县学周东宿要秀才们“所言公则公言之”：

只见众生员个个都笑容可掬，却无一人答言。东宿又道：“……年兄们也不妨各举所知。”只见众秀才们唧唧哝哝，喉中依稀有音；推推诿诿，口中吞吐无语。乔龄道：“喜诏初到时，到像有个光景，如何越迟越松。”原来秀才们性情，老实的到官场不管闲事；乖觉的到官场不肯多言；那些平素肯说话的，纵私谈则排众议而伸己见，论官事则躲自身而推他人，这也是不约而同之概。

有时使人物自嘲或相互嘲讽，如第七十六回写夏逢若被王中打得衣上带血，仆人双庆要为他洗净，夏逢若说："胸前带着样子极好，这才叫作为朋友的心血不昧。"第五十八回写赌博缺人，乌龟要求算上一家，"夏逢若道：'你要配场也不妨，只是爷们儿在这里耍，你站着不是常法，你坐下却又不中看。'乌龟道：'咳！不吃这赌博场中坐的多了，怎的如今升到站的地位。'"

有时让人物前后自相矛盾，如第三十回写谭绍闻被茅拔茹诬告，着德喜请夏逢若出面作证，夏逢若故意勒措不去。后来王中许他二十两银子，"夏逢若把手一拍，骂道：'好贼狗攮的！……我就去会会他，看他怎样放刁！真忘八攮的！咱如今就去。想着不还钱，磁了好眼！'"

有时让人物弄巧成拙，如第六十回"夏逢若集匪遭暗羞"，写夏逢若没赢钱，倒赔了老婆。

总之，作者或隐刺、或明挑、或冷嘲、或热讽，不时把人物内在可笑、可鄙或可恶的地方撕开来看，从而取得讽刺的艺术效果。

（四）通过环境描写揭示人物性格命运。环境是"人化的自然"（马克思《1844年经济学哲学手稿》），一个人独特的环境布置，也就是他性格的延伸。因此，文学中的环境描写可以反映人物的性格命运。《歧路灯》成功地运用了这一美学原则。有时通过环境描写衬托显示人物的身份教养好尚等性格特点，如第五回写钱书办居室：

只见客房是两间旧草房儿，上边裱糊顶槅，正面桌上伏侍着萧、曹（指汉初名相萧何、曹参。旧时书办奉为祖师）泥塑小像儿，满层里都是旧文移、旧印结糊的。东墙贴着一张画，是《东方曼倩偷桃》（东方曼倩即东方朔，汉武帝弄臣。这是一幅很俗气的画），西墙挂一条庆贺轴子。一张漆桌，四把竹椅。

从屋里的供奉、裱糊、张贴、悬挂、摆设，就可以知道主人是一个久惯刀笔以攫利的俗吏。第三回王春宇三间厢房的描写、第七回柏公"读画轩"的描写、谭孝移避雨所至一家书房的描写等，都透露人物的身份教养。

有时通过环境描写显示人物生活境况、命运的变化，如第八十八回写梅克仁再次来到碧草轩，眼中旧日书房成了"包办酒席"的"西蓬壶馆"，"只剩下一株弯腰老松，还在那荤雨腥风中，响他那谡谡之韵。"有时借环境对人物直接贬抑，如钱书办住的地方是五道庙东土地窝窝，夏逢若住的地方是瘟神庙邪街。

有时又借环境对人物进行反讽，第七十五回“谭绍闻倒运烧丹灶”写道士端详用来“烧丹”的谭宅账房：

道士喜道：“此是府中第一聚财之处。天生盖的合了天库星。”绍闻道：“旧日原系账房，单管出入银钱。”道士道：“用此房时，钱财如火之始燃；不用此房时，钱财如灯之欲烬。万万不可冷落了这座宝库。……”

接下来写的是谭绍闻在这间“府中第一聚财之处”被道士拐走二百余两银子。

《歧路灯》就是这样多方面多变化地通过环境描写塑造人物，甚至一器一物都折射人情，如赌棍张绳祖家用的赌筹是他祖上做官时的衔签，“俱把‘临汾县正堂’贴住半截”（第四十三回）。

（五）深入细致地刻画人物心理。作为一部教育小说，《歧路灯》注意人物内在气质情感的变化，并推广到人物心理的刻画。书中大量运用人物自白展示其内心世界，如第二十一回夏逢若酒后腾邪说、第四十二回张绳祖自述堕落根由、第五十六回智周万辞馆前一番思忖、第一百回王隆吉转述其父自叙一生辛酸，等等。

也有直接的描述，如第四十四回写谭绍闻输赌之后的心情：

却说谭绍闻辞了众赌友，出的张宅门，此时方寸之中，把昨夕醉后欢字、悦字、怡字，都赶到爪哇国去了；却把那悔字领了头，领的愧字、恼字、恨字、慌字、怕字、怖字、愁字、闷字、怨字、急字，凑成半部小字汇儿。端的好难煞人也。

更多的是用细节描写刻画人物心理，如第七十回写谭绍闻与姜氏在夏逢若家意外相逢，姜氏让丈夫马九方把谭绍闻留住：

马九方回复内眷，便说客住下了。这姜氏喜之不胜，洗手，剔甲，办晚上碟酌，把腌的鹌鹑速煮上。心下想道：“只凭这几个盘碟精洁，默寄我的柔肠曲衷罢。”

谁知未及上烛，……马九方回后院对姜氏道：“客走了。”姜氏正在切肉、撕鹌鹑之时，听得一句，茫然如有所失，口中半晌不言。有两个猫儿，绕着厨桌乱叫，姜氏将鹌鹑丢在地下，只说了一句道：“给你吃了罢。”马九方道：“咳，可惜了，可惜了。”姜氏道：“一个客也留不住，你就恁不中用。”

这中间“洗手、剔甲”“速煮上”“口中半晌不言”“将鹌鹑丢在地下”，几个动作配以相应的心想口说，把姜氏始则喜悦终于怅惘的缠绵未尽之恋情写得细致入微，如画如见。

《歧路灯》甚至偶尔深入人物潜意识的探索，例如第五十四回写大盗赵大胡子在陕西偷了金镯拿到赌场出售，谎称先人遗物：

谭绍闻……问道：“贵先人本贯何处？”赵大胡子道：“我听说是陕西。”夏逢若道：“陕西何处？”赵大胡子道：“只像是潞安府。”孙五秃子道：“潞安是山西。”赵大胡子道：“我记差了。”

其实，赵大胡子不是记差了，而是失言露出了作案地点陕西，又想掩饰，故意说成潞安。失言的背后则是做贼心虚的心理。

总之，《歧路灯》塑造了大量独特的、栩栩如生的人物，也提供了宝贵的、丰富多样的写人艺术的成功经验。尽管它在这方面也有某些败笔，如多数的，“正人”和“清官”都是写得不好的，但从全书来看，只是艺术上的不平衡。

九　叙事佳构——《歧路灯》的叙事艺术

《歧路灯》长于叙事，布局新颖，结构细密，情节委曲，全书发展自然流动，是我国古代小说叙事艺术的一个高峰。

《歧路灯》创造了我国长篇小说以一个人物为中心布局的范例。我国小说起源于民间的讲故事，通俗小说（包括白话长篇小说和短篇小说）则直接脱胎于说话艺术。说话，也就是讲故事，所以“故事”自来是我国古代小说艺术的中心，“志怪”“传奇”“话本”“演义”等小说名目本身，就体现了这一特点和传统。这一传统使中国小说历来重视叙事，并以故事的“起—中—结”为序进行布局，程度不同地缺乏中心人物或虽有中心人物而刻画不足，更没有产生自觉以一个中心人物布局全书的长篇小说。《歧路灯》差不多与《红楼梦》同时打破了这个传统。郭绍虞说：“至《红楼梦》与《歧路灯》则异此矣！书中都有一个中心人物，由此中心人物点缀铺排，大开大合，以组成有系统有线索的巨著，这实是一个进步。”（《介绍〈歧路灯〉》，载《文学周报》五卷二十五号）

《歧路灯》有意识地以谭绍闻性格命运的发展为中心布局全书，领起全书的第一回开篇说：“话说人生在世，不过是成立覆败两端。而成立覆败之由，全在少年时候分路。”明确提出人生的“路”的问题，为全书破题。一番议论后接着写道：

我今为甚讲此一段话？只因有一家极有根柢人家，祖、父都是老成典型，生出了一个极聪明的子弟。他家家教真是严密齐备，偏是这位公郎，只少了遵守两个字，后来结交一干匪类，东扯西捞，果然弄的家破人亡，上天无路，入地无门。多亏他是个正经有来头的门户，还有本族人提拔他；也亏他良心未尽，自己还得些耻字悔字的力量，改志换骨，结果也还到了好处。要之，也把贫苦熬煎受够了。

这一段文字概括交代全书故事，点明“这位公郎”成立覆败的人生之路是贯串全书的中心线索。

《歧路灯》一百零八回，除第四十一回“韩节妇全操殉母”和第九十四回“季刺史午夜筹荒政”两段故事较为游离外，全书情节都紧密围绕谭绍闻展开。

第一回“念先泽千里伸孝思　虑后裔一掌寓慈情”，题目与内容都颇迂腐，但这一回介绍了谭宅是“一家极有根柢人家”，全书所有关键人物几乎都出场了，围绕谭绍闻的教育，谭孝移夫妻间的矛盾也初见端倪。谭孝移的“虑后裔”引出下文的延师教子，为谭绍闻植下幼学根柢，王氏的糊涂姑息则为后来谭绍闻的堕落埋下伏线；王中和叙述中介绍的谭孝移的几位好友是后来谭绍闻堕落时屡次挽救他的人，谭绍衣则是最后使谭绍闻走定“正路”和重整家业的人。因此，“这第一回文字在结构上，却是极有意义的：它不但很自然地引出全书，并且为后面一个大转机的伏线”（《歧路灯》，《朱自清古典文学论文集》）。

第八回“侯教读偷惰纵学徒”写谭绍闻在父师先后入京离去后，初为侯冠玉所误，是全书一小转折；第十二回写谭孝移去世，绍闻失教，渐入歧路，为全书一大转折。这前十二回书虽然较少正面写谭绍闻，但实际上或远或近，处处关注着这个中心，例如第七、九、十回写谭孝移在京候选，四次动思归教子之念，一次比一次急切。

自第十三回起，谭绍闻走出父亲的遮蔽来到前台，同时也疏远“正人”，趋入匪场。此后数十回书写谭绍闻一次次堕落，家业损之又损；又一点良心未尽并在“正人”的教诲规谏下一次次追悔自责。至第八十三回“程父执侃言谕后生”，写谭绍闻奉请父执，重新亲近“正人”，设定“割产还债”的方略，是谭绍闻改过自新重整家业一小转机；第八十八回“谭绍衣升任开归道”，留意关照谭绍闻，是全书一大转机；此后否极泰来，家道复兴，渐入佳境。最后“大团圆”的结局虽是俗套，但从《歧路灯》的题意和书中写谭绍闻一直“良心未尽”时时发现的安排看，结局则又非如此不可，是布局上完成谭绍闻这一中心人物形象塑造所必须的。

总之，《歧路灯》如其他小说一样写了众多人物事件，但它是围绕谭绍闻一人性格命运结撰来的，堪称谭绍闻这一形象的性格史、命运史。这样布局结构形式，是明清长篇小说艺术的一个新发展。

《歧路灯》结构细密。朱自清评它“这样大开大阖而又精细的结构，可以见出作者的笔力和文心。他处处使他的情节自然地有机地发展，不屑用‘无巧不成书’的观念甚至于声明，来做他的借口，那是旧小说家常依赖的老套子。所以单论结构，不独《儒林外史》不能和本书相比，就是《红楼梦》也还较逊一筹；我们可以说，在结构上它是中国旧来唯一的真正长篇小说。”(《朱自清古典文学论文集》)

这一论述是很有见地的：首先，《歧路灯》注意了不使人物事体繁杂，便于叙事精细。作品开始写谭宅一家父、母、子三口，是人类学和社会学所说家庭的最基本的构成。后来谭孝移去世，谭绍闻娶一妻一妾又有了儿子，直到最后，全书所写谭家不过六七人而已。其他则账房、奴仆数人，谭宅亲友也不甚多。这样一个家庭事体的叙述，比起《红楼梦》写贾府那样一个大家庭显然要轻松得多，容易集中笔墨，照顾周严；穿插性的人物则注意充分利用，不使“小人物”过多和只出现一次。例如谭绍衣的管家梅克仁第一回出现后，又于第八十八回重新出现；书办钱万里第五回出现后，又于第七十九回出现；庸医姚杏庵于第十一回出现后，又于第三十七回、第七十八回出现；阎楷于第二十三回退场（回山西老家）后，又于第九十七回出现；第四十四回谭绍闻下亳州雇的脚户白日晃，在第六十回王春宇下亳州时又提到“扣的白日晃的牲口骑去”。

特别是薛媒婆这个人物，书中写她三进谭宅：第一次是卖冰梅给谭家，在第十三回；第二次是冰梅生了儿子洗三，在第二十七回；第三次是给冰梅生的儿子兴官贺喜兼做媒，在第九十三回。这三次出现，不仅使薛媒婆这个人物形象鲜明起来，而且引出、烘托了冰梅，给全书结构加一辅线，与《红楼梦》写刘姥姥三进荣国府有异曲同工之妙。

作者在处理运用这些“小人物”时颇有匠心，第六十三回写“谭明经灵柩入土”时专列了一个吊簿，把前面出现的谭宅亲故人物列了一个清单，除情节的需要外，似乎作者有意把他写的各种人物来一个清理，从而使人物

“合影”一次，并控制在一定限度。

《歧路灯》大量成功地运用了伏笔和照应。伏笔使故事的发展、人物的命运建立在合理原则基础上，避免了“无巧不成书”的局限。《歧路灯》的伏笔多是写实的，有的伏脉千里，如第一回写丹徒谭绍衣“十七岁进学，已补了廪，现从宋翰林读书”，他很重视族谊和祖上及先贤遗墨，第八十六回写他的为政、写他栽培谭绍闻一家、助盛希侨刷印祖藏书板等，都从第一回生发出来。又如谭绍闻随军平倭寇用烟火架破敌立功是将近终篇的情节，而在第二回、第八回、第十三回、第一百零二回皆曾写到谭绍闻幼年好买花炮、放火箭。《歧路灯》中也有象征性的伏笔，如第九回写谭孝移在京中念子思归，结想成梦，梦中“平倭”、做“参谋”、以军功出仕，都是后来谭绍闻所做的。谭孝移的梦可以看作谭绍闻结局的一个象征性伏笔，而谭绍闻以平倭军功擢县令，正是实现了他父亲生前的愿望，这对深化主题有明显作用。此外，作者甚至努力注意前后最细微的联系，例如第四回王氏说王中给谭绍闻“四个钱买了个砚水瓶儿”，至第八十七、八十九回还重复提到，足见其文心之细。

《歧路灯》全书顺叙，但于顺叙中偏多曲折。有时一事的转折作数层出落，如写谭绍闻失教，先写谭孝移举贤良入京，再写娄潜斋会试入京，然后写王氏主持请侯冠玉来教读，致使谭绍闻学业荒废和沾染不良习气，最后谭孝移去世，谭绍闻才走上歧路。写谭绍闻堕落，也并不是直落深渊，而是螺旋下沉，“才堕落，又悔悟；才悔悟，又堕落，层波叠澜，真如置身山阴道上，应接不暇。”（郭绍虞《介绍〈歧路灯〉》）悔悟一堕落之间，便是理与欲、正与邪争战的过程，作者于此用笔顺顺逆逆，往往摇曳多姿。

《歧路灯》还注重情节的穿插和转换，使全书组织严谨细密而不呆板，波澜起伏却进展自然。例如它写戏主茅拔茹的故事并不一直写完，而是写过茅拔茹将戏班子留给谭宅后暂时抛开，写了谭绍闻输赌、娶孔慧娘，高皮匠炫色攫利等事后，又接写“茅拔茹赖箱讼公堂”，回到先前中断的故事上来；又如第四十七回写王氏去城西南槐树庄给儿媳孔慧娘求取“神药”，写到“蔡湘鞭子一扬，转弯抹角，出了南门而去”。笔锋一转，拈出一个卦姑子闯谭宅行骗的小故事来，然后续写王氏如何求药。这样写避免了一事过长和平铺直叙而显得累赘的毛病，有暂留悬念、别开生面的美感。而且前一穿插在茅拔茹回家乡的间歇中，后一穿插在王氏行路之际，自然得体。同时灵活穿插还照顾到原来故事前后的联系，如茅拔茹的故事在插入其他情节后似了未了，留在谭宅的戏箱就是再生事端的祸根；作为穿插情节的故事中的高皮匠住在谭宅扭锁翻弄了戏箱，引起茅拔茹赖箱告状，从而轻松地完成穿插性情节向先前故事回归的转换，真圆如转环；同样，卦姑子的故事穿插也与外出求药的王氏相关，因为王氏临走把堂楼门锁了，而且赵大儿还评论说："奶奶在家，必上卦姑子当。"可见作者组织情节的心思是如何灵活和细致了。

《歧路灯》叙事艺术的成就，除由于作者的才华外，根本上决定于作者对年轻一代，特别是世宦子弟教育的关心，和他严肃写实的创作态度。但是，对教育的过度关心也使作者不能专心于生活图画的描绘，而不时用抽象的说教干扰甚至代替生动的描写。他唯恐读者不懂，而实际上他的解释不仅多余，有时还帮了倒忙，尤其那些"不敢蹈小说家窠臼"的声明，更画蛇添足，破坏了含蓄的美感。

同时，对教育的过度关心还使他不惜违背自己的写实原则，摭拾或捏造一些封建迷信和荒诞不经的故事，以配合他的说教。这就不仅是作品叙事艺术上的缺陷，而且是思想内容上的糟粕。

此外，全书特别是后半部叙事也有个别脱误的地方，如第八十三回开头交代巫翠姐在娘家私积放债的钱，将来要"入了娘家的公费"，但第八十七回却写巫翠姐用这钱置备礼物带回了谭家；第八十九回写夏逢若对谭绍闻说自己做了道台的买办，第九十六回又写夏逢若求盛希侨推荐他做道台的买办。这类前后矛盾或失照应的地方还有一些，诚如作者所说："前半笔意绵密，……后半笔意不逮前茅。"（《歧路灯自序》）

其实，《歧路灯》叙事艺术的薄弱处主要还不在于后半的草率，而在于全书开篇的平庸沉闷，不能很快抓住读者，以致影响了它的流传。尽管如此，《歧路灯》仍然不失为我国古代长篇小说叙事艺术的佳构。

十　雅俗共赏——《歧路灯》的语言艺术

《歧路灯》是李绿园这位文人独立创作的长篇小说，他严肃写实的创作态度使这部著作在语言艺术上也取得了较高的成就，无论叙述、描写、人物语言和议论，各种用语都有鲜明特色。

《歧路灯》的叙述语言简洁明快，风趣隽永。例如第五十八回写兵丁虎镇邦赌博的手段：

只因赌棍们花费产业，到那寸丝不挂之时，那武艺儿一发到精妙极处，这虎镇邦就是那色子的元帅，那色子就成了虎镇邦的小卒了。放下色盆，要掷四，那绯的便昂面朝天；要掷六，那卢的即回脸向上，要五个一色的，滚定时果然五位；要六个二般的，滚定时就是三双。所以前日见谭绍闻进夏逢若家便要吃这块天鹅肉。

这段话以“赌棍”作形容、以“兵丁”设譬喻，接连几句排比，文意畅达，语含讥讽。又如第六十五回写边公抓赌，小豆腐与夏逢若钻床底躲藏：

方有漏网之喜，不料小豆腐连日冒了风寒，喉中作起怪来，痒痒的不住欲咳，夏逢若只是悄声掩他的口。谁知忙中有错，自己的喉痒不曾提防，却是夏逢若一声小咳，露出马脚。被边公搜出，……

读这一段文字，我们不禁会笑出声来。

《歧路灯》语言的生动传神，随处可见。像第三十五回中写小儿：

只见兴官动了动，把绿袄襟掀开，露出银盘一个脸，绑着双角，胳膊、腿胯如藕瓜子一般，且胖得一节一节的。绍闻忍不住便去摸弄。冰梅笑道：“休动他，他不是好惹的。”那兴官早已醒了，哭将起来。慧娘抱起，打发他尿了一小泡儿，还不肯住哭。慧娘双手递与冰梅，搂到怀里，以乳塞口，无处可哭。兴官吃了一会儿饱了，丢了乳穗，扭身过来，看桌上果盘，便用小指头指着，说出两个字儿的话头：“吃果。”

第十一回中写巫婆：

只见赵大娘打呵欠，伸懒腰。须臾，眼儿合着，手儿捏着，浑身乱颤起来。口中哼哼，说出的话，无理无解，却又有腔有韵，似唱非唱、似歌非歌地道：“香烟缈缈上九天，又请我东顶老母落凡间。拨开云头往下看，又只见迷世众生跪面前。”法园便叫王氏跪下。……赵巫婆又哼起来：“昨日我从南天门上过，遇见太白李金星，拿出缘簿叫我看，谭乡绅簿上早有名。他生来不是凡间子，他是天上左金童。只因打碎了玉石盏，一袍袖打落下天宫。”法园道：“怪道谭山主享恁般大福，原来不是凡人。”

作者几乎写什么就像什么，使读者如临其境，如见其人，如闻其声。我们不能不叹服他练达人情、熟悉生活、驱遣语辞、绘形绘色绘声的才能。按照现实生活的本来面目表现生活，是《歧路灯》描写语言的基本特色。作者不追求语言的繁缛与华丽，只用朴实的词汇，细致入微地刻画人物及场景。

《歧路灯》中的人物对话各有声口，绝不雷同，已可以从上面引文中约略看出。它的人物对话也能表现出人物的气质和情感。例如，写谭孝移作为一个正派读书人对独生幼子谭绍闻的临终遗言：

“我的儿呀!你今年十三岁了。你爹爹这病，多是八分不能够好的!想着嘱咐你几句话，怕你太小，记不清许多。我只拣要紧的话，说与你罢。你要记着：‘用心读书，亲近正人。’只此八个字。……好儿呀！你只守住这八个字，纵不能光宗耀祖，也不至覆家败门；纵不能兴家立业，也不至弃田荡产。我死后，你且休埋我，你年纪太小。每逢到灵前烧纸，与我念一遍。你久后成人长大，埋了我，每年上坟时，在我坟头上念一遍。你记着不曾？”（第十二回）

这番话在旧时代可以说写尽了天下父母心。又如王氏在家业飘零后清明扫墓，书中写王氏不似旧年在祖坟上磕头，直向孝移墓前，突然一声哭道：

“咳！我那皇天呀！我当日不听你的话，果然今日弄成这个光景，我后悔只我知道呀！咳!我那皇天呀!你只管你合了眼你自在去了，我该怎的呀!”（第八十一回）

这几句话也道尽天下糊涂母亲的忏悔，诉尽天下孤苦无告的寡妇的悲哀。

《歧路灯》中的议论成分较多，有些议论在前后情节联系和塑造人物上是必要的，而且都是些切中当时事理人情的话，是此书议论得当的地方。然而小说毕竟是叙事的文学，描写是它最重要的手段，即使是精辟的议论也不应过多，何况《歧路灯》中的议论又大部分迂阔陈腐。所以从整体上看，议论过多给《歧路灯》造成的危害远远大于给它带来的好处。

《歧路灯》的作者曾明确表示：“每怪稗官例，丑言曲似之。既有惩欲意，何事导淫辞？”（第二十四回）所以在涉及两性关系的地方，他都“不敢蹈小说家窠臼”（第一百零八回），有意回避了，从而使笔墨很干净，这在明清的人情小说中是少见的，值得肯定的。由于作者熟悉经典，书中又写了许多知识分子，所以不免要有许多文言的话头和运用典故。有些是用得好的，例如第五十一回写一个告退了的驿丞接待谭绍闻的一番话：

“岂敢。弟一向待罪吴江，桑梓久疏。今蒙各台宪放闲田里，自揣冗废，不期谭世兄尚肯垂青，感愧之甚。但尊谦万不敢当。明晨答拜，全帖敬璧。”

这是绅士间的套话，意思无非感谢谭绍闻来看望自己这个退职闲居的人，却拿腔弄调，绕了许多弯子，当时普通的读者就未必尽懂。但不这样写出这个俗吏的“雅言”，便不足以衬托出他内心的鄙俗，这是运用文言成功的地方。其他如写惠养民“满口都是‘诚意正心’”的话头，巫翠姐张口离不了戏文的典故等，也都是运用文言运用得好的。然而正因为作者对文言、典故过于熟悉甚至偏爱，所以书中亦颇多不必要的“掉文”，有卖弄学问之嫌。

相对说来，《歧路灯》在运用河南方言俚语方面取得了较大的成功。作者在这方面是自觉追求的。例如第五十四回写王氏道：

“王中，你各人走了就罢，一朝天子一朝臣，还说那前话做什么。俗话说：‘儿大不由爷。’何况你大爷已死。你遭遭儿说话都带刺儿，你叫大相公如何容你?”

其中“各人”“前话”“遭遭儿”“带刺儿”都是中州的方言。“儿大不由爷”是北方的俗语。其他如说人没发展前途是“老苗了”（第八十七回）、说聊天为“闲打牙”（第九十三回）、说人合不来为“各不着”（第一百零八回）等等，也都是道地的中州话。还有许多俗语，如“光棍软似绵，眼子硬似铁”（第三十四回）、“能膺贼头窝主，不做人命干连”（第五十三回）、“井水不犯河水”“破人生意，如杀人父母一般”（第五十六回）等等，都有鲜明的时代特点和浓郁的乡土气息。

总之，《歧路灯》的作者是向古典文献和现实生活两个方面同时汲取营养，从而赋予了作品偏于质朴的雅俗共赏的语言风格，这是很值得我们称赞的。

十一　重放光芒——《歧路灯》的流传和版本

《歧路灯》有一个特异之处，即多次写到刻书、印书，如张类村刻印《文昌阴骘文注释》、苏霖臣刻印《孝经》、程嵩淑刻印诗集、谭绍衣刻印丹徒祖上遗著《灵宝遗编》、盛希侨刷印祖藏书板等，表现了保护和传播文化遗产的热情和兴趣。但是，李绿园生前却没能把自己的任何一种著作刻印出来。这除了当时河南刻书业不发达的情况外，最主要的原因可能在经济方面。按书中写张类村“刻《阴骘文注释》，是八分银一百个字，连句读圈点都包括在内”。（第三十八回）以此标准来计算，《歧路灯》近七十万字，仅刻工一项就需银五六百两，还有木板、纸张、油墨等费用，这显然不是还须教书为生的李绿园所能措办的。故终清之世，李绿园的所有著作都没有刻本，《歧路灯》也仅以抄本流传。

乾隆四十二年（1777 年）秋八月，《歧路灯》在新安脱稿后，即由李绿园的学生抄写流传，渐及豫西一带。乾隆四十四年（1779 年），李绿园辞馆回宝丰，把《歧路灯》的稿本带回家中，又由宝丰人抄传。手稿本先藏李家，道光间落入宝丰文人杨淮之手，后遂不知所终。新安抄本卷前多附《家训谆言》、乾隆庚子（1780 年）过录人题识；宝丰抄本不附《家训谆言》，有的题

"父城鱼齿山绿园老人撰"（父城为宝丰古称）。一百多年间，这两种抄本传写不辍，直到1924年新安人张青莲还记述说："莲自幼时，见吾乡巨族，每于家塾良宵，招集书手，辗转借抄。"（洛阳清义堂石印本《歧路灯》跋语）据校理《歧路灯》的栾星先生闻见，清亡至抗日战争这段时期内，《歧路灯》的旧抄本共有二十六种。栾星先生1962年校勘此书时，所使用的旧抄本有九种。今知最早的抄本是乾隆庚子（1780年）由新安传出的，残存第一至四十六回，藏河南省图书馆中。各种抄本从一百零四回至一百零八回回数不一，是传写中省并删节不同所造成的，栾星考定原本为一百零八回，是可信的。

《歧路灯》至清末流传未出河南省，这从河南人耿兴宗《中州珠玉录》、杨淮《中州诗钞》等中州旧籍的记载可知。民国年间蒋瑞藻《小说考证》、孙楷第《中国通俗小说书目》、孔另境《中国小说史料》等先后著录此书，它才渐渐为全国所知。1924年洛阳清义堂第一次出版石印本，结束了《歧路灯》手抄流传的历史；1927年北京朴社出版冯友兰、冯沅君兄妹校点的排印本，虽仅印行了一册二十六回，但已经引起全国的注意。朱自清撰文认为"只逊于《红楼梦》一筹，与《儒林外史》是可以并驾齐驱的"。（《歧路灯》，《朱自清古典文学论文集》）

栾星先生自1963年起，断续以十年之工校注此书，并编成《歧路灯旧闻钞》等三种资料，是二百年来第一次对此书进行全面系统的整理和研究，其功甚伟。栾星先生的《校勘说明》云：各本"细节描写，互有出入""夹议之笔特多"，均"酌予去留"，又"对个别冗赘描写作了删削。对情节上的不连缀处，曾少施针线"。1980年栾星校注本《歧路灯》和他编著的三种资料的合集《歧路灯研究资料》由中州书画社出版，前者印四十万册，风行海内外，引起巨大反响，被誉之为"再放光芒的《歧路灯》"（曾敏生《再放光芒的〈歧路灯〉》，台北《中原文献》，1983年第十五卷第二期）。这一赞语对于新校注本来说，自是当之无愧。

名家解读古典名著

世情讽喻小说(下)

解读天花藏主人的小说

林　辰　段句章　著

在中国小说史上曾经独树一帜、创立了一个流派——才子佳人小说的天花藏主人，在清初的小说作家中犹如一颗耀眼的明星。本书在介绍他生平的的基础上，详细解读了与他有关的十六部小说（包括在国外很有名的三部）。

一 发人深思的往事——开头的几句话

说一段往事：距今一百九十一年前（1821年），在英国首都伦敦翻译出版了中国清初小说《玉娇梨》的节译本。五年后（1826年），在法国首都巴黎，用《两个表姊妹》的译名出版了《玉娇梨》的法文全译本。接着，从1827年开始，先后又出版了英文全译本和德文全译本——《玉娇梨》在欧洲各国广泛地流行起来了。

就在《玉娇梨》《平山冷燕》《好逑传》等中国古代小说在欧洲各国广泛流行的时候，1827年1月31日，德国著名的文学家歌德，发表了对中国古代小说十分尊崇和赞赏的评论。

那天，歌德请他的好朋友爱克曼在家中吃晚饭。歌德对爱克曼说：

“在这几天里，我读了许多东西，特别是一部中国传奇（《两个表姊妹》），现在还在读它。我觉得它很值得注意。”

中国古代小说的优美动人的故事，打动了德国大文学家的心弦。歌德在和爱克曼谈话时，不仅饶有兴趣地介绍了《好逑传》的一些情节，而且还特别告诉爱克曼说：

“中国人有成千上万这类作品，而且在我们的远祖还生活在野森林的时代就有这类作品了。”

歌德不愧为一位伟大的作家，他读过中国小说，便立即产生了吸收中国小说艺术滋养的愿望；中国小说使歌德开阔了眼界——就在他和爱克曼谈论中国小说时，提出了“世界文学已经来临了”这个很有远见的口号。他表示要根据《好逑传》的故事，写一部长篇叙事诗。可惜，歌德没来得及实现他的愿望，就逝世了。

但是，正像歌德所说的那样，“诗是人类共同的财富”，文学家的艺术之心是相通的，和歌德同时代的一位日本著名小说家泷泽马琴，他把中国的《好逑传》改写成《侠客传》，在日本流行起来了。所以，美国的一位著名的文学评论家理查德·C·赫斯内在《中国十七世纪的才子佳人小说》一文中说：“《玉娇梨》《好逑传》对欧洲作家，如歌德和席勒等，有着不可忽视的影响。”（以上的故事和引文，见爱克曼辑录的《歌德谈话录》及王丽娜编著的《中国古典小说戏曲名著在国外》。）

如上所述，在欧洲广泛流传并且对于欧洲著名的大文学家也颇有影响的小说《玉娇梨》和《平山冷燕》的作者，正是本书所介绍的天花藏主人。《好逑传》虽然不是天花藏主人作的，但它是由天花藏主人开创的才子佳人小说的一种，是在天花藏主人的影响下诞生的。

才子佳人小说，其特点是演述才子和佳人的婚姻故事，又叫作理想小说。什么是理想小说呢？它的特征是：

作品中所描写的主人公，不是在哪个时代的现实生活中实际存在的人；作品中所叙述的故事，也不是哪个时代的现实社会中所能够发生的事。

例如，男女双方，素不相识，单凭吟两首诗，作一首词，便顿生爱慕之心，一见钟情，私订终身。这种人，这种事，在明清之际的那个现实社会里，虽然不敢说是绝对没有的，但至少也应当说是极其少见的。至于才子和佳人的婚姻遭到贵公子以及官高势重的权臣的破坏，最终还能得到皇帝的支持，这更是在那个封建婚姻制度像枷锁般禁锢着的时代里不可能发生的。但是，作家并不考虑这些，他只是从自己的理想出发，写他所理想的、所追求的故事。所以我们把这一类作品叫作理想派小说，把这一类作家称为理想派作家——也可以称他们为表现派作家，因为他们认为，小说是作家心态的自我表现。

古今中外，大大小小的作家，说不清有多少千多少万，看起来令人眼花缭乱，但说穿了只不过有两派——反映派和表现派。认为文学艺术是反映社会生活的，持这种反映论进行创作的作家，便是反映派；认为文学艺术是作家的自我表现，持这种表现论进行创作的作家，便属于表现派。从这种艺术方法论的角度看，中国古代的理想派小说，既有久远的源流，又是特定历史时期的产物。

汉以前以及魏晋南北朝小说，主要是记事录闻，作家的主观意识（即创作意识）很少——作家的主观意识，是通过他记什么事、录什么闻去体现的。唐人小说，作家的主观意识增浓了。如张文成的《游仙窟》，明显地透露着作者的情趣，或者说是体现着作者的追求。还有韦瓘的《周秦行记》和沈亚之的《秦梦记》，都是作家心态的自我表现，透过作家的心态，才可以折射出某种社会生活。它们可以说是理想小说的先驱。

到了明代，由于《金瓶梅》的诞生，在历史演义小说和神怪小说的高潮中，人情世情小说的创作也空前活跃，以才子佳人小说为代表的言情小说，带着作家的积极的自我表现欲望，在明末清初的一百多年间，迅速地产生了一大批理想小说。这些小说，并不是对现实社会生活的直接反映，而是作家依据他们的理想去创作，去编造寄托其理想的故事——这当然是就这类作品的基调而言，并不是说这类作品里一点现实社会的影子也没有。这些理想派作家，或者仕途不得志，或者婚姻不如意，或者生活穷困潦倒，于是他们通过小说人物的遭遇和命运，去表现自己的愿望和追求。例如，他们期望皇帝尊重人才，能使他们连中三元，取得一官半职；他们希望能有一位美貌多才的妻子，甚至幻想三妻四妾。总之，他们幻想从小说中得到他们在现实生活中所得不到的东西，在小说中实现他们在现实生活中所不能实现的愿望。

社会生活是光怪陆离的，作家的思想既不是单一的，更不是静止的、一成不变的，所以作品自然也是多彩的。在明末清初的文坛上，理想派小说曾经流行一时，同时也存在着非理想派的小说，在小说艺术的大花园里，百花争艳。在当时的小说创作中，有人主张“采巷间之遗事”，有人主张“架空设幻”——这是理想派小说的主要论点。

理想派作家的代表人物便是天花藏主人。他把小说创作看成是用那些并不存在的子虚乌有之事，抒发作者的梦幻：“不得已而借乌有先生以发泄其黄粱事业。”（《〈平山冷燕〉序》）因此他认为，对于小说中的奇奇巧巧的故事，不必计较是不是真实的：“又安可以书生偏见，疑疑似似，而一味抹杀耶!”（《〈赛红丝〉序》）天花藏主人的这种小说理论及其在这种理论支配下所创作的小说，在中国小说史上有着重要的影响。

但是，在中国小说史上曾经独树一帜、创立了一个流派的作家天花藏主人，不仅他的名字被湮没了，就是他所创作的在清初很有名声、在国外也深有影响的小说，近半个多世纪以来，却没有得到公平合理的评价。这确是中国小说史上一件发人深思的怪现象。

1924年，当《玉娇梨》等书在国外流芳百年之后，鲁迅颇有感慨地说道，这些小说，“在国外特有名，远过其在中国”。于是他在《中国小说史略》里对《玉娇梨》《平山冷燕》《好逑传》《铁花仙史》等书作了简单的介绍。可是，就在鲁迅发出了“在国外特有名”的慨叹之后，在中国出版的小说史著作中，天花藏主人及其小说，仍然得不到公正的评价。

为什么会出现这种畸形的现象？原因是多方面的。其中最主要的原因有三个：

一是一种对民族文化的虚无主义。鲁迅早就说过：“《儒林外史》作者的手段何尝在罗贯中下，然而留学生漫天塞地以来，这部书就好像不永久也不伟大了。伟大也要有人懂。”（《叶紫作〈丰收〉序》）中国人看不起中国小说，这和中国人看不起中国人是一样的，同是产生于“月亮也是外国的圆”的民族自卑心态。

二是在一个相当长的时期内，我们习惯于用简单的社会学（有人称之为庸俗社会学）的方法，去观察去评论复杂的文学现象；研究中国古代小说，只把眼睛盯在少数几部优秀的名著上——殊不知，没有丘陵哪有高山。

三是从“五四”运动以来，我们学习的、传播的、用来指导创作实践的文艺理论，主要是总结西方文艺实践的那套理论，用这种基本上是西方的文学理论去衡量中国古代小说，很难得出公正的评价。

如上所述，并非个别的现象。如果你还有什么怀疑的话，不妨再举一个生动的例子：

《金云翘传》在康熙初期出版时，天花藏主人曾为这部小说写了序，他对这部小说主人公的身世和命运，给予了高度的评价。嘉庆二十年（1815年），一位名叫阮攸的越南诗人，他在出使中国时把《金云翘传》带回国，用越南文字改写成长篇叙述诗，仍名《金云翘传》，不仅很快就在越南流行开了，并且被翻译成英、法、俄、德、日、中、捷克等多国文字，成为世界名著。当中国大学生在大学课堂里听讲世界名著《金云翘传》时，当中国人读着这部“出口转内销”的译作《金云翘传》时，中国产的《金云翘》却被中国的学术界遗弃在讲坛的背后。难道说这不是咄咄怪事！

不必多说了。这开头的几句话大家已经明白了：和《玉娇梨》《金云翘》《好逑传》《平山冷燕》等在世界有影响的小说有着密切关系的作家——天花藏主人，是应当认真研究的。我们再不能“言必希腊”，只知道托尔斯泰、莫泊桑、海明威，而不研究中国古代作家及其作品了。

我们需要从《玉娇梨》《金云翘》在国外热而在国内冷的往事中，焕发对民族文化的自尊心和努力钻研精神。

二　一颗耀眼的明星——天花藏主人

在清初【本书所说的清初，指的是从清顺治元年（1644年）到雍正末年（1735年）】的小说作家群中，天花藏主人像一颗灿烂耀眼的明星，他以开拓一代小说新潮流而独领风骚几十年。

在现存的清初小说中，和天花藏主人这个名字有联系的小说共有十六部：

1.《玉娇梨》——署荑秋散人编次。存无序本和《天花藏合刻七才子书》

的有序本。

2.《平山冷燕》——署荻岸散人编次。存无序本和《天花藏合刻七才子书》的有序本。

3.《两交婚》——未署作者名号，序署“天花藏主人题于素政堂”。

4.《画图缘》——未署作者名号，序署“天花藏主人题于素政堂”。

5.《金云翘传》——署青心才人编次，序署“天花藏主人偶题”。

6.《飞花咏》——未署作者名号，序署“天花藏主人题于素政堂”。

7.《赛红丝》——未署作者名号，序署“天花藏主人题于素政堂”。

8.《定情人》——未署作者名号，序署“素政堂主人题于天花藏”。

9.《玉支玑》——署天花藏主人述。无序。

10.《幻中真》——署烟霞散人编次，序署“天花藏主人题于素政堂”。有十回本和十二回本两种。

11.《麟儿报》——未署作者名号，序署“康熙壬子孟秋月天花藏主人题于素政堂”。

12.《人间乐》——署天花藏主人著。序署锡山老叟题于天花藏”。

13.《锦疑团》——未署作者名号，序署“康熙壬子天花藏主人”。

14.《梁武帝演义》——署“天花藏主人新编”。

15.《济颠大师醉菩提》——署“天花藏主人新编”，序署“桃花庵主人”。

16.《后水浒传》——署“青莲室主人辑”，序署“彩虹桥上客题于天花藏”。

一个人写十六部书，在现代并不算很多。但在清初那个时代，这要算是极其少见的多产作家了。不过，经过考查，这十六部小说，不都是天花藏主人作的。天花藏主人是一位小说家兼小说编辑家。他自己创作小说，也给别人的小说写序。这样，他的名号就和十六部小说联系在一起了。所以在这十六部小说中，就出现了一种奇特的现象——署他的名号著、述、新编的书，不一定是他写的；不署作者名号的书，又很可能是他写的。现知，真正由天花藏主人创作的小说，有三种（可以肯定是他写的），其余的十三种，现在还说不准是谁写的（也可能有他写的）。

评量一位小说家在小说史上的地位，不是看他写了多少部小说，而是看他的作品在社会上的反映如何，看他在小说文苑里的地位和作用如何。对于小说作家来说，重要的是作品的质量，而不是数量。天花藏主人的小说，由于种种特殊的原因，长期被湮没了，致使很多很多的中国读者不知道这位作家，没看过他的作品。

那么，天花藏主人究竟是怎样一个人物呢？

大约是在晚明（弘光—永历？）前后，天花藏主人写了《玉娇梨》，清顺治十五年（1658年）又写了《平山冷燕》。那时，他还没有天花藏主人这个名号，而是叫荑秋散人，荻岸散人。顺治十五年以后（康熙初年），他把这两部小说合在一起，取名《天花藏合刻七才子书》出版了。接着，他又写了《续四才子书两交婚小传》。从此以后，以天花藏主人的小说为代表的才子佳人小说（即理想派小说），迅速地发展起来。从顺治末年到雍正时期的六七十年间，成为小说艺苑里最活跃、最时髦、最有影响的一个小说流派，直到清中叶乾隆时期，虽然开始冷落下来，但还是不断有理想派小说作品出现。

由此，我们可以把天花藏主人及其小说在中国小说史上的地位和作用，归纳为如下两点：

（一）天花藏主人及其小说，开创了一个风行一时的小说流派——理想派（即才子佳人派）。这一派小说，从它们的积极方面来说，在思想内容上有三个特点：一是颂扬妇女的才能，女子之才，不仅不低于男子，反而高出男子之上；二是婚姻自愿自主，通过男女以才美为爱情基础的自愿自主婚姻，透露出一种男女平等思想；三是男女青年的家长和最高权力代表者的皇帝，支持自主的婚姻和纯真的爱情。

这一派小说，在表现形式上有三个基本环节：一是男女一见钟情，私订终身；二是自主婚姻不顺利，小人插手其间，一对情人被迫离散；三是才子和佳人经过分离流浪，终于因才子金榜题名而大团圆。

由上述作品结构上的三个基本环节和思想内容上的三个特征所组成的内容与形式统一的理想派小说，深受广大读者的喜爱，很多作家模仿天花藏主人的小说，在模仿中翻新出奇，许多仿作虽然还跳不出“私订—离散—团圆”的结构大框架，但也在缓慢地发生着变化，推动着小说创作的发展。

（二）天花藏主人和他所开创的理想派小说，在中国小说发展史上有着重要的地位和作用——这一派小说的繁荣和发展，决定着中国小说创作进入了以人情世情小说为主体的历史新时期。这一点，只要回顾一下中国小说发展的路程便清清楚楚了：中国古代小说有三大主流，即神怪小说、历史小说和世情小说。在汉魏六朝时期出现了小说的第一个繁荣时期，以神怪小说为主体；从唐宋传奇到宋元话本，是中国小说的第二个繁荣时期，神怪、历史、世情各种小说竞相发展，齐头并进；到了明代，虽然还有《西游记》这样著名的神怪小说问世，但整个小说史的流程，已经进入以历史小说为主体的阶段了；从《金瓶梅》和《三言》《两拍》以后，世情小说开始抬头，到了清初，以理想派小说的大发展为开端，从此便奠定下了世情小说在小说天地里占主体地位的新的历史时期。

首创理想派小说的天花藏主人在中国小说发展史上的功绩是不可磨灭的。但是，这位天花藏主人是谁?

这里首先必须明确告诉大家，现在还不知道他姓什么，叫什么名字。

当然，根据研究者的考证，也有几种说法，但都不是定论。这里把几种说法介绍出来，供大家参考。

一说天花藏主人姓张名劭字博山，浙江嘉兴人。这是清代的盛百二在《柚堂续笔谈》书中说的。鲁迅在《中国小说史略》里已经明确指出，这一说是不能成立的。

二说天花藏主人姓张名匀，字宣猷，秀水人。这是孙楷第在《中国通俗小说书目》中引《檇李诗系》的话。著名小说专家胡士莹在《话本小说概论》里说："我疑为张匀。"这只是一种未肯定的猜测。张匀和张劭是父子二人。苏兴在《张匀张劭非同一人》一文中，认为天花藏主人是张匀。

三说天花藏主人又一别号叫烟水散人，是秀水人徐震，字秋涛。

四说天花藏主人又号天花主人、天花才子，它们都是徐震的别号。

这三、四两说都是戴不凡在他的《小说见闻录》中提出来的，显然是推论猜想，是没有根据的。

五说天花藏主人是墨浪子、墨浪主人、席浪仙。这是王青平在他的《墨浪主人即天花藏主人》一文中提出来的，他提供了很多资料，摆列了很多现象，把视野扩大到几十部小说上，但矛盾也很多，现在还是孤证。

虽然我们至今还不知道天花藏主人的姓名，但这个人的大体情况还是可以知道一些的。

在还没有找到可靠的资料以前，研究天花藏主人的最可靠的资料是他写的序和肯定属于他的著作以及和他有关的作品。他最重要的一篇作品是《〈天花藏合刻七才子书〉序》。从中我们不仅知道了《玉娇梨》和《平山冷燕》肯定是天花藏主人创作的，而且也可以看到一些他的身世经历以及他的思想和生活情况。

天花藏主人生在明末。那时他努力读书，少年有大志，但由于明末的社会动乱不安，在那个唯有文章不值钱的时代里，他陷于怀才不遇的困境之中。

他说，人如果没有才，整天吃饱、睡暖、混吃、等死也就算了，而像他那样胸怀远大理想又有才华的人，仅仅因为贫困而被埋没了，这是多么可悲啊！(原文是：“人而无才，日于衣冠醉饱中朦生瞎死则已耳。若夫两眼浮六合之间，一心在千秋之上，落笔时惊风雨，开口秀夺山川，徒以贫而在下，抱九原埋没之痛，岂不悲哉?”)

他不得已而写起小说来，借子虚乌有的故事去抒发他心中的理想——他的理想也是当时很多落魄文人的理想，不过是娶得美貌多才的妻妾，考中了进士做高官。

大概是在南明前后，他在《玉娇梨》这部小说里，一方面通过苏友白这位才子抒发了个人的理想，另一方面又对那些误国害民的权奸进行了严厉的抨击。从作品的基本情调来看，作者是一位关心国事、有着慷慨激昂的正义感的人物。

在比《玉娇梨》稍晚（或者同时）产生的《后水浒传》（这部小说是不是天花藏主人写的，现在还不清楚，但《后水浒传》的序，却是“彩虹桥上客题于天花藏”的，不能说和天花藏主人没有一点儿关系）及其序中的那种激烈地指斥皇帝昏庸、奸臣误国的义愤，正是明朝灭亡后像天花藏主人那样一些怀才不遇的才子们共同的感情。

到了顺治十四五年，清朝的政权已经巩固了，许多明朝的大臣投靠清政府，重又做了大官；清朝政府对于汉族文人实行软硬兼施的怀柔与镇压相结合的政策。自认为是怀才不遇的天花藏主人，这时把他在明朝得不到实现的理想寄托到清朝皇帝身上，于是他写了《平山冷燕》。这部小说的特点是吹捧大清皇帝如何爱才。那么，天花藏主人是否实现了他的愿望呢？这是我们不知道的，只知道他在写了《平山冷燕》以后又写了《两交婚小传》，从这部小说及其序言来看，似乎他并没有当上什么官，还是靠写小说去抒发他的理想，成为一名在中国小说史上很有影响的小说作家和小说编辑家——他人作的小说，由天花藏主人作序而刊刻问世。

天花藏主人至今还是一个谜，这个谜底谁能揭开呢？

三 生生死死谢知音——三才子书《玉娇梨》

“生生死死谢知音”是《玉娇梨》的主题，是天花藏主人新婚姻观的核心，这个标题是容易理解的。

为什么副题又有个“三才子书”呢？这就需要先作一番解释了。

《玉娇梨》又名《三才子书》，《平山冷燕》又名《四才子书》。为什么把这两本小说叫做《三才子书》和《四才子书》呢？因为《玉娇梨》中写的是苏友白、白红玉、卢梦梨三位才美人物；《平山冷燕》里写的是平如衡、山黛、冷绛雪、燕白颔四位才美人物；顺治十五年以后，天花藏主人把这两部小说合刻为一书，取名叫《天花藏合刻七才子书》。

才子书之名，是由金圣叹（1608—1661年，名人瑞，明末清初时江苏吴县人，是一位对民族文化有着重要贡献的小说理论家和著名小说评论家，因不满清朝统治而被残杀）提出来的。金圣叹曾编辑了三套小丛书，都以才子命名：《必读才子书》《唐才子书》《贯华堂才子书》。他曾把《离骚》《庄子》《史记》、杜甫的诗、《水浒传》《西厢记》依次称为六才子书——称《水浒传》为第五才子书。金圣叹把一向不被文人重视的小说，提高到和经史并列的地位，这是很有眼力、很有气魄的。

大约是从乾隆年间开始，社会上流传出“十才子书”之说。这十部书是：《三国演义》《好逑传》《玉娇梨》《平山冷燕》《水浒传》《西厢记》《琵琶记》《白圭志》《斩鬼传》《驻春园》。这十部书（八部小说两部戏曲）既不是按创作出版的先后顺序排列的，也不是按作品质量水平排列的，只不过是书坊招徕读者的一种手段，是利用金圣叹的六才子书说的社会影响，删除了不是小说戏曲的《离骚》《庄子》《史记》、杜甫诗，把《三国演义》排在第一位；《好逑传》（又名《侠义风月传》）中写的是铁中玉和水冰心两个人，所以就取名为第二才子书；利用天花藏七才子书的名声，列《玉娇梨》和《平山冷燕》为第三、第四才子书；仍用金圣叹六才子书的排列次序，以《水浒传》为第五，《西厢记》为第六；补《琵琶记》《白圭志》《斩鬼传》《驻春园》为第七、八、九、十。这十才子书说，虽然是没有合理根据的，却影响久远，在中国小说史上（尤其是研究天花藏主人）也不能不提到。

闲话说过，书归正传，且说《玉娇梨》。

在《金瓶梅》以后，曾出现了一本名叫《玉娇李》（又写作《玉娇丽》）的书，据说是一部比《金瓶梅》还淫秽的小说，现在已经失传，近百年来学者们谁也没见过。但是，《玉娇梨》和《玉娇李》仅仅一字之差，却反映了中国小说史上一件既有意义又有趣味的现象：以《玉娇李》为代表的小说，继承了《金瓶梅》的消极影响，产生了一批淫秽小说；以《玉娇梨》为代表的小说，继承了《金瓶梅》着意写世情这一积极方面，却摈弃了它的消极方面，不写淫秽。

《玉娇梨》写的是社会上层官宦人家的事，而所反映的却是身处社会底层的落魄文人的幻想和追求。故事发生在明代正统年间，英宗皇帝朱祁镇被也先【瓦剌部落首领，明正统四年（1439年）兼并了蒙古及女真各部，正统十四年（1449年）在土木堡战役中战胜明军，俘虏了明英宗皇帝】俘虏北去，关押在瓦剌。他弟弟朱祁钰继位当了皇帝，改年号为景泰，起用在英宗时受迫害的大臣白玄，任命为太常正卿。

这白玄膝下无儿，单生一女，取名红玉，生有百分的姿色，百分的聪明，不但针黹女工过人，更能作诗作文。御史杨廷昭得知白红玉是一位又美丽又多才的姑娘，一心要娶过来给儿子做媳妇，就托人作媒求亲。白玄只知杨廷昭是个投靠皇亲国戚的势利人，但不知他儿子人品、文采怎样，就邀了翰林学士吴珪，请杨氏父子来家饮酒赏菊，借机相看。杨廷昭的儿子杨芳是个花花公子，绣花枕头——外面像朵花，里边是草糠，白玄不肯把女儿嫁给这种人。杨廷昭见白玄不应允亲事，便恼羞成怒，仗势逼婚——当时，朝廷正要派使臣到瓦剌国去议和，谈判迎接英宗皇帝回国的事。这是一件极艰苦又冒险的事，朝中大臣谁也不爱去。于是，杨延昭就推荐白玄担任正使，出国谈判。

杨廷昭一面荐举白玄出国，一面派人继续向白家求亲，并且扬言说，只要白玄答应了婚事，杨廷昭可以再向皇上推荐别人出使。张御史来说，杨廷昭“与石都督最厚，又与国戚汪全交好，内中线索灵通”，若两家结了亲，既可避祸，又好做官。白玄面对杨廷昭的诱逼，勃然变色，说道：“今日既奉使虏庭，此七尺躯已置之度外，何况功罪，何况弱女。学生头可断，断不受人胁制!”朋友劝他上一封告老辞呈，也可以免了这份苦差使，他大义凛然地回答说，不能为了个人的安危，坏了一生忠诚的名节。女儿说父亲年迈，身弱多病，不要出国担风险。他教导女儿说，要先国后家，没有国，哪有家。白玄把女儿红玉交给吴珪照看，毅然率领使团出国了。

吴珪是白红玉的舅父，官居翰林学士。这翰林学士是个没有实权的清职。吴珪得知杨廷昭没安好心，打算在白玄出国以后向皇帝弄一道赐婚御旨，强娶白红玉，便向皇帝请了个长假，带领着家眷和外甥女儿白红玉回金陵老家去了。从此，为了掩人耳目，白红玉便改名叫吴无娇，和她的表姐吴无艳以嫡亲姐妹相称，家中上下只叫大小姐、二小姐，再不提起“白红玉”三个字了。

金陵是现今的南京，名胜古迹最多。吴珪回到家乡，清闲自在，游山玩水，一心要替外甥女儿找一个可心如意的女婿。这一天，春光明媚，吴珪到灵谷寺观赏梅花，看到了署名苏友白的题诗，十分赞赏。在回家的路上，又遇见五六名青年学生，在一棵梅花树下饮酒作诗，其中一位身着素服的书生，人物清秀，格外引人注意。吴珪便吩咐跟班的家人暗中打探一下，这位青年是不是苏友白，家住在什么地方。几天后，家人报告说，那个穿素服的青年人正是作诗的书生，姓苏名友白，家住乌衣巷，是今年才考中的府学第一名秀才。吴珪一听，心中大喜——真是难得的才貌俱佳、品学兼优的好人才，立刻找来了媒人到乌衣巷新考中案首（清代考取秀才时，第一名称案首）的苏相公家提亲。

苏友白独身一人住在乌衣巷里，他听了媒婆的一番好话，决定要偷着看看吴小姐的相貌如何。小姐住在高楼上，苏友白藏在树林中偷看。谁知改名吴无娇的二小姐这天没露面，露面的是生得丑陋的大小姐吴无艳。苏友白一看吴小姐原来是这般模样，再不肯应允亲事。吴珪初以为是媒人身份低微，便又托府学里有头面的人物做媒，苏友白依旧不允。吴珪自以为外甥女儿才貌出众，嫁给一名穷秀才是高看了他，没想到他却一味不应允这门亲事，倒丢了翰林学士的脸面，于是一怒之下写封信到府学，说苏友白行动无礼，蔑视乡绅，革除了他的秀才名分。

苏友白虽然怨恨吴珪因求亲不成而恼羞成怒，仗势欺人，革了他的秀才，倒也不放在心上，一心出外去寻访才貌兼全的佳人。有一天，苏友白在观音寺附近遇见了名叫张轨如和王文章的两个文墨不通的人在作《新柳诗》，它是从锦石村白侍郎府中传出的白小姐的《新柳诗》求和韵的。原来白玄出使归来，官升一级，授予工部侍郎之职，但他无心做官，告老还乡，回到金陵锦石村隐居，为了给女儿选择佳婿，传出女儿《新柳诗》求和韵，不论什么人，只要和韵诗作得好，白玄就接见，趁机相看人才。

苏友白作了两首和韵诗，被张轨如买通白府看门人掉换了；张轨如盗用苏友白的诗，得到了白玄的赏识，却被白小姐看出破绽，心中产生了怀疑。

张轨如入白府教白玄侄儿读书。一日，白玄要请张轨如作一套赏红梨的时曲，张轨如赶忙偷偷邀来苏友白替他事先作好，这时白红玉无意中在后花园窥见苏友白，通过丫鬟嫣素的帮助，白红玉才了解到真相，于是白红玉又出题让苏友白作《送鸿》《迎燕》诗二首，两人便暗订终身。白红玉还通过嫣素嘱咐苏友白，快去找即将奉调进京的舅父吴翰林做媒。

苏友白正要去见吴翰林，半路上遇到了苏有德。这个苏有德心中生了个坏主意，他明知吴翰林正病在家中，还未曾启程进京，却撺掇苏友白立即赶赴京城去找大媒人；苏友白才动身赴京，他就以苏友白族兄的名义去求见吴翰林，骗得一封做媒提亲的书信到手，赶到白侍郎府里去骗婚。

张轨如还未离去，又来了一个苏有德。白玄心中无数，品不出这二人谁高谁低。白小姐请父亲当面考试二人，二人当场出丑，白玄始知另有个有真才实学的苏友白，可惜未曾见面。

这苏友白兴致勃勃地进京，哪曾想在山东境内遇了劫盗，被抢去银两、马匹和行李，只得沿途靠卖字挣几个钱做路费。这天他正在土财主李中书家里为四幅名画题诗，被邻院的卢梦梨小姐从楼上看见了。

这卢梦梨小姐，父亲已经去世，又无兄弟姊妹，只母女二人同住。她见苏友白人物俊秀又才思敏捷，便动了爱慕之心，化装成卢公子，亲自去会见苏友白，以嫁妹为名，和苏友白订下婚姻之约，并赠送金银，劝苏友白进京赶考。

苏友白才华出众，秋试中了举人，春试中了进士，只因奸臣当道，把他分派到浙江杭州府任推官。苏友白并不计较官职，一心要到金陵向白玄求亲。路过山东时，先去会见卢梦梨，这时卢家已经迁往江南去了——他哪里能想到，白玄就是卢梦梨的亲舅舅。因为苏友白曾说过他和白小姐有婚约的事，这卢梦梨估量着苏友白迟早必到白玄家中去求亲，便迁到舅父家中去住，暗中等待着苏友白。

苏友白到杭州府任推官，巡抚大人正是当年向白玄求亲遭到拒绝的那个杨廷昭。这杨廷昭还有一女，未曾嫁人。他见苏友白年轻有为，就要招为女婿。苏友白既然和白红玉小姐私下订了婚约，当然婉言谢绝了。但杨廷昭是苏友白的顶头上司，他见苏友白不答应亲事，便利用职权故意挑剔，逼迫苏友白娶他的女儿。苏友白见差事难当，干脆挂冠辞职，不当这个受气的推官，游山玩水去了。

这时，白玄改了个假名叫皇甫员外，苏友白也改名为姓柳的书生，两人在禹穴胜地相遇，一同游玩了数日。白玄既重其人，又爱其才，决定把自己的女儿和外甥女儿一同嫁给这位柳相公。

白玄高高兴兴地回家对两位小姐说知。谁知，凭他怎么说柳相公人才出众，两位小姐只是忧愁满面，默不作声，因为二人心中早都有了一个苏友白——何况当白玄外出时，吴翰林和苏友白的叔叔苏御史也都写信来，替苏友白求婚。当丫鬟嫣素说出这些情况后，白玄左右为难：苏友白是他思慕很久的人物，而柳生的婚事又是自己亲口允许的，如何是好？

正当这时，知根知底的吴翰林来了，真相大白，原来柳相公正是苏友白；选定吉日良辰，成全好事，苏友白和白红玉、卢梦梨结婚成亲。

《玉娇梨》写的是一个以男女婚姻为主调的故事，但这里却有着较为浓厚的社会政治生活气息，那就是明末社会的主要矛盾之一——忠与奸的斗争。

天花藏主人在写《玉娇梨》的时候，正是朱明王朝将亡还未完全灭亡的年代，他的思想很矛盾：一方面是他对朝廷失望了，故通过白玄、吴珪等人告老还乡过山水田园生活的情趣，表现了一些文人的厌政心态；另一方面又通过白玄坚决抵制和皇亲国戚有着密切联系的杨廷昭的压制、迫害和拉拢，以白玄慷慨激昂地出使外国、为国家出力的爱国行动，批判了腐败官僚们贪生怕死、苟且偷安的行为。在这里，最值得注意的是作者借明英宗被俘番邦、代宗继位后不关心被俘皇帝死活的历史事件，影射晚明皇室在外患当前的时刻，仍在继续着王室内部的斗争。所以，小说写白玄出使回家后，私下对吴珪说：

“朝廷之事，万不可为。前日小弟奉命迎请上皇，而敕书上单言候问，并送进衣物，绝无一字及于迎请。上皇闻知，深为不乐。也先见了，甚加诘问，叫小弟无以措词，只得说：‘迎请只是本朝之意，然不知贵国允否，故不敢见，之敕书，只面谕使臣恳求太师耳。’也先方回嗔作喜，允了和议。说道：‘虽是面谕，然敕书既不迎请，我如何好送还。若竟自送还，也使中国看轻了。须另着人来，我再无改移。’弟辈昨日复命，朝议不得已，只得又遣杨善去了。”（第五回）

作者在这里，对于南明的福王、唐王、桂王和韩王之间互相倾轧而又不一致对外，明显寓有嘲讽和抨击。从这里，我们看到了天花藏主人当时的政治思想——他既不得志，也不想当风雨飘摇中的晚明王朝的什么官了，这时他对于朝中权臣们的不满，主要是反对他们的政治腐败。

当然，《玉娇梨》是一部以男女婚姻事为主题的小说，而不是一部反映社会政治生活的作品。所以，它在中国小说史上的价值，它的成功，主要表现在两个方面：

首先是树立了婚姻自主的典型。

自汉魏六朝以来，小说中反映婚姻自主思想的作品，也不在少数。如干宝《搜神记》里的《吴王小女》，如唐人小说《莺莺传》中的崔莺莺，如宋元话本《碾玉观音》中的璩秀秀，如明人小说《娇红记》中的娇娘和申纯……这许多作品，这许多人物，也都反映了一种追求婚姻自由、婚姻自主的思想，这些人物也都是追求婚姻自主的典型，但他们又都是由于不能自己掌握自己的命运，终于以悲愤的结局，结束了他们的追求自主婚姻的命运。明末开始，出现了自主婚姻而获美满结果的文言小说，如《张于湖传》中的陈妙常和潘必正。不过，他们的幸福，还是依靠潘必正的姑母和张于湖大人的同情与支持。而《玉娇梨》中所树立的苏友白那样敢于为实现自主婚姻而抗争的人物，则是天花藏主人首创的艺术形象——苏友白对于吴翰林家中的小姐，要亲自看看相貌如何，看了不中意则坚决不允，即使革掉了秀才之名，也丝毫不惜不悔；更为可贵的是苏友白的婚姻自主行为，是植根于一种与封建婚姻观念相对立的新的婚姻观的基础之中，所以他对劝他娶吴小姐的好友说：

“有才无色，算不得佳人；有色无才，算不得佳人；即有才有色，而与我苏友白无一段脉脉相关之情，亦算不得我苏友白的佳人。”（第五回）

这种婚姻观出现于明末清初那个社会里，真真像雪地里开放的一朵莲花，勇敢地向寒气逼人的封建婚姻观猛烈地挑战。《玉娇梨》不只是在这里通过人物的对话，抽象地说出了作者的新婚姻观，而且又形象地描绘出这种新婚姻观的宝石般的珍贵的核心——对于爱情的忠诚。苏友白已经和白红玉小姐题诗订婚了，即使顶头上司逼婚，宁肯弃官不做，也决不违背盟约。通过对于爱情与婚姻小说发展史的回顾，我们更加真切地看到了《玉娇梨》所创造的新人物形象的光辉。

其次，《玉娇梨》开创了小说的“大团圆”喜剧结局的新风气。

小说的结局，是悲剧好，还是喜剧好，读者对此是各有所好，评论者自然不应该根据个人的爱好说它们谁是谁非，所以这里我们不去评论这个问题。

在中国小说史上，凡是写爱情与婚姻题材的小说，从《搜神记》到《三言》《二拍》，大都是悲剧的结局。在《玉娇梨》以前，虽然也出现了几篇以团圆喜剧为结局的短篇小说，如《鼓掌绝尘》中的《风集》《雪集》，但影响不大。以二十回为长篇的爱情与婚姻小说，自《玉娇梨》开始“大团圆”的结局，迅速形成了深有影响的一个流派。

单就《玉娇梨》这一部小说来讲，“大团圆”的结局是富有创造性的。但是，从中国小说思想史的角度看来，作者天花藏主人又是继承并发扬了悠久的中国小说遗产，例如《韩凭夫妇》的死后化为双树、双鸟，《离魂记》的离魂团圆，《碾玉观音》的死后团圆等等，这种深入人心的理想的结局，寄托着人们的美好的善良的愿望。

不仅在小说中，在诗歌、戏曲中也闪烁着爱情以团圆为美满的光芒。如长诗《孔雀东南飞》，如戏曲《牡丹亭》；无论是《西厢记》由始乱终离的悲剧结局到团圆喜剧的演变，还是一见钟情而终生和谐的司马相如同卓文君的故事，这一切，作为中国人的审美意识的民族特征，早就存在于民族文学的深层结构之中。

这就说明，天花藏主人把中国小说、戏曲、诗歌中的爱情故事以团圆为美的意识，经过提炼、发展创造成为小说的“大团圆”结局形式，并不是偶然的。

《玉娇梨》在第一回的开篇诗中说：

诗存郑卫非无意，乱著春秋岂是淫。

更有子云千载后，生生死死谢知音。

这是一篇关于小说创作的宣言，它不仅声称写爱情与婚姻的小说是继承了由孔子在《诗经》（《诗经》十五国风中的郑风和卫风多爱情诗。明清小说家们引孔子删诗不删爱情诗的例子，证明爱情小说不是淫乱之书，以反对某些文人对爱情与婚姻小说的攻击）里传留下来的传统，而且认为好小说也会像扬子云（汉代大文学家，名雄，字子云）的文章一样，名垂千古；而那些忠于爱情，为了纯真的爱情可以生生死死的人，便是作家的知心朋友（意即作家应当描写的主题）。这种认为婚姻必须以纯真的爱情为基础的婚姻观念，直接承袭着明末著名戏剧家汤显祖的新思想。

《玉娇梨》作为理想派小说的代表作品，无疑是成功的。不然，为什么会产生那么多的模拟仿作的作品。但是，《玉娇梨》毕竟是明末清初那个时代的作品，它一方面以自愿自主的新婚姻观向“父母之命”“媒妁之言”的封建婚姻制度发起了冲击，一方面则又欣赏着封建婚姻制度中的一夫多妻制，这又为后来的仿作带来了消极的影响。

四　古今能有几多才——四才子书《平山冷燕》

天花藏主人在写了《玉娇梨》十几年以后，又在清顺治十五年写完了他的第二部小说《平山冷燕》。为什么间隔了十几年才写第二部小说？可能是由于社会变革的原因——清兵入关，推倒了朱明王朝，清朝统一了全中国——此事留待后面去说。

且说《平山冷燕》，此书集中写两位才女的故事。

书中开头写道："话说先朝隆盛之时，天子有道，四海升平，文武忠良，万民乐业。"皇帝高兴，赐下宴席，和群臣饮酒同乐。正在畅饮欢谈之时，有一对白色燕子飞过殿前。皇帝就以《白燕》为题，命大臣们即兴作诗。

皇帝兴致勃勃，大臣们怦怦心跳，没有一人能作出白燕诗来，直到皇帝拉下脸来不高兴了，阁老山显仁急得万般无奈，只好把自家小女儿山黛作的一首《白燕》诗抄出呈上：

夕阳凭吊素心稀，遁入梨花无是非。
淡去羞从鸦借色，瘦来止许雪添肥。
飞回黑夜还留影，衔尽春红不浣衣。
多少朱门夸富贵，终能容我洁身归。

皇帝一看这首诗，心中大喜，当殿传旨，召见少女山黛。山黛当着皇帝面，作《天子有道》颂诗三首献上，皇帝不胜欢喜，大加赞赏，亲自写了"弘文才女"四个大字封赐山黛，并且赐给玉尺一条，可以替皇帝衡量天下的人才；又赐金如意一执，可以处分强人歹徒，打死勿论。一时之间，才女山黛之名传遍四方。山阁老又为女儿特建了一座楼，名叫玉尺楼，由山黛在楼上拈弄笔墨，作诗作画。

才女名声大，前来求诗题字的人也越来越多。有一位晏阁老的孙子，叫晏文物，新选了知府的官职，在将要走马上任时，他特意拿着绫子和扇子，亲自登门请山小姐题诗，想借重才女的名声，显示自己的势力。山黛在玉尺楼上看得清清楚楚，此人其貌不扬，瞎了一只眼，跛着一条腿，不觉心中厌恶起来，暗想道："这种人也能选任知府，可知他是全仗着家门势力当了官的。"冷冷一笑，便存心戏弄这位走后门当知府的晏公子，于是吩咐使女，取过他的绫子和扇子，洒洒点点就题了两首诗。晏公子接过绫子、扇子，只觉得龙飞凤舞的草书，写得清秀飘洒，却不认识上边写的是什么，欢欢喜喜地拿回家去，收藏起来。

一个月后，晏知府来到松江府任所。新官上任，接风贺喜，大开宴席，州官县官、地方乡绅、文人墨客，齐集一堂。晏知府先瞎编了一套他怎样认识才女山黛的假话，又吹嘘他如何常与山小姐和诗对对。说得天花乱坠，便当众把山黛的亲笔字画和诗扇打开，请大家欣赏。一位认识草书的客人，拿过扇子念道：

三台高捧日孤明，五马何愁路不平。

莫诧黄堂新赐绶，西江东阁旧知名。

晏知府得意洋洋地说道：“这位山小姐不愧是女才子，她用‘三台’‘五马’‘黄堂’‘东阁’这些词形容我们晏家世代为官，真是用得巧妙得体。……”晏知府正在自夸，座下贺客中有一位叫宋信的诗人却冷笑着说道：“她这诗不是赞美晏大人的世家，是在讥笑你。这‘日孤明’是讥笑你瞎了一只眼，这‘路不平’是讽刺你跛着一条腿，这‘新赐绶’和‘旧知名’是说你依仗着祖上的势力做了高官。”

晏知府当众出丑，怀恨在心，使银钱求他的表哥窦国一和诗人宋信买通了一班朝中大臣向皇上奏本，说山黛徒有虚名，他们要与山黛考诗，比试一下高低。

工科给事中窦国一与门客宋信以及在朝中颇有文彩的五位大臣，到玉尺楼考山黛。先考书法，再作诗词，又对对子。五位大臣对山黛赞不绝口，佩服得五体投地，回朝奏明皇上，夸讲山黛确有真才实学。皇帝赏赐了山黛，下令处分节外生枝的窦国一和宋信。山黛又上表代为求情，皇帝将二人从轻发落，窦国一降到扬州任知府，宋信递解还乡。

宋信被解回山东老家，不久又到扬州投奔窦国一。

扬州有一家土财主，姓冷名新。女儿冷绛雪，也是个能诗善文的才女。宋信不相信乡村会有什么才女，拉着陶进士、郑秀才来考冷绛雪。冷绛雪既看出宋信不怀好意，又瞧不起这种投靠官宦人家做食客的假文人，就作了一首《风筝咏》诗，讽刺宋信是个“哄骗愚人与小儿”的纸糊色涂的禽鸟。宋信心中怀恨，却装作不理睬的样子。冷绛雪请宋信作诗，他只写了个开头就作不下去了。冷绛雪见宋做不成诗，就替他续下去，续诗说：一支轻轻的笔，拿在宋诗人手中好像有千斤重，短短的一张纸，在宋诗人面前像是百尺长卷，愁得写不完了（“一支斑管千斤重，半幅花笺百尺长”）；如果要找这样的“风雅”诗人，那可真是多得数不过来啊！（“诗翁如此称风雅，车载还须用斗量”）。宋信恼羞成怒，和窦知府私议，为了讨好山阁老，从官家的库银中拿出三百两银子，用官府的名义，强逼着买了冷绛雪，送给山黛做使女。

冷绛雪到了山阁老府中，受到了老爷和夫人的特殊待遇，她正要和山黛考较诗文，恰在这时来了圣旨，要山黛速作《凤来仪》《黄河清》《甘露降》《麒麟出》四首诗。冷绛雪要在山小姐面前显示才华，主动要求代作。冷绛雪作的这四首诗，不仅山黛看了大惊大喜，连声夸说：“姐姐真仙才也！”皇帝看了也十分满意，亲笔写了嘉奖的圣旨。山黛向皇上奏明，《凤来仪》等四首诗原是冷绛雪所作，皇上即亲封冷绛雪为女中书，并加封了她父亲冷新的官职。从此，玉尺楼中两才女，名传天下。

松江府有个秀才叫燕白颔，河南府有个秀才叫平如衡，两人结为好友，自恃诗才出众，无人能和他们相对。他们读过山黛的诗，听说了山黛曾考倒满朝大臣的故事，怀着既惊奇又不服气和不相信的心情，决定进京去和山黛考较一番。

燕白颔化名赵纵，平如衡化名钱横，二人到山阁老府上去和山小姐考诗。山黛见来的是两个秀才，就将他们二人分在东院一位，西院一位。山黛和冷绛雪，都换下了小姐的装束，打扮成记室侍女的模样。（记室如同现今的秘书。记室侍女如同女秘书）山黛到东院和平如衡对考；冷绛雪到西院和燕白颔对考。

这燕白颔见出来一位记室侍女坐在对面考桌上，不知何意，心中纳闷。那记室侍女便解释说："考诗的人，什么人都有，那些没有真才的人来了，惹得小姐心烦，所以小姐立下一个规矩，凡来考诗的人，要和记室侍女先考，若是考不过记室侍女，就不必见小姐了。"燕白颔无奈，只得和记室侍女先考，以为凭自己的才学，一首诗就可以打发回去了。于是，燕白颔提起笔来便作成一首诗：

只画娥眉便可怜，涂鸦识字岂能传。

须知才子凌云气，吐出蓬莱五色莲。

这诗是小看女子的意思：女人只应描眉打扮，怎么还出来作诗弄文墨呢！大丈夫胸有凌云壮志，所以能出口成章。燕白颔只觉口气挺大，哪知扮作记室侍女的冷绛雪看了，只微微一笑，便和成一首：

一时才调一时怜，千古文章千古传。

漫道文章男子事，而今已属女青莲。

这首诗针锋相对，大意是说，别再说作诗文只是男人的事，如今时代不同，诗词文章属于女才子了。燕白颔见对方不假思索的回答既流利又准确，人又美，又有才气，不但不敢轻视，反而生了求婚的念头，便在诗中写道：

河洲若许操舟往，愿剖华峰千丈莲。

那记室侍女又只笑一笑，在和诗中写道：

欲为玄霜求玉杵，须从御座撤金莲。

意思是说：若想向月里嫦娥求婚，必须金榜题名，有了皇上赐的宝灯金莲才可以，平白人休想。燕白颔心中既爱对方的才美，就不顾体面，又作诗一首，再申欲要求婚的心意：

既能根底成佳藕，何不枝头常见莲。

这诗意有些轻薄了：既然金榜高中了可以成就好姻缘，为什么不可以早让并蒂莲花开放呢。那记室侍女早明白了他的意思，说道："先生佳作末语，寓意委婉，用情深切……自须尊重，为要差了念头。"一面批评着，一面顺手又在和诗中写道：

一朵桃花一朵杏，须知不是并头莲。

燕白颔无词答对，甘拜下风，灰溜溜地退了出来。刚走到阶前，见平如衡也退出来了，正在擦拭着满头大汗。两人互相问了考诗的情况，彼此彼此，两位才子败了一对。两人心中惭愧，既不向山阁老告辞，又未留下住址，匆匆离开了。二人一商量，连个记室侍女都考较不过，还在京城做什么，回家参加乡试去了。

山黛和冷绛雪互相介绍了考诗情况，又把作的诗重新看了，一致认为这二人是真才子，诗作得好，人也潇洒风流。向山阁老说了，山阁老大喜，吩咐家人四出寻找，哪里还有什么赵纵、钱横的影子。

事也凑巧，找赵纵、钱横找不到，却来了个张尚书的公子张寅。张寅为了显示有才学，东抄西抄，抄来别人的诗，刻了一本《张子新编》送给山小姐。山黛看出了破绽，请张寅到玉尺楼，当面题诗要他和。张寅既无才和诗，又不顾礼节，私自闯进山小姐挂着御赐"弘文才女"匾额的书房。山小姐大怒，要用御赐金如意打死张寅，幸得山阁老说情，就把张寅抹了个大花脸，羞辱了一番，赶了出去。

张寅回家求他那个身为吏部尚书的父亲在皇帝面前参了山黛一本，说她自恃皇上宠爱，不知自爱，以考诗为名，与书生赵纵、钱横苟且往来，有伤风化。皇帝见了奏本，便认真纠察。传旨拘赵纵、钱横到案审问。

这时，燕白颔和平如衡已经回家参加乡试完了，同榜中了举人，又悄悄地来到京城参加会试。三场考试完毕，等待发榜；两人正在街上行走，被奉旨拘捕赵纵、钱横的公差捉住了，送到金殿，由皇帝亲自审问。原来燕白颔和平如衡正是朝中特派提学官向皇帝推荐的才子，只因他二人不愿意走推荐入选的路子，要靠自己的真才实学从逐级考试中考取功名。他们向皇帝说明了改名换姓去和女才子考诗的经过，皇帝大喜。正在这时，皇榜也公布了，燕白颔中了状元，平如衡中了探花。于是皇帝赐才女山黛和燕状元结婚，才女冷绛雪和探花平如衡结婚。"至今，京中盛传平、山、冷、燕为四才子。"

《平山冷燕》和《玉娇梨》相比较，有一个明显的不同；作者笔下的正面人物和反面人物的矛盾，已经不是为了国家民族的忠奸斗争 而是围绕着真才子与假文人的是非之争。

《玉娇梨》通过对虚构的权奸杨廷昭的揭露与批判，把鞭挞的矛头指向历史上实有的弄权人物王振、石亨等，并且暗示出最高统治者皇帝是这些权奸的后台，这叫作“春秋笔法”——用历史上曾经发生过的事影射晚明的社会政治生活。

《平山冷燕》则不同了，其中的主要人物，无论山阁老还是平、山、冷、燕四位才子，他们几乎没有什么尖锐的对立面；尽管窦国一、宋信、张尚书等人曾制造了一些风波，但这种矛盾主要还是由于才子们的恃才傲物首先挑起的，而且在矛盾斗争中皇帝是站在他们这一方的，他们又总是占上风的。这样，我们就需要进一步指出：《平山冷燕》的内容实质，不是写爱情与婚姻，而是通过婚姻故事编织了一个新的“升官图”：一方面是提倡有才和爱才，一方面是揭露依靠家门势力当官。

《平山冷燕》首先歌颂皇帝爱才。皇帝对才女山黛、冷绛雪破格赏赐；因为国家出了女才子，皇帝便下令搜求全国的“隐逸奇才”，终于得到了才子燕白颔和平如衡。

其次是宣扬依靠真才实学“升官”。山黛因为有真才而被封为“弘文才女”，得到了特殊的荣耀。冷绛雪因为有真才，从奴隶的地位上升到与山阁老的千金小姐山黛平等的地位，得到皇帝钦赐女中书之职。燕白颔和平如衡因为有真才，所以都不接受破格推荐的特殊升官途径，而是靠自己的能力按程序逐级考试中了状元、探花。

再次是贬斥无才的官员。宋信是专门在官宦人家混饭吃的冒牌文人，这且不必说他。堂堂一府之长的晏知府，不仅相貌鄙陋，而且连草书也不识，还把讽刺他的诗当作褒扬诗拿出来炫耀；张寅于诗文一道全都不通，乡试竟然考了个第二名。这类人全靠着朝里有人好做官——晏知府靠的是他祖父身为相国；张寅靠的是他父亲身为吏部尚书。所以，作者通过平如衡之口说：“富贵人家，决无才子。”

把以上三点联系起来，可以看出天花藏主人的基本思想倾向。他认为朝中当官的多是庸才，而他自己又自认为有才，却得不到官做，于是便幻想皇帝能爱才，广搜天下真才子；他不仅希望皇帝能爱才，也希望能有像王衮那样肯荐举才子的好提学大臣。爱才，任用有才的人，这是《平山冷燕》的基本思想，故而在开篇诗中便明确提出：“富贵千年接踵来，古今能有几多才。”

说到这里，我们现在可以解释开头提出的那个问题了：天花藏主人在写《玉娇梨》时，明朝还没有完全灭亡，他对这个朱明王朝虽然已经失望了，但还存着幻想，所以他笔下所写的苏友白考中进士后受到迫害，分派去做一个地方推事小官，而当皇帝发现大臣营私舞弊时，苏友白便被重新调回京中，任命为翰林学士了。明清易代，天花藏主人观望了一个时期。到顺治十几年以后，清朝政权日益巩固，清政府恢复实行科举制度，广泛吸收汉人知识分子参政，很多文人由此看到了出路，改变了对清政府的对立的态度，这时天花藏主人心目中的清王朝比明王朝好得多了。有诗为证：

普天有道圣人生，大地山川尽效灵。
尘浊想应淘汰尽，黄河万里一时清。
(见《平山冷燕》第八回)

明王朝犹如“尘浊”的黄河被清王朝“一时清”了，因而这位小说家又开始写起小说来了：

岐山鸣后久无声，今日来仪兆太平，
莫认灵禽能五色，盖缘天子见文明。
(见《平山冷燕》第八回)

这是天花藏主人的一段自白，这诗的意思是：自从写了《玉娇梨》，很久没再写小说了，现在写《平山冷燕》是象征着天下太平；不要认为我这个人善于随机应变，实因为大清皇帝英明。讨好朝廷的心态，跃然纸上。他把自己比作凤凰，希望清朝政府能赏识他，希望大清皇帝能思才若渴，不拘一格重用人才。可是，他所面对着的仍然是无情的现实：“岩谷幽花，自开自落；贫穷高士，独往独来。”没有人理睬他这位才子，“徒以贫而在下，无一人知己之怜”。而天花藏主人是一位性格顽强的人，他不肯忍心埋没自己的才华，使之“不幸憔悴以死，抱九原埋没之痛”，于是他写小说，吐出“胸中之欲歌欲哭”的情感（引文均见《〈平山冷燕〉序》），从此他便成为一位著名的小说作家和小说编辑家了。

五　巧妙机关女儿多——续四才子书《两交婚》

此书未题作者名号，有“天花藏主人题于素政堂”的序，序中说：“自古才难，何容秘美。故于《平山冷燕》四才子之外，复拈甘、辛《两交婚》为四才子之续。”这序言显然是作者自序的口气。

《两交婚》第一回开头就说："《平山冷燕》前已播四才子之芳香矣。然芳香不尽，跃跃笔端，因又采择其才子占佳人之美、佳人擅才子之名，甘如蜜、辛若桂姜者，续为二集。"

根据这些记述，可以断定《两交婚》是天花藏主人继《平山冷燕》以后作的，但具体的写作年代说不清楚，大约作于康熙十年（1671 年）以前。

《两交婚》的故事很特殊，讲的是姓辛的和姓甘的两家兄妹交换婚姻的故事——辛家的姐姐嫁给甘家的哥哥，甘家的妹妹嫁给辛家的弟弟。这故事发生在四川重庆府巴县缙云山下横黛村，村中住着一户人家，家中只有寡妇田氏抚养着一儿一女，男名甘颐，年十八，女名甘梦，年十六。兄妹二人好似一对明珠，虽然才美过人，可惜住在偏僻乡村，无人知晓。

甘颐有一位表哥叫刁直，两人同到府里去考试。刁直不通文墨，花钱买到一领蓝衫（蓝衫是秀才特有的服饰，书生考中了秀才才可以穿戴）。甘颐文章似锦绣，却偏偏考不中，于是他决心出外去游学，增长见识。刚刚离家不远，来到镇上的一座关帝庙里，他一时心中不平，在墙壁上题了一首《踏莎行》词：

白日求才，青天取士，无非要显文明治。

如何灿灿斗魁光，化为赫赫金银气。

斗魁光是古代神话中主管文章兴衰的神，形象如鬼，名魁星，一手捧斗，一手执笔。斗魁光就魁星的斗发出的光，喻好文采、好文章的意思。

这词是抨击腐败的科举制度，大意是：既然是为了国家的文明政治而开科考试，为什么不凭着人的才学、文章好坏，却凭着金银买取功名！

正巧，朝廷派来的文宗（视察考试的高级官吏，又叫宗师）路过关帝庙，看见了这首鸣不平的词，当面询问了情由，并且亲自出题考了甘颐，果然文章、诗词都好。这位文宗到了府县，查明了考试作弊的详情，申斥了地方官，重新考试，甘颐被取作案首（第一名）。甘颐考中秀才，自然喜出望外，高高兴兴地出外游学，一路来到了扬州。

扬州有一户官宦人家，主人姓辛名受，曾在朝中做过国子监祭酒，如今告老回家享清福。夫人荆氏，生一女一男。女儿辛古钗，十八岁；儿子辛发，十六岁。都是才貌双全。尤其是辛古钗小姐，不但相貌美、才情高，而且见识远，许多她父亲料不到的事，她事先就能准确地预料到。辛小姐为了给弟弟选一位才美出众的媳妇，在后花园的金带楼开了一个红药诗社，邀请扬州城的闺秀淑女在一起吟诗作词。可惜扬州的女子多是些花头粉面人物，没有才情出众的闺秀。

这时游学来到扬州的甘颐，早就听到了辛小姐的美名，只是没有办法接近。探听到妓女黎青和辛小姐有来往，便到妓院去会见黎青。

这黎青号瑶草，原是良家闺秀，沦落到烟花巷中。她为人聪明机智，料事如神，辛小姐既同情她，又佩服她。当一位年青美貌的秀才来会见她时，她一见欢心，十分钟情。可是只交谈了几句客气话，黎青就看出甘颐不是真心为她而来。当她逼着甘颐说出了到妓院的来意时，心中虽然产生了女人的妒忌心情，但她还是主动地帮助甘颐去接近辛小姐。

黎青先到辛小姐家，给她出了个主意："扬州既然没有可以入选的女子，何不撒出帖子，请路过扬州的大家闺秀也来入诗社。"辛小姐接受了黎青的主意，黎青就让甘颐假扮女装，冒着妹妹甘梦的名去会见辛古钗。两人一见面就像老朋友一般，互相爱慕，饮酒作诗，亲热了一天，恋恋不舍地离开了。

黎青再去见辛小姐，装作什么也不知，只说她认识一个四川秀才叫甘颐，甘梦是他妹妹。"甘梦根本没来扬州，小姐昨日会的，是不是甘颐男扮女装?"辛小姐被黎青装进闷葫芦里，疑心不定。她灵机一动，想出一个探听真假的妙招：把她会见的那位甘梦的诗拿给弟弟看了，又向弟弟夸奖那位甘梦生得怎样美丽，然后给弟弟出主意："她哥哥就住在黎青那里，你可以去会会。"

辛发会见了甘颐，甘颐依照黎青吩咐的话，说他妹妹已经先走了。这辛发虽然没见到甘梦，但诗是见到了，又见了她的哥哥。既然哥哥生得这样俊美，妹妹也一定会像自己姐姐说的那样漂亮，他就下决心要娶甘梦为妻。他回家把会见甘颐的情况告诉了姐姐，要求姐姐成全他的心愿。辛古钗答应了弟弟的要求，就假借着为弟弟求亲的名义向父亲说明了一切情况，劝父亲请甘颐到家中来做客，相看甘颐是怎样一个人物。

辛祭酒请了甘颐来赏花饮酒，原想给儿子求亲，可看到了甘颐以后，他却产生了另一种想法——要为女儿择婿。他把自己的想法告诉了女儿，女儿当然高兴。但辛古钗小姐却乖得很，她叫父亲"不要先开口，叫他小瞧了我们辛家，等他主动来求亲时再应允他"。

甘颐在扬州答应把妹妹嫁给辛发，可是家中的妹妹早有人去逼婚了。

刁直趁着甘颐不在家中的机会，打了一只金凤钗送给他姨娘田夫人。田夫人不收，他留下就走了。甘梦猜知刁直这种举动是不怀好意，存心要防刁逼婚，便写了一封诉状给知县，把刁直的金凤钗送到县官手中，预防刁直逼婚。

果然不出甘梦的预料，刁直请来了乡邻亲友，声称他已经以金凤钗为聘礼，和表妹订婚了，并到甘家强逼迎娶。甘梦请家人和乡邻防护住家院，阻止刁直进来。刁直依仗他那些在县里当差的狐朋狗友的势力，反告了田氏一状，以为可以利用官府的力量逼迫甘家母女就范。岂知，正当他和那些假媒人得意扬扬来到知县大堂的时候，王知县怒气冲冲，立刻严审刁直和他的假媒人，秉公判断，训斥刁直，不准他痴心妄想，再惹事生非。这位王知县深深佩服少女甘梦的机智和见识，便传她到大堂来见一见。不见不知道，一见吓一跳，没想到在这偏僻的小乡村里，竟生出一位端庄大方、秀美无比的佳人。王知县问明甘梦的家世，自愿出面做媒人，要把甘梦嫁给他老师的公子——正是辛祭酒的儿子辛发。辛家早就有意，又见王知县主动做媒，自然更是格外高兴。

甘颐在扬州得知妹妹的婚姻有主，由王知县做媒定下了辛发，不胜惊喜，自己的婚事虽说还未曾订准，但辛祭酒的意思已经明朗化了，无非是要他有了功名再来议婚。于是他急急赶回四川，参加秋试。（秋试在地方政府考试，考中了成为举人，又叫举子。春试是全国各府的举人，集中到京城考试，考中了是进士。）这次回乡和前番离家时大不相同，家中喜气盈门，新任王知县又格外照看，甘颐到成都府参加省城考试，顺利地高中第一名举人。在家乡应酬了几天，甘颐便带着王知县替他向辛祭酒求婚的亲笔信，急奔扬州而来。他哪里知道，就在他离开扬州回四川的时候，辛家发生了一桩意外的大事。

朝中有一位势压泰山的武将暴元帅，他的六公子暴文在扬州听说辛祭酒的女儿才貌双全，决定要娶来做妻。面对着暴元帅的势力，辛祭酒不敢正面回绝，只得推说女儿早就有一个心愿，必要考诗择婿，婚姻事全凭女儿自主。他以为暴家是武官，厌恶斯文这一套，何况考诗求婚使暴家降了家门的身份，暴元帅不会叫儿子来考试。没想到暴元帅也想玩玩斯文，一口答应了。辛祭酒去和女儿商议，辛古钗小姐想出个由丫鬟绿绮代替的主意。暴公子听说父亲要他去考诗，他哪里会作诗，急中生智，叫唱戏的小生乔装假扮去冒充。两家都是假的，弄假成真。不过数日，一乘大轿，鼓乐齐鸣，辛家的一个假小姐被帅府的真公子迎娶去了。从此，扬州全城都知道辛小姐嫁给暴公子了。不久，辛祭酒也被起用，升任光禄寺少卿，携带全家进京任职去了。

甘颐兴致勃勃地来到了辛祭酒家，只见往日热闹的街巷如今冷冷清清，抬头看见一张告示，写着辛家已迁往京城。刚要找人询问，看门的老家人出来了，认得是甘公子，就把老爷升官、小姐已嫁的事详细说了一遍。甘颐听了这消息，好比晴天一声霹雳，冷水浇头，一时魂都震飞了。他悲悲凄凄地去见黎青，黎青热情地迎接了他，向他分析了辛家嫁女的可疑现象，肯定这里有假，劝他快进京赶考。临行时，黎青又嘱咐甘颐两件事：一是见到了辛家的人，不管他们怎样说小姐嫁人了，只是笑而不问，照样把王知县的求婚信送上，不提小姐一个字；二是千万不要会见暴元帅的公子暴文。

甘颐进京，先到辛家去看看妹夫辛发。他照着黎青的话，当着辛家父子的面，对于小姐嫁人的消息不惊不怪，若无其事。辛家父子和小姐见甘颐这般举动，都以为甘颐看破了他们的移花接木计，只是不说罢了，更加敬重甘颐。辛发为使甘颐相信他姐姐已经嫁了人家的事，邀请甘颐见见他的“姐夫”暴公子，甘颐推说忙着准备考试，回绝了。

转眼之间春试到期。三场考完，甘颐中了探花，授翰林院编修，辛发也中了进士。辛家设宴庆贺，暴文自然要在场的，他见了甘颐，一定要亲上攀亲，把他的妹妹嫁给甘颐。甘颐婉言谢绝。暴文依仗着暴元帅的势力，向阁部呈上一封请旨赐婚的奏疏。阁部大臣看在暴元帅的面子上，也不去请示皇帝，就下了一道赐暴元帅之女嫁与新科探花甘颐的诏书。甘颐接了诏书，立刻上了一道谢旨表，说明已经聘了辛氏女，不能再娶暴元帅之女。阁部大臣觉得这个甘颐有点不识抬举，批复不准辞婚。甘颐急了，不准辞婚就辞官，上了一道辞官本，“将冠挂在朝门之外”，“出城而去”。

阁部大臣见甘颐挂冠辞官，心中大怒，吩咐刑部捉回下狱，听候发落。这一捉惊动了和甘颐同榜考中的三百名进士，他们齐集午朝门外，集体辞官，抗议阁部帮助暴元帅之子逼婚。皇帝闻知此事，亲自审问，当众责罚了阁部大臣，令甘颐官复原职，并赐给御前金莲灯，让他回家乡完婚。

甘颐奉旨完婚，一路上官接官送，不敢到扬州妓院去会见黎青，暗中吩咐家人，带着千两银子，把黎青从妓院中赎出来，另住在清静的地方，等候迎接。辛发托人求友，弄到了四川巴县知县的官职，以赴任为名，把姐姐辛古钗偷偷带到巴县。如此，甘颐和辛发同时完婚。甘颐和辛古钗，两人原是见过面的，自有一番亲热；甘梦没见过辛发，她要考考新郎，请他作了两首催装诗，留下一段佳人才子的佳话。甘颐完婚回京后，又娶了黎青为妾。后来暴文虽然也知道了自已娶的不是辛小姐，可这时当元帅的父亲已经死了，再也没有招惹是非的势力了，他只好忍气吞声攀亲戚了。

《两交婚》在颂扬女子有奇才异能的思想上，和《玉娇梨》《平山冷燕》

是一致的。《玉娇梨》中的白红玉，见识比她的父亲（当朝大臣太常正卿白玄）还高明，白玄看不出假书生骗婚的诡计，白红玉却一眼就看破了；《平山冷燕》中的山黛，诗才远出于满朝官员和天下才子之上；《两交婚》中的辛古钗，父亲要把她嫁给一位好友的儿子，可她只看了那家书生的文稿字迹，就指出此人运笔无力，寿命不会久长，果然不久那书生便因贪色好酒得虚症而死了，从此父亲深服女儿的见识。

同时，这三部书中的人物描述，又都是主要人物不如次要人物。《玉娇梨》中一号人物白红玉的形象，不如二号人物卢梦梨个性鲜明。卢梦梨想到自己家中只有一个老母，没有能为她主婚的男人，便不肯错过遇见苏友白的机会，自己勇敢地化装私会苏友白。《平山冷燕》中的一号人物山黛的形象，没有二号人物冷绛雪的形象真切、洒脱而有个性。《两交婚》中所描述的才女辛古钗和甘梦的形象，则又远不及妓女黎青。

这黎青又名瑶草，是一个受生活所迫沦落为妓女的良家女子。她并不吟风弄月，更没有什么引人欣羡的诗词作品，只是智识过人，远胜于才子甘探花和名门闺秀辛小姐。她设计了一个引导甘颐与辛小姐相见的机会，不露声色地让辛小姐走进她设计的圈套。当甘颐第一次向她表示：你“真令人爱杀”时，她不被这种甜言蜜语所诱惑，只淡淡的一笑说道：“君之爱我，不过爱我能为辛小姐设计耳。”只一句话，揭破了甘颐对她的虚情假意。当甘颐见辛祭酒有意招他为婿而欢喜若狂时，黎青便告诉他：婚姻一定能成，但为时尚早，辛小姐要等你有了功名后亲自登门求婚才成。识见过人的辛小姐的一举一动，都在黎青的意料之中。甘颐遵照黎青的主意，回四川考中了举人，带着王知县做媒的书信来到扬州，听说辛小姐已嫁给暴元帅之子进京了，悲恸欲绝，黎青又向他详细分析了辛祭酒嫁女的种种疑点，明确指出了辛家嫁女是移花接木之计，叫他放心，并教给他求婚的方法。甘颐依计而行，终于实现了娶辛古钗为妻的愿望。如果说《平山冷燕》集中在一个“才”字，那么《两交婚》则突出一个“智”字——甘小姐之智可以自卫，辛小姐之智令人敬服，而黎青之智又胜辛小姐一筹。所以，当辛小姐施计捉弄暴公子时，有赞证诗指出：“巧妙机关女儿多。”

黎青的形象，写得生动真切，个性鲜明，这是《两交婚》的艺术成就的一个方面，而尤其令人注意的，是《两交婚》对妓女的尊重而毫不轻蔑的思想。才子甘颐处处要向她讨教，才女辛小姐与她形似姐妹，待如上宾，升为少卿高官的辛祭酒也对她以礼相待。《两交婚》中为什么对妓女如此尊重？

这里说明了两个问题：一是反映了当时社会的特殊生活，即战争造成千家万户的家破人亡、妻离子散，许多良家妇女甚至名门闺秀沦落娼门；一是作者天花藏主人有着对妓女的同情与尊重的思想。他的这种思想，在《金云翘传》中有着更明确的发挥。（参看本书《泪珠痕上又加恨》一节）

《玉娇梨》《平山冷燕》和《两交婚》是天花藏主人的早期作品，从这三部作品里我们看到了这位作家的基本思想面貌及其演变情况：在明末，他对于社会政治持有批评的态度，这就是在《玉娇梨》中所反映出来的斥奸褒忠思想；在清初，他对新建立的政权唱着赞美的颂歌，这就是在《平山冷燕》中所写的皇帝爱才和才子对皇帝的拥戴；稍后，到了康熙初年，天花藏主人还没有改变他对皇帝的态度，仍然对朝廷寄予殷切的期望，但他认为皇帝身边的官僚大臣中有坏人，这就是《两交婚》中暴元帅自恃赫赫军功的骄横。伴随着作家政治思想的变化，作品中的善恶矛盾及其解决的方式，也发生了变化。《玉娇梨》中白玄与杨廷昭、苏友白与杨廷昭两组尖锐的矛盾，是由白玄和苏友白的不妥协的斗争解决的；《平山冷燕》中山黛与宋信、晏知府的矛盾是由山黛引起的，山黛有皇帝的绝对权势为后盾，在通向美满婚姻的道路上没有尖锐对立的矛盾；而《两交婚》中的辛古钗，面对着暴元帅的威势则只有逃避，玩个小花招以图侥幸，善恶美丑的斗争不见了。

天花藏主人的政治思想的变化是很明显的，但他的爱情观与婚姻观却始终未变，这就是他所赞美的对爱情的忠诚不渝。

六　来来去去谁作合——莫名其妙的《画图缘》

《画图缘》写的是花天荷与柳蓝玉的婚姻故事。在这个故事中，看不到绵绵的情丝，只有天作之合。所以，天花藏主人在序中说："缘者何？天漠然而付，人漠然而受者也。"全书的结局诗中也说道：

功名自古在于天，婚好何曾得自专。
似引似牵来柳宅，不邀不速到花田。
庞儿相似无容辨，名姓挪移别有权。
去去来来谁作合？至今传作画图缘。

这首结局诗，无非是说"富贵有命，婚姻天定"的意思，但其中的"来柳宅"和"到花田"却是书里的两个重要情节，不了解故事是难以明白的。至于"庞儿相似"和"名姓挪移"则又是小说家对奇中奇和错中错的巧妙运用。且看故事梗概：

浙江温州秀才花天荷，“生得面如冠玉，秀比朝霞”，“皎皎如一团白雪”，“霭霭见满面春风”，一表俊美的文人风度，却又“别具一种昂藏英勇之力，徒手三五十人不敢近”，是文武全才。某日游天台山，遇一仙翁，赐给画图两册，并告诉他：“熟读之，功名婚姻俱可随意。”原来这两幅画册，一是两广山川图，详注有各山寨山贼姓名；一是园林景色，楼阁亭台、曲栏池塘，富丽幽雅。花天荷不解其意。

这时，两广地区山贼作乱，四出扰民，十分猖獗。朝廷屡次派兵征剿，兵来散去，兵去又来，无法剿除。皇帝发出招贤榜，招募能人，平定两广山贼。花天荷得到仙赐画图的启示，揭了皇榜，到广东任桑总兵的监军。这位桑总兵，怯敌怕战，又因手下多妒才忌贤之人，天天吹冷风，说花天荷“狂言误国，不可轻信”。于是这位抱着平贼立功热诚而来的才子，见总兵不肯重用，遂留下一个手本，不辞而别。

花天荷旅途中遇到一所园林——这就是前引结局诗中说的“似引似牵来柳宅”。风光秀丽，景色怡人，那亭台楼阁、池塘曲栏，和图中所画的一般无二，引起了花天荷的好奇之心。询问老家人，始知这处园林的主人姓柳名青云。柳青云父亲早逝，家中有钱无势，县里的一个赖秀才欲与他结交，被他拒绝，这赖秀才就串通皮秀才诬告陷害他，他只好出外躲避。花天荷出于义愤，到县衙替柳青云辩解，县官看在他身为监军的面子上，免了柳青云的罪名，又亲手教训了害人欺良的秀才们。赖、皮二秀才不服，又要告到府里，说花天荷“假冒监军”，恰好桑总兵派来追请花天荷的军官马岳到了。知府教训了闹事的秀才们，花天荷告别了知府，随着马岳回广州去了。

柳青云家中，只有母亲杨氏和姐姐蓝玉，她们得知诬告的罪案已经都销了，十分感激这位仗义相助的花天荷。柳青云回家后不顾路途遥远，亲自到广州见花天荷，面谢相救之恩。花天荷见了柳青云，亲如手足兄弟，天天形影不离地游山玩水。某日，同游花田，花天荷临时被桑总兵请去，只柳青云一人闲游，无意中遇见了赵参将之女赵小姐，两人一见钟情。柳青云情不自禁，请花天荷协助，寻访美人是谁家闺秀，并请他做媒。赵小姐思念花田相遇的公子，病得饭不吃水不喝。赵参将弄清了小姐的病根，猜想此人必定是花天荷，便请马岳为媒，向花天荷求亲。花天荷一口答应，并设计弄到了柳青云的生辰八字和他家的珍玩玉器，和赵小姐订了婚——这就是前引的结局诗中那句“不邀不速到花田”的故事。

桑总兵虽把花天荷重新请回，仍是不肯重用，花天荷又留下一个不辞而别的字条，到柳青云家中去了。这一次来到柳宅，和上次大不相同，柳家待如上宾，情同一家人。柳青云对花天荷说，他的一位表姐蓝玉住在他家，生得面貌与他相似，才情高他十倍，自愿做媒，嫁给花天荷。花天荷一则因为有画图暗示，一则听说长相和美少年柳青云相似，遂以仙翁送给他的图画册为聘礼，订下了亲事，回家乡省亲去了。

柳蓝玉每天在精心研究花天荷那本两广山川图，对各寨山贼情况了如指掌。恰在这时，广东又有“青削天”和“花皮豹”两股山赃作乱。钦差夏按院亲自写信，派马岳去请花天荷，可是花天荷已经回浙江。柳蓝玉和柳青云商议，假称花天荷临去时料知广东必有人来，曾留下一个柬帖，内有破山贼之计，同时由蓝玉依据两广山川图，制订了一份破“青削天”和“花皮豹”的计划，交由马岳带回。夏钦差见了柬帖，十分惊奇，按计进兵，果然大获全胜，连夜奏请皇上封花天荷为两广总兵之职。

接着，花天荷和柳青云都在各自的省城中了举人。柳青云到浙江，邀花天荷一同进京考试。两人正准备启程，任命花天荷为两广总兵的喜报传来。花天荷不胜惊疑，柳青云讲出了他的未婚夫人蓝玉小姐用计的缘由。花天荷听了，十分敬佩未来的夫人。因花天荷已无意进京会试，柳青云即辞别花天荷，独自赴京，考中了二甲进士。花天荷到广东赴任，先到柳家，与柳蓝玉成亲；柳青云考中进士后“不候选官”；也赶回家乡，随姐姐和姐丈同到广东，娶了花田相遇的赵小姐；花天荷得到了赫赫显要的大官，娶到了才美兼全的娇妻，心满意足，全面出兵进攻山寨。一面招抚，一面围剿，软硬兼施，剿抚并举，各寨降的降，破的破，一举肃清。圣旨下来，进封花天荷为大勋侯；柳青云进京选了兵部主事，因要与花天荷朝夕来往，遂谋升了广东知府。正当受降庆功之时，授与花天荷画图的那位白须老人又来了，花天荷跟随他进入一座小庙，才发现他是汉代名将马援的神灵。于是重修庙宇，另塑金身，感激神灵。

《画图缘》的故事情节并不复杂，也没有多少大的波折起伏，但是这部小说和同期的作品相比，有两点明显的不同：其一是对话多，作者注意到把人物放到日常生活中的待人接物的场景中去描写，这在小说创作上应视为发展前进的迹象。其二是追求大情节中的小情趣，增加了故事中的戏剧色彩。如花天荷到柳府去准备迎亲结婚的描述——花天荷荣任两广总兵了，他不急着去上任，却急着去迎亲。到了柳家，柳青云在京中尚未归来，他便急着问家人、问书童，向杨夫人暗示迎亲的意图。蓝玉小姐以为，花天荷这般举动，可能是“情欲过重”，必然“饥不择食”。于是母女设计，由一名不俊美的丫鬟垂丝假扮小姐，由书童引花天荷去偷看。只这一看，花天荷变卦了，立即要辞别杨夫人到广东上任，说军情紧急，不能耽搁，并且又要索取当日用来作聘礼的两本画册，说这是作战必用之物，不能离身。杨夫人劝他，留他，他只是不肯。柳青云回来了，立即要给花天荷操办婚事，而花天荷对此却十分冷淡，推说平贼事大，要先赴任，再议婚事。柳青云不知花天荷为什么忽冷忽热，一问母亲方知缘由，于是母子姐弟又设一计，由小姐当面退回画册。花天荷面对着和柳青云面貌相似的蓝玉小姐，听她慷慨陈词。她对花天荷索取画册行为的批评和揭露，使花天荷无地自容；她的美貌又使他情不自禁，他立即改口说不取画册了。

作者巧妙地运用自相矛盾的对话去描写人物的心理。如写花天荷错把丫鬟当作小姐，有意退婚，就去向杨夫人索回画册：

花天荷道：“小侄当日以此册订婚者，以为婚后册自归也。不期今日不及结亲而匆匆欲行，册又为此行不可少，故求老伯母权宜借出，容到任后别行聘也。若淑女多疑，再看机要亦可也。”（第十三回）

而当他看见了蓝玉原来是一位绝代佳人以后，则又另换了一种口吻：

“这册子如今取不得了。”杨夫人道：“此册乃花爷军中必需之物，故再三欲取去。今既侥幸取出，为何又说取不得？”花天荷道：“……彼此既忝在至亲，以心相信，何妨借出以应一时之急，故小侄敢大胆求老伯母周旋。不期闻淑女之言，似不察鄙衷，而有见责之意，则小侄安敢复取，以作名教之罪人。尚望老伯母垂慈送入，无负前盟。”（第十三回）

花天荷反悔了，告饶求情了。节外生枝的故事至此可以结束，让他们拜堂成亲了。可是作者偏不肯，又旁添出花天荷怀疑所见美人是由柳青云假扮的插曲，又安排第二次和小姐见面的情节：

花天荷亲手扯着柳青云来到杨夫人堂中，柳青云装作要去请小姐，花天荷急忙拦住，由丫鬟去通报。及至小姐出来了，那日楼头见到的“小姐”也在侍女列中，花天荷这才“心下又惊又喜，又追悔从前误事，慌忙立起身来，连连打躬施礼请罪”。

这种描写虽是运用“人造误会法”，但入情入理，不仅增加了可读性，而且对于人物心态、性格的刻画，也有着返璞归真的作用——虽然这种误会不大可能是生活中的真实，但人物的情感和心态却是真实的人心人情。

在众多的理想派小说中，《画图缘》属于写作艺术技巧上升、思想水平下降这一类型的：艺术技巧之上升，如上略有所述；思想内容之下降，则主要表现在情人无情上——花天荷与柳蓝玉的婚事是全书的主题，但他们之间只不过是撮合，没有真正的爱情。这不仅不能与《定情人》相比，和《两交婚》等也难以并提。靠侥幸意外立功升官，靠天作之合娶得美妻，作者的理想已经流入幻想了。

七　天台有路接蓝桥——忠贞不渝的《定情人》

该书全称是《新镌绣像秘本定情人》，十六回，未署作者名号，序署“素政堂主人题于天花藏”。

天花藏主人诸书的序，都署名为“天花藏主人题于素政堂”，唯有《定情人》的序署“素政堂主人题于天花藏”，由此我们得知，天花藏主人又号素政堂主人。天花藏是编书存书的地方，好像现代的编辑部，彩虹桥上客曾在这里为《后水浒传》题过序；素政堂是主人的住处或书房。

天花藏主人有关爱情与婚姻的小说，虽有一个大体雷同的结构形式——一见钟情，拨乱离散，及第团圆，但各书又各有侧重，所以也各有特点。《定情人》的特点是：在婚姻大事上，不对心意不定情；定情之后，海枯石烂心不变。

故事所述，是四川成都府双流县的一位宦家子弟，姓双名星，父亲曾任礼部侍郎，早亡，由母亲抚养着双星兄弟成人。

这双星天资颖异，聪明过人，十五岁就考中了秀才；更加姿容秀美，一表人材，乡县有女儿的人家，都争着托媒求亲，但都被双星婉言谢绝了。老母盼子成婚心切，双星则坚持要娶一位可心满意的妻子，于是母子商议，双星到江浙一带去游学，顺路访求可心之人。

双星由仆人青云、野鹤伴随，来到了浙江绍兴府，闲游时遇见了退休归里的少师江章。这江章原是双星父亲的好友，当年在京时曾过继双星为义子，已经隔断音信十多年了。意外的相逢，大家格外高兴，双星便在江章家中住下。

这江章膝下无儿，只有一女名蕊珠，才多貌美，很多缙绅人家前来求婚，江章没选着一位可心中意的，发誓要选择一位才貌抵得上小姐的佳婿，招进门来，算做半个儿子。这一天，江蕊珠小姐闲来无事，作了一首《赋得似曾相识燕归来》的诗——这个题目就寓着双星到江家似乎和小姐的婚姻有关的意思。自己觉得很满意，就拿去给母亲看。恰巧这时双星也在场，看了这首七言律诗，赞不绝口，遂提笔和了一首。蕊珠小姐接过来一看，写的是：

经年不见宛龙潜，今日乘时重入帘。
他主我宾俱莫问，非亲即故又何嫌。
高飞欲傍拂云栋，低舞思依浣古檐。
只恐呢喃惊好梦，新愁旧恨为侬添。

江小姐住在拂云楼，书房名叫浣古轩，而双星的这首诗，把自己比做燕子，诗中的“欲傍拂云栋”“思依浣古檐”等句，寓有求婚的意思。江小姐接过诗来，看了一遍又一遍，心中觉得这“拂云、浣古等句，拖泥带水，词外有情”，明白了双星的意思。从此，两人心心相印。

小姐身边有两个丫鬟，一个叫彩云，一个叫若霞。有一天双星向若霞询问小姐的一些生活细事，若霞无意中说出了一句“先做了女婿可以当儿子，先当了儿子就不能做女婿了”。只这一句话，触动了双星的心事，一下子愁病了，请医吃药，半点无效。彩云细心，探明了双星的病根，动员小姐私自去会见双星，当面订了婚约，双星的病立刻好得利利索索。

正在这时，双星的母亲来信，叫儿子赶紧回四川参加秋试。双星舍不得离开，但江章也劝他回乡求取功名。临行时，江章告诉双星，把蕊珠小姐许他为妻，希望他能考取功名后早日来完婚。于是双星心中的一块石头落了地，高高兴兴地回四川去了。

双星刚刚走，江家出了一桩翻天覆地的大事：有一位世袭侯爵的贵公子姓赫名炎，听说江小姐才美过人，请莫知府做媒提亲。江章谢绝了，但赫公子怀恨在心。恰巧这时东宫皇太子选妃子，差出内臣太监到江浙一带选美女。赫公子使钱买通了姚太监，借着皇帝的名义，强逼着江章交出了女儿。

江蕊珠小姐辞别父母离家时，要求父母收彩云为义女，代替自己尽孝。父母应允了。她又要求彩云代替她去实践她和双星的婚约，彩云也应允下了。江蕊珠留下一封给双星的亲笔信，便随着姚太监的官船进京去了。船到天津，就要走旱路，江小姐趁着夜黑人静，投身于大江的滔滔清流中。

这时的双星，秋试中了举人，一面带着青云进京去参加春试，一面吩咐野鹤到江家报喜。双星春试中了头名状元，又差青云到浙江迎接江小姐进京完婚。

青云、野鹤先后到了江家，得到的却是不幸的消息——江小姐已被选进京了。他们于是急忙回京报信。路过天津时，他们意外地救起投水的江蕊珠。为了逃避姚太监追查，他们星夜赶回四川，把江小姐送到双星的家中。

新科状元双星，年轻貌美，才学出众，屠驸马要把女儿嫁给他。双星坚辞不允，屠驸马恼羞成怒，以出使外国相威胁；双星毅然出使高丽、琉球等国，顺利地完成了使命。回京复命途中，他赶奔绍兴去看望江小姐。谁知，他不但没见到小姐，得到的却是小姐已经投水自尽的噩耗。双星痛不欲生，江章苦苦相劝，传达了小姐请彩云代践婚约的遗嘱，彩云交出了小姐亲笔的书信。双星无奈，只得与彩云拜堂成亲。虽然结婚，但双星坚持分床而居，誓守与江蕊珠的婚约。后来，双星告假回四川，母亲为他重新举行婚礼，洞房中方知重新拜堂成亲的人，正是他朝思暮想的江蕊珠。

书名“定情人”的意思是：婚姻大事必须有了足以定情的人才可以定情。在第一回里，作者通过双星的话说得明明白白：“小弟若不遇定情之人，情愿一世孤单，决不肯自弃。”天花藏主人在序言中也说：“情不难于定，则难于得定情之人耳。”那么，可以定情之人的标准是什么呢？这就是天花藏主人所提倡的爱情与婚姻标准——才和美。在天花藏主人看来，人长得美不美，是定情的必要条件。但是，貌美既不是唯一的条件，也不是最重要的条件，所以《定情人》的主人公双星说：“有美如玉，怎说不美。美固美矣，但可惜眉目间无咏雪的才情、吟风的韵度，故少逊一筹，不足定人之情耳。”（第一回）很明显，天花藏主人的才美标准，强调人的内在美。

天花藏主人为《定情人》写的序，是研究我国十七世纪爱情与婚姻小说的一篇重要论文，它不仅对于人的性和情作了辩证的分析，而且对于维持婚姻关系的基础——情，作了深刻的揭示。他认为，任何人对于自己的婚姻，都有自己的理想（“情有所慕也”），如果一个人得到了定情之人，实现了理想，那么这个人就不会“情有所移”了；情不移，“则情在一人，而生死无二定矣。情定则如磁之吸铁，拆之不开；情定则如水之走下，阻之不隔。欲其别生一念，另系一思，何可得也？”所以作者对于寻求定情之人是充满了信心的。当双星离开四川出外寻定情人时，作者用一首赞证诗写道：“天台有路接蓝桥。”在双星到了江家之后，他又用赞证诗写道：“蓝桥莫道无寻处，且喜天台有路通。”

天花藏主人认为，婚姻的结合，如果男女双方都选择到定情之人，那么这种婚姻便是美满的、幸福的。从这种理想的新的婚姻观念出发，《定情人》树立了一对定情的典型人物：双星为了坚持选择理想中的足以使他为之定情的人，不肯盲目遵从母命，不轻信朋友的劝说，不被官宦人家的财势所诱惑，直到遇见江蕊珠，感其美，羡其才，两人又有了一段当面叙情谈心之后，才订立了婚约。定情订婚之后，双星任凭当朝驸马逼婚也不屈从；江蕊珠宁死不违婚约。

小说《定情人》的婚姻观念，和序言是完全一致的。所以，这篇序言很像是小说《定情人》作者自己写的。

再以《玉娇梨》中的苏友白和双星相比较——苏友白说："兄不要把富贵看得重，佳人转看轻了。"双星说："兄何看得金屋太重，而才美女子之甚轻耶!"苏友白说："即有才有色，而与我苏友白无一段脉脉相关之情，亦算不得吾苏友白的佳人。"双星说："吾情既不为其人而动，则其人必非吾定情之人。"两书的婚姻观一致，两书中主人公拒绝逼婚的行为也是一致的。由此看来，《定情人》一书的作者，很可能也是《玉娇梨》的作者天花藏主人。

但是，《玉娇梨》和《定情人》在艺术上是有所不同的。《玉娇梨》中写了很多人——苏友白、白红玉、卢梦梨、白玄、杨廷昭、吴珪、苏有德、张轨如等，每人都抹上几笔，都画了个脸谱，显得视点太多，不够集中。而《定情人》则不然，它把笔墨集中用于描写双星和江蕊珠二人，故事紧凑而无拖拉枝蔓之感。这是小说艺术技法的一种进步。

八 漫道无涯却有涯——曲曲折折的《飞花咏》

理想派小说，多是写男女情、婚姻事的，且有一个普遍性的倾向，那就是只侧重于写一见钟情。这样，即使把一见时的钟情写得娓娓动人，也难免给人以一种缺乏牢实的思想与情感基础之憾。在这方面，《飞花咏》则是有所突破的——《飞花咏》中昌谷和端容姑的婚姻，是由人为的、被动的、无感情的婚姻，发展到自主的、自愿的、有情有义的婚姻的。在清初小说中，这也是不多见的。

故事发生在松江府华亭县两位老朋友的家中：昌全生子名昌谷，端居有女名容姑，在二人都长到七岁时，由朱天爵主动为媒，以一只玉双鱼为聘礼，两家订了婚约——这样的婚姻显然是被动的、不自主的。从此以后，昌谷和容姑颠沛流离，经受了千磨万折的辛酸，十几年后终于如愿以偿，结为美满夫妻。

理想派小说，差不多都要写情人由离散而重逢的波折，为什么要这样写？

天花藏主人在《飞花咏》的序中曾有一段明确的解释：

疑者曰：“大道既欲同归，何不直行，乃纡回于旁蹊曲径，致令车殆马倾而后达，此何意也？无乃多事乎？”噫！非多事也。金不炼不知其坚，檀不焚不知其香；才子佳人不经一番磨折，何以知其才之慕色如胶，色之眷才似漆？

这段话说明，通过离散重逢的动态描写，是中国古代小说的一种结构显示的艺术手段，它使离散后的情人在没有重逢机会的渺茫中充满着生不相逢死相见的强烈的团圆意识，经受着离散后的种种诱引、欺骗与威逼，从而塑造出海枯石烂心不变的忠于爱情的美的形象。所以，天花藏主人认为，爱情如果不经过冷峻的考验，经不住风吹雨打的磨折，那便是“幽香同于野草，良璧不异顽砖，将见佳人才子，竟与愚夫妇等矣”。

那么，像昌谷和端容姑这样两个六七岁的小孩子在父母包办下的婚姻，有什么可以经得住离散波折的爱情基础呢？《飞花咏》的作者巧妙地解决了这个问题。

昌、端两家订亲不久，昌全因为祖上是军籍，被征调戍边（清时，政府把有军籍的人征调到边疆，做保卫国境的苦差事，叫作戍边）。昌全携妻带子告别了亲友，一路风霜，来到临清。路还没有走到一半，昌全的妻子杜氏忽然患了重病，经临清名医唐希尧医治，才得痊愈。于是昌全夫妻想到，前途更加艰险，这样走到边塞，他们二人的性命恐怕难保，可怜年幼的儿子也将丧生塞北。反复商议，夫妻一致认为，与其让儿子跟自己去送死，还不如留给他一条活路，便忍痛把昌谷过继给唐希尧为义子。唐希尧高兴地收下了昌谷，改名唐昌。

端居送别了老亲家昌全，在家一心教女儿读书。不幸容姑十一岁那样，被无赖宋脱天抢去。容姑年纪虽小，心计却高，路上把一群无赖灌醉，逃出贼船，被杭州知府凤仪的官船救起。

凤仪由杭州知府的任上奉调进京任御史，见容姑生得俊俏，又听说她会作诗，即以“飞花”为题，命她当面作诗一首，因而收为义女，改名凤彩文。临清乃凤仪的故乡，船到临清，凤仪下船回到家里，表弟唐希尧来拜望。次日，凤仪到表弟唐希尧家回拜，见到唐昌资性过人，就将彩文的《飞花诗》给他看，命他和诗一首。凤仪在临清家中住了几日，即留王夫人和彩文在家，进京而去。

王夫人和彩文被唐希尧邀至唐家畅叙亲情，王夫人见了唐昌，从心眼里喜欢；唐夫人赵氏见了彩文，乐得像见了鲜花一般。王夫人提出两家联姻的要求，赵夫人满口应承。这时的昌谷，不知对方是端容姑，端容姑也不知唐昌原是昌谷；表兄妹二人听见母亲为他们联姻，心中欢喜，于是二人又以“飞花”为题，当堂作联句诗一首。赵夫人留王夫人和彩文小姐住下。次早，唐昌借故来看彩文梳妆，假意说道：“贤妹不记得毛诗中‘窈窕淑女，君子好逑，求之不得，辗转反侧’之句乎?”小姐听了，微笑道：“这倒不记得，只记得‘既见君子，不我遐弃，之子于归，宜其家人’。”唐昌取出一幅白绫，题上一首《长相思》词：“心急急，眼巴巴，咫尺浑如天一涯。试问玉人情与性，不知可肯傍蒹葭?”悄悄地送给彩文小姐，小姐便取出金扇，也题了一首《长相思》词：“巴望蜀，蜀望巴，漫道天涯却有涯。待得两心春一透，自然六琯忽飞葭。”还赠给唐昌。“到了夜间，果然二人乘母亲说话深浓之际，悄悄携手，到后庭中无人之处，一同跪拜订盟。”

小说关于凤彩文和唐昌作咏飞花诗和订立婚约的描写，成了日后一对情人忠于爱情的验证，他们作为情人的离散和波折，从这里才算开始。

凤仪进京当御史，因他为人忠直，得罪了掌握朝政大权的曹吉祥、石亨，被免官贬到陕西榆林驿做驿丞。凤仪携妻带女奔陕西，路过黑风岭时，一家三人被乱军冲散，凤彩文被前来平定叛军的一位军官救出。

这位军官正是昌全。原来他来到边塞后，因为是有文化、有才能的文人，受到总兵周重文的重视，管理军中文书，又因立有军功，提升为参谋。昌全随军平定黑风岭叛军，在乱军中救了凤彩文，将这个无依无靠的弱女子收为义女，他哪里知道，这位自称是凤彩文的小姐，竟是他的儿媳妇。彩文小姐在昌全家中，有丫鬟服侍，生活安定，但想起表兄唐昌，心中不免思绪万千，时时咏诗作词，抒发着抑郁的心情。某日，作了一首《桃源忆故人》词：

朝朝暮暮皆挨过，音信杳无一个。糊涂坐久糊涂卧，泪也糊涂堕。帘都卷起巢都破，燕雀还来称贺。新词只当旧词作，料想无人和。

这词被昌全看见了。他只想女儿大了，该给她择一佳婿，找个婆家，可这边塞荒凉之地，除了军人，哪里有可心可意的青年?他哪里知道，女儿心中思念的是表兄唐昌。

唐昌只知道表妹在京城中，哪里会想到彩文小姐流落到边塞去了。他在家读书，学业日益长进，到临清县考时，他随着众童生入试，不料还未入场，就被一群恶徒劫到背静处打得昏死，趁夜背出城外，扔到乱草丛中。原来这是唐希尧的侄儿唐涂为了继承叔父的家产，谋害唐昌。

唐昌在荒野中醒来，只能啊唷啊唷地喊痛，身子还动弹不得。叫声惊动了一位过路的小官吏，这人便是端居。端居到京中候选，因为没有门路，无钱买动，只选了个临江府新喻县的儒学教谕，他正早起赶路赴任，无意中听到叫声，救起唐昌。因唐昌不宜留在临清，端居便带他到新喻县，改名端昌，收为义子，教他读书。端居夫妇自以为收个义子可以承欢膝下，哪知道收下的却原来是自家的女婿。

端昌好学上进，少年入学，成就了一个美貌秀才，引起许多人家的羡慕。柳刑厅央媒求亲，要把女儿嫁给端昌。端昌虽然已知凤小姐随父离京，但他心中只有一个凤表妹，任凭端居劝、逼，绝不应允亲事。柳刑厅是端居的顶头上司，见端家不允亲事，恼羞成怒，天天给端居小脸看、小鞋穿。端居无奈，辞官回了家乡。

端昌一帆风顺，省城里中举，进京高中榜眼（殿试第二名）。新生的牛犊不怕虎，新榜眼见权奸当道，误国害民，上了一本奏章，告曹吉祥、石亨欺君压臣，无恶不作。皇帝将奸党革职问罪，凤仪奉调回京，官复原职。端昌实指望早日见到表妹，哪曾想回来的只有凤仪夫妇，只好怀着无限的思念，告假回华亭县探亲，寻访彩文表妹的下落。

彩文小姐因为才貌出众，被镇守天雄关的总兵常勇看中了，定要请周重文总兵做媒，为儿子常奇求婚。这位总兵来头大，是朝廷中曹吉祥的红人，周总兵不得不出来当媒人，昌全也不敢不答应这门亲事。彩文小姐却饭不吃，茶不喝，以死抗拒。

昌全得知女儿誓守她和表兄的婚约，去和周总兵商议。周总兵得知昌小姐原来是凤仪的千金，心中既尊敬凤仪的为人，便有意保护他的女儿，于是设计了一个用丫鬟代嫁的掉包计，骗过了有勇无谋的常总兵。不久，周总兵悄悄上了一疏，说昌全年迈，请求解任，圣旨批下："着昌全冠带还乡，钦赐七品文官行事。"昌全立即离开边塞，返回故乡。

昌全回到家乡，和老友端居、朱天爵相会，大家感叹万分。端居和昌全，各以失女失子而悲，又各以得义子义女而喜。好心的朱天爵又出面做媒，重续旧姻缘。昌全以为，新科榜眼即将荣归，女儿一定乐意，岂料彩文小姐依然不允；端昌回家后，端居向他谈起朱天爵做媒提亲的事来，端昌亦誓死推托。

婚姻不成，友情尚在，端居的儿子高中了，昌全不能不设宴祝贺。酒席之间，大家请新榜眼作诗。端昌因见堂前落花缤纷，一时动了思念表妹之情，顺手抄出当年表妹作的咏飞花诗来。小姐爱诗，叫小书童从席上偷来。不看则已，看了大吃一惊，诗是自己当年作的，除了表兄谁也不知，心中惊疑不定，便把当年唐昌和她的咏飞花诗抄在后边，又偷偷地送回去了。端居饮了几杯酒，拿起诗来重看，惊见原诗变了，连嚷“大奇！大奇”！于是众人哗然，直待端昌说出这首原是他作的咏飞花诗的来由，朱天爵拍案大笑道：“这媒做得好，喜酒吃定了。”

端昌和昌彩文结婚后，凤仪夫妇和唐希尧夫妇也来了，验证了玉双鱼，昌全始知女婿原来是儿子，端居才认出媳妇原是女儿。

中国古代小说讲究奇和巧，但奇巧得像《飞花咏》这样的作品，也是不多的。《飞花咏》的曲折故事，由端、昌两家婚事为一根主线，主线又以两姓分成两条支线，两条支线再依四人分为四道单线，平行地围绕着悲喜二字发展着。端、昌两姓结亲，这是主线，喜；昌全全家戍边，第一条支线，悲；昌全夫妇途中染病，悲上悲；唐希尧收昌谷为义子，悲中有喜，第一条支线从此分作两条单线——昌全夫妇奔边塞，昌谷改名唐昌。端居在亲家远去之后失女，悲中悲，第二条支线分成两道单线运行：端容姑被劫遇救，成为凤仪的义女凤彩文，悲中喜；唐昌和凤彩文相逢，使两道单线汇合而构成了新的喜，从此，这两道单线交叉去汇合另两道单线——凤仪路中失女，悲；彩文遇昌全，悲中喜，两道单线汇合成一条支线；唐昌考试遇害，悲；端居救唐昌，悲中喜，另一条支线组成；端、昌两家回家乡，重结姻缘，两条支线合二而一，皆大欢喜。昌、端两家是两条实线，而唐、凤两家则是两根虚线；实线的发展，脉络清晰，虚线的接应，合情入理，这是《飞花咏》结构艺术的基本特征。尽管《飞花咏》也有牵人就事的毛病，但它所展现的社会生活画面，要比《平山冷燕》等书宽阔得多了。

九　疑桃疑杏实难猜——奇奇巧巧的《麟儿报》

《麟儿报》的故事，像个圈套圈的连环套，大圈套着小圈，小圈里边还有圈。最大的圈是套着全书的主题——行善之人，必得善报。靠磨豆腐卖的穷老汉廉小村，因有善心，行善事，感动了葛仙翁，仙翁指给他一块吉利的墓地；廉小村儿子廉清即因祖坟吉利的福缘，后来中了状元。不过，这个因果报应的大圈圈像个虚泡泡的气球，小说实实在在写的是奇奇巧巧的婚姻故事，这个故事的情节有：毁婚逼嫁、逃婚私奔、真嫁假娶、真娶假嫁，移花接木、偷梁换柱等等，可见作者在追求跌宕起伏的情节上下了很大的功夫。《麟儿报》的故事还包括一些无聊的闹剧，即使不伤大雅，也能看出作者的别样的情趣，这使我们感到，它可能不是天花藏主人的作品。

《麟儿报》不署撰著者姓名，有“康熙壬子孟秋月天花藏主人题于素政堂”的序。康熙壬子是康熙十一年（1672年），这时正是理想派小说最活跃的时期，作家竞相架空设幻，作品更加远离真实生活。在这方面，《麟儿报》是具有代表性的。

全书共十六回，开篇先用了两回书叙廉小村得到的机缘：一年寒冬的一天，大雪纷飞，以磨豆腐为生的廉小村夫妇和幼子廉清三人，正在家中围火取暖，忽见有个穿着破衣戴着破帽的人，赤着脚走过来，廉小村夫妇看了，心中甚是不忍，急忙请他进家中，给他取暖，烘衣服，吃热茶，因大雪不止，便留他吃了夜饭，住了一宿。原来这赤脚穷人是道家著名的神仙葛仙翁幻化的，他见廉小村心善，转年正月初三，他又来廉家，就把天机泄露给廉小村道：十天之内，此地富户毛羽家中必定有祸事临门，你准备些食盒，到时送去，他必答谢你，你什么也别要，只要他家在葛藤山中寅山辛向【古人迷信，盖房子、选墓地，讲究风水，社会上有一种专门从事选阳宅（房基）、阴宅（墓地）的人，叫作风水先生，并且形成了一门学问，叫作堪舆学。“寅山辛向”是堪舆学的术语，大意是坐东北偏东，向西南偏南】的那一亩三分地，埋葬你的父母，保你晚年有享不尽的福。果然不出所料，灯节期间，曾做过延平府推官的毛羽家中失火，烧得只剩下几间小房。火灭以后，毛羽一家人又饥又渴，又无处弄到茶饭。廉小村照着葛仙翁的话，送来了食盒。人都是饿时糠如蜜，饱时蜜不甜，毛羽十分感谢廉小村，要重重地赏他。廉小村什么也不要，只要葛仙翁指给的那块风水地。毛羽慷慨应允。廉小村选了个吉日吉辰，把母亲葬了。不久，廉小村妻子在五十岁上又怀了孕，后来生下第二个儿子，取名廉清。这个廉清就靠着风水地气的力量成长起来，得中状元。这个迷信的开篇和廉清中状元的结尾，构成了《麟儿报》全篇因果报应的消极迷信主题。

但是，这部小说只要删去开头这两回书，则完全是一个完整、曲折的婚姻故事。

廉清聪明、伶俐、俊秀，被退职闲居在家中的幸尚书看中了，认为此人家虽贫穷，将来必是国家栋梁之材，便不讲究门当户对，将女幸昭华许配给他，并把他作为女婿养在家中读书。尚书的夫人宁氏虽然并不赞成这门亲事，但也不敢反对。宁氏的弟弟宁无知看不起廉清，向姐姐说，外面人“只笑我姐夫没主意，编了几句歌儿，我还记得，念与姐姐听听”。他于是顺口念道：

孝感县，幸昭华，莫怨娘亲只怨爷。
不思凤人豪华子，只想牵丝豆腐家。
儿郎久惯挑清水，小姐新来推磨车。
赶着挤浆三鼓睡，恐迟烧火五更爬。
花容月貌锅边秀，云鬓蛾眉灰里夸。
好块羊肉落狗口，说与旁人也要嗟。

宁夫人听到女儿到廉家要“三鼓睡”“五更爬”“推磨车”，心中好生难过，又听到“羊肉”“狗口”，竟大哭起来，即决心将女儿另嫁人家。她一面找个借口，把廉清送到庙里去住，一面告诉女儿，要给她找个门当户对的女婿。哪知幸昭华小姐不同意母亲的主意，她趁着廉清到府里给宁夫人拜寿的机会，私下会见了廉清，劝他不要贪玩，要好好读书，并表明了自己的心迹，一定等着他，盼他早日连中三元，还赠送一只玉环作表记。于是二人联句作诗，订了誓约：“失节地不载”，“负心天厌之”。

一年以后，廉清十五岁了。幸尚书带领着幸公子和家塾先生逢寅进省城参加秋试（考举人），廉清因为没参加县试，还不是秀才，没有报名考试举人的资格，但也一同带去，看看热闹，长长见识。

宁无知见姐夫进城，需一个多月才能回来，便立即教唆姐姐，趁机赶快给幸昭华小姐找婆家。宁夫人也觉得是个好机会，如趁机把女儿嫁出去了，幸尚书回来后，就是有天大的不满意，也已经生米做成熟饭了。于是由褚媒婆提亲，把幸小姐许给贝尚书的花花公子贝锦，说妥聘金彩礼，定准行聘日期，贝家当月就要迎娶幸小姐过门。丫鬟秋萼得知消息后，向小姐说明了夫人和舅爷的密谋。幸小姐如闻晴天霹雳，悲啼痛哭，决心一死。秋萼劝小姐到廉家暂住，等廉清回来再向老爷说明，听候老爷做主。

幸小姐和秋萼女扮男装，慌慌张张逃离家门，二人不识路径，又不知廉家住在什么地方，半路上遇上了进京就御史的毛羽，幸小姐即见机行事，说自己是幸尚书的公子，因母亲逼早婚，只好逃出来避一避。毛羽见幸公子一表人材，又是因婚姻不如意而离家，就生出几分为女儿择婿的念头，遂将这幸昭华主仆带进京城，强行把女儿毛小燕嫁给了假幸公子。幸昭华演了一场真嫁假娶的闹剧，在洞房里和毛小燕约定，结婚虽是自己情愿，但无父母之命，必须等待禀明父母之后，方可合房同居。毛小姐和毛羽真被她蒙住了，她便平安地住在毛羽家中。

幸尚书留下公子和廉清在省城等候出榜，自己先回到家中。不料廉清在省城被特许参加乡试，以童生身份而考中了解元。幸尚书人才到家，随后报录的报子们便来报说廉清中了头名解元。幸尚书好生欢喜。谁知报录的鞭炮刚刚静下来，院中又响起贝公子前来行聘的锣鼓。幸尚书问知缘故，不觉大怒，亲手痛打了褚媒婆。褚媒婆急领着行聘人众逃走，逃到宁无知家去商议对策，又演了一场假嫁真娶的闹剧——褚媒婆冒充新娘子被贝公子娶去了。

幸尚书打走了褚媒婆，正怒气未消，丫鬟报说夫人昏过去了；才唤醒夫人，又报小姐和秋萼不见了。合府上下正忙着四出寻找失踪的小姐，新中解元的廉清回来了，幸家这才不声不响地隐瞒住真相，准备打发廉清进京去参加春试。

廉清进京，一举中了进士，殿试又中了状元。秋萼在大街上看状元游行，认准了是廉清，急急报告幸小姐。她们猜准廉清必定回家完婚，就禀告毛羽，带着毛小姐一同回湖广孝感县去了。

廉状元来拜见岳父大人幸尚书，商议迎娶大事。幸尚书自知女儿丢失了，急如热锅上的蚂蚁；忽见丫鬟秋萼从堂前走过，心中闪出一道亮光：丫鬟回来了，小姐必定回来了。幸小姐向父亲说明了真相，父女订了一套连环计：大摆宴席，拜堂成亲。洞房花烛，喜气洋洋，一觉醒来，新娘见新郎换人了，新郎看新娘不是自己的幸小姐。幸昭华忙来安抚毛小燕，幸尚书急向廉清作解释；再拜花烛，廉清娶了两位夫人，皆大欢喜。

《麟儿报》作为婚姻小说，廉清和幸昭华之间是具有一定的爱情基础的，这就是他们幼年时有一段同学的友谊，互相了解，因之在宁夫人要求女儿另嫁时，幸昭华以理拒绝；幸昭华婉言劝说廉清奋发读书，赠玉环、联句作诗表心迹，显然是有着感情交融的自觉行动。有了这些描述，幸昭华在母亲的威逼和丫鬟的劝说下女扮男装逃婚，就有了一定的合理性。这种注意表现人物行为的思想基础的表现方法，较之清初时期同类小说是高出一筹的。

《麟儿报》在艺术上的特点，是一波未平，一波又起，善于在两条线交叉中组织波澜起伏的情节。从廉清到了幸尚书家之后，故事很快就展开两条线：一条是婚姻嫁娶，由于宁夫人悔婚，造成了贝公子的真娶与褚媒婆的假嫁，以及毛小燕的真嫁和幸昭华的假娶，至廉清的双美拜堂结束；另一条线是读书考试，从教书先生和廉清的矛盾到廉清不肯参加县考，未取得秀才资格，是促成宁夫人悔婚的重要原因，而廉清省试大捷，一举成名，则推动着矛盾激化，以廉清中状元，这条线融入婚嫁线中。两条线在交织着发展的过程中，掀起波澜，更在大波浪中涌出层层波纹，用一些细小的情节去充填大的故事。例如，幸尚书领着儿子、女婿、先生进省了，幸公子和先生临阵磨枪，忙着准备考试，廉清打探到“宗师有临场大收，又有新恩例，准取一名童生观场”消息，背着他们去参加特许的考试，失踪几天，幸尚书问他哪里去了，他只支吾着说遇到一家亲戚，瞒骗过去；考试完了，心中早有必中的把握，他却装作无事一般，不露一丝风声，故意在幸公子面前批评逄先生的文字庸庸俗俗，惹得逄先生大怒狂骂。这种描写，既为后文幸尚书大骂报录人为了骗钱谎报的场面做了铺垫，也有助于刻画廉清的性格——先生瞧不起，但穷孩子有大志气。可以看出，《麟儿报》作者组织情节、结构故事的技巧是很娴熟的。

但是，从艺术的技巧方面看，《麟儿报》最大的缺点是和我国许多古代小说（包括《红楼梦》）一样，有一个牵人就事的毛病——作者不顾人物的年龄、身份，硬让人物说他不可能说的话，硬让人物做他不能做的事。例如，廉清和众小儿玩做官的游戏，讲怎样做官。一小儿说道：“……若让我做官，我不是板子就是夹棍，直打得他皮开肉绽，直夹得他腿断脚折，那时人人怕我，我虽不贪赃，而赃自至矣。”众人道：“又贪赃，又酷刑，大合时宜。”这虽是作者对时政的抨击，却不应出自几岁的孩子之口。廉清扮县官断案，举动言辞，一如县官，这不是五六岁的孩子能做到的。这类不合情理的情节，书中所在多有。

从作品的思想内容方面看，《麟儿报》有着较浓的消极情调，除了前边说过的以迷信为基础的善有善报之外，便是一夫双妻的结局——作者不顾作品情节是否需要，硬是要幸昭华给廉清再娶一妻，而且廉清坐享其成，一点儿不负责任。这种现象，在清初小说中不断出现，较早出的《麟儿报》可能对此起了一定的影响。

十　阅世休嗟事不平——世态炎凉的《赛红丝》

这个标题是《赛红丝》开篇诗的第一句，大意是说：一个经得多、见得广、对世事阅历深的人，不去慨叹那些不公平的事——这当然不是教人们不问是非，而是劝人处世要谨慎，要谨防小人。

从来君子、小人，原分正、邪两途，不能相合。君子见小人龌龊，往往憎嫌；小人受君子鄙薄，每每妒忌。若是各立门户，尚可苟全。倘不幸而会合一堂，则真假相形，善恶抵触，便定要弄出无风生浪的大祸患来；弄得颠颠倒倒，直待天理昭彰，方才明白。故人生在世，亲友之间，不可不慎。(第一回)

于是他写了这个小人无事生非的故事。

山东东昌府武城县有一位穷秀才，姓宋名古玉。宋古玉的小舅子（妻弟）姓皮名象，虽然没念几天书，没有什么学问，但他家里有钱，是个土财主，花钱捐买了一个监生（就是在国子监读书的学生，也是明清时期的一种入学名称。最初，凡是在国子监读书的人，都叫监生，是要经过考试才能入监的。后来，用钱买也可以，就有名无实了）。姐夫宋古玉是有名的秀才，他总想跟着姐夫在书生文人中充斯文，借以支撑自己的门户，也算是书香人家。谁知宋古玉瞧不起皮象，至亲郎舅，气味不投。

这一天，皮象正在家中和府里的一名捕役屠才饮酒，宋古玉领着学友路过皮象家，因为皮象没出来招待他们，宋古玉便当众骂了皮象："你这个吝啬狗，一个字不识的人，不过是花钱买的监生，有什么了不起的!"皮象恼恨在心，就请求他的朋友屠才帮他出这口恶气。这屠才是个心术很坏的衙役，他从皮象手中骗来三百两银子，到监狱里买通了刚刚捕获的大盗，硬给宋古玉栽赃，说他们抢劫的东西，都交给宋古玉藏着。宋古玉以窝主罪名被捕入狱，由暂署府印的袁通判屈打成招。

宋家本来就穷，宋古玉入狱，家中妻子皮氏领着十岁的儿子宋采和九岁的女儿宋萝，生活艰难。走投无路，她只得叫宋采到舅舅家里求救。宋采万想不到他的亲舅舅六亲不认，不但不肯帮助，反而说："你父亲是大盗的窝主，有的是银钱，向我借什么!"宋采为父亲辩护，皮象不听，还骂他打他。宋采年纪虽小，可口齿伶俐，当皮象泼口骂他贼子贼种时，他向皮象说道："我们家穷，房屋少，藏不下赃物，赃物都送在你家里放着，说我父亲是窝主，你也是窝主。"

皮象把宋采来借银子的事告诉了屠才，屠一听，翻翻白眼珠，又想出一个骗钱诈财的鬼主意来。他威吓皮象道："这小孩子的话可不是玩的，宋古玉若是这么咬住你，你也要进监狱了。"皮象吓呆了，求屠才想办法，屠才说："事到如今，只能一不做二不休了，买通禁子（看守人）在狱中弄死他，永绝后患。"又骗去三百两银子。

朱禁子常干这种图财害命的事。这天晚上，他买了酒给宋古玉喝，明面告诉他说："是有人要你死，死了，冤魂别恨我。多吃点酒，吃醉了，人事不知，把这灰袋套在你头上就闷过去了，一点儿罪不遭。记住，明年今日是你的头周年。”

正当宋古玉喝得似醉未醉的时候，突然狱门大开，新到任的知府蔺楷夜间巡狱，查出了冤情，从朱禁子追究到屠才，揪出了皮象，于是将皮象问成绞罪，屠才与朱禁子各打四十，问了充军。宋古玉出监，携了妻子儿女离开了武城县，到河南汝宁府投奔他姐夫贺秉正去了。

汝宁知府贺秉正为官清廉。贺秉正有一好友，姓裴名楫，原在朝中吏部做官，遇事敢言，为当道所忌，不幸身亡，临死时将妻子荀氏，幼子裴松、幼女裴芝托给贺秉正照料。贺秉正为了不负朋友的重托，也辞官不做，即在汝宁租房住下，用高薪从府学里请了有名的秀才常莪草来教裴楫的儿子裴松读书。这位常莪草徒有虚名，没有真才实学，常被学生裴松难住。这一年正是贺知府五十大寿，裴夫人和儿子商议，要送一架锦屏祝寿，请先生常莪草作一篇祝寿词。常莪草哪里会作，抄了一篇写上了，被贺知府当面说破，羞得他不辞而别，再也不见面了。

贺知府因为不慎请了个没有学问的人当先生，正悔恨误了裴松的前程，这时宋古玉全家来了，心中大喜，就请宋古玉设馆教裴松和宋采同窗读书，裴夫人设宴请先生，贺知府夫妇和宋古玉一家四口都请到了。裴夫人很喜欢宋古玉的一儿一女——宋采和宋萝；宋夫人皮氏也喜欢裴松和他妹妹裴芝。贺知府看出了这两家的心事，从中做媒，把宋萝许给裴松，把裴芝许配宋采，两家都很满意。于是贺知府在家中设宴，把裴、宋两家人都请了过来，以“咏红丝”为题，让宋采、宋萝、裴松、裴芝各作诗一首，互相交换，作为订婚的聘礼。

第二年秋季，宋古玉带着儿子宋采，回山东老家参加秋试。宋古玉中了举人，儿子宋采中了秀才。宋古玉又将夫人、女儿接回武城县。转年春试，宋古玉中了进士。

君子才得志，小人便眼红。常莪草全不想自己没有教书的才能，却恨宋古玉既教出好学生，又和裴家结了亲，就一心想要使个坏。他一个人想不出多少坏主意，就去找他的狐朋狗友白孝立商议。白孝立鬼主意多，他见裴松的堂姊妹出嫁时借住在裴家，裴松像嫁自己亲人一样，就设下了一个移花接木计，写了一张帖子，叫常莪草到武城县去，偷偷地贴在宋家的大门上。宋采看见帖子上写的是几句诗，讥笑他是穷人攀高亲，只想从中捞好处，不知裴家的女儿已经嫁了他人。宋采不信，可仔细一访听，汝宁府的人都知道裴家的女儿嫁给了西平县的金知县。宋采知道，裴家只有一个女儿，既嫁金知县，自然是瞧不上他这个穷秀才了，便立志断了和裴家的往来。

常莪草见一计得逞，请白孝立又设一计，假借在朝中当了翰林的宋古玉的名字，伪造了一封宋古玉给汝宁知府的信，求他转告裴松，说宋采、宋萝都已另行订婚了。信是知府大人亲口传的，裴松自然深信不疑，便立志读书，不高攀宋家这门亲事。裴、宋两家“咏红丝”订的姻缘，就这么被破坏了。

后来，宋采和裴松同榜中了进士，同时在朝中做官，彼此相见，只是礼貌地点点头，谁也不把谁当亲戚。宋古玉觉得奇怪，写信给汝宁知府，请他查一查裴家是否嫁了女儿。汝宁知府不知宋古玉为什么又问起裴家的婚事，就把前一封信拣出来给他寄回，宋古玉这才知道有人从中作怪。这时，贺秉正也进京升为尚宝寺少卿，裴、宋两家真相大白，解除了误会。

白孝立到宋家出首了常莪草，却又鼓动常莪草到礼部大堂跪门告状，说裴、宋两家青年男女行为不正，借咏诗为名败坏风俗，因他知情，所以受到裴、宋两家新贵的迫害。礼部传讯了当事人，贺秉正拿出宋采、宋萝、裴松、裴芝四人的《咏红丝》诗来，于是当堂处分了两名挑拨是非的小人，奏明皇帝，赐四人宝莲金炬四对，结婚成亲。

《赛红丝》和《两交婚》的故事一样，都是这一家兄妹和那一家姐弟相互婚配，但却不是同一类型的作品。《两交婚》还属于才子佳人小说，《赛红丝》虽书名似爱情与婚姻小说，而故事中的男女婚姻不过是撮合而成，彼此之间毫无感情。所以，《赛红丝》既不是才子佳人小说，又不是一般的爱情与婚姻小说，而是一部借婚姻事为纽带的世情小说。

《赛红丝》里写了一些什么世情呢？受人之托，必忠人之事——贺秉正真诚待朋友；自命清高，鄙视世俗——宋古玉因孤傲而惹祸；心胸狭窄，不计后果——皮象为了小事而陷害至亲；心狠手毒，伤天背理——屠才图财害命；自作聪明，忌妒成性——常莪草挑拨是非；两面三刀，出尔反尔——白孝立既和常莪草狼狈为奸，又出卖了常莪草。在这么多世情的掩映下，爱情与婚姻事只不过是平淡而无声色的点缀了。

然而，由于作者安排了那么一大堆人心善恶、世态炎凉的情节，却又无力把它们逐一进行深描浓抹，世情故事又成为爱情与婚姻故事的附属。这样一来，爱情与婚姻故事没写好，世情故事也没写好。这是《赛红丝》不能和《两交婚》等作品相比的主要原因。所以，从文字的优劣比较来看，此书应不是天花藏主人所作。

不过，小说研究界的前辈学者郑振铎先生还是很看重这部小说。他说，这本小说“写人情世故，殊为逼真，故能超出同类小说之上”。（见《西谛书话》）这个评语，指的不是《赛红丝》的总体艺术成就，而是指作品有时出现的一些细节描写。例如宋古玉买房子：宋古玉回到武城县，由同学王文度介绍要买段老板的房子住。要价三百两，可宋古玉手中只有二百两。王文度说：“先立了契约，欠下那一百两等宋兄发了再找付。”（发了，指考中举人。）老板说：“先立了契约，发了再付，若是不发就不付了吗?”王文度听了这话，气得骂道：“天下唯有俗财主最可恨，两只眼只认得银子，再不看人!”宋古玉听了他二人的话却说：“发之一字，谁能拿准，这也怪不得他。”只好先付二百两，不立契约。这三个人的这三句话，完全适合三个人的心情和身份——老板怕亏了本，认钱不认人，说得有理有据；王文度敬重他的朋友，以为今科必然高中，恨老板的势利；宋古玉人微财薄，从贫寒中走出来，希望高中却还没有信心。不同之人说出不同的话，这是非常生动的。

当宋古玉父子一中举人一中秀才后，段老板“备了一副厚礼，来与他父子贺喜，并送上立的房契”，见面先说：“文契送迟，晚生罪已丘山。”宋古玉要还他欠下的一百两，老板却说：“几间房子值些什么，连前面受过的重价也是多的，还敢说找价!”几句话，不仅把房主的势利心肠写了出来，也反衬了一登龙门则身价十倍的社会现实。

又如宋采拿书换馍馍的一段心理描写：宋古玉押在狱中，家里缺米断炊，宋采要寻些东西去换几个点心送给父亲，却寻不到值钱之物，“两件破衣服，又穿在身上，脱不下来”，因而只在房中东寻西寻。还是妹妹宋萝说道：“哥哥，寻也没用。依我说，莫若且将父亲所读的残书，暂将几本去押几个点心，送与爹爹去充饥，再做区处。”“宋采听了，也知只有这条路，但他从不曾上街卖过东西，要去又恐羞人，要不去又恐父亲在监中忍饿，一时两难，只呆立着不动。皮氏晓得，儿子的意思是怕羞，因此强说道：‘我儿，我们如今是偶然落难，不妨的。若做了不长进的事，辱没祖宗就可耻了。今拿东西去当，有钱时去赎，也是常事，不足为羞。’宋采听后，看看娘，又看看妹子，不禁落下泪来。”

这种描写，笔调简练，语言朴实，把人物所处的环境和他们的内心活动，刻画得真实细致。这是《赛红丝》长于他书之处。

十一　闲将人品细评论——俏心侠胆的《玉支玑》

《玉支玑》署“天花藏主人述”，没有序。在理想派小说中，这是别开生面的一种——它以才女管青眉的活动为故事发展的主线，才子长孙肖则是书中的配角，只是故事发展的一根引线。

浙江处州府青田县有一位辞职在家闲居的礼部侍郎管春吹，某日下乡游春，遇到了一位年轻俊秀的教书先生长孙肖，他是已故青田县知县的儿子，因为家贫而出外教书，供养老母。管侍郎请他在扇子上题了一首诗。这诗不仅深得管侍郎的赞赏，管小姐也十分钦佩地说：“大合诗人之法，为何尘埋村馆？”劝她父亲：“爹爹不可不婉转成全，勿使孤寒丧志。”“荐他一个丰厚之馆。”

这根引线引出长孙肖，并把他送进管侍郎家中当西席先生，做东床快婿，惹出了俏心侠胆的名门闺秀和无赖恶少斗计斗智的故事。

管侍郎生有一女一子，子名管雷。教他的冷先生死了，著名官宦推了三位先生，管侍郎不好决定用哪一位，便把长孙肖请来，四人考诗，择优录用。长孙肖被聘为管雷的老师，未被录用的强之良心怀不满。强之良听管府的老家人说，聘长孙肖为西席先生，有招为东床快婿之意，就更加妒忌万分。他深知现任吏部卜尚书之子卜成仁是一个专做奸骗邪淫之事的花花公子，就去怂恿卜成仁，说管侍郎有一位美貌多才的女儿正在找婆家，公子何不托媒求亲？卜成仁听了强之良的话，请李知县做媒。管侍郎无法拒绝，父女想出了一个考试决定的办法：男方出题考女方，女方失败了就任凭男方娶走；女方出题考男方，男方若是败了，则不议婚事。卜成仁求强之良出了个“咏雪”题目，限三十韵，其中还有几个险韵，管小姐不假思索便做成了。管小姐只出了三个经题（从《诗经》里摘出三句作诗题），卜成仁作不出，反而使出无赖手段，说这种难题谁也作不出，只要有人能作出他便认输。长孙肖提笔作成三首诗，把卜成仁气走了，管小姐心中的长孙肖的形象，在才情的基石上进一步树立起来了。

故事是在有层次地发展着，这里一方面表现了管小姐和长孙肖的才，一方面又以长孙肖所作的诗作为两人婚姻的联结点。从此，故事由平淡温和的议婚而急转直下，暴风雨般的逼婚向一位少女倾泻下来。

卜成仁的父亲是主管官员升降调动的吏部大臣，有职有权，他为了成全儿子的婚事，调管侍郎进京复职，为替儿子议婚创造了方便。

管侍郎临行前议定以长孙肖为婿，长孙肖以家传的玉支玑（一种用美玉磨制而成的镇纸）为聘礼，两家订了亲。卜成仁得知，便买通了李知县，把长孙肖拘到县衙，硬说县府官库里的一方玉支玑被前任知县、长孙肖的父亲私吞了，强逼着长孙肖交出玉支玑。长孙肖愤怒万状，李知县仗势威逼，要去搜查管府。正在危急的时候，管府里的老家人来了，说小姐有话，将玉支玑送到县里——这是管小姐第一次用计，这叫作偷梁换柱，用一方假玉支玑堵住了李知县的嘴，挫败了卜成仁的阴谋。

卜成仁把长孙肖用来作聘礼的玉支玑弄到手，就派媒人去告诉管小姐："卜公子用了百两银子把玉支玑买到手中，诚心诚意要娶管小姐，希望小姐应了这门亲事。"管小姐告诉媒婆：玉支玑虽然不在了，但当日的订婚诗还在长孙肖手中，卜公子如果真有手段，可以把玉支玑送还长孙肖，叫他用玉支玑作聘礼，聘了卜公子的妹妹红丝小姐，断了他和管家有婚约的念头，交出我的咏玉支玑诗，然后再慢慢商议卜公子的婚事。于是又演出一场卜成仁欺骗妹妹作咏玉支玑诗，暗中与长孙肖订婚的故事；管小姐通过弟弟管雷把意图告诉长孙肖，请他依计而行——这叫作暗度陈仓。这是管小姐第二次用计，拖延了卜成仁的逼婚时间。

这两次文斗，斗的结果是卜红丝小姐得知哥哥拿她的婚事当儿戏，大闹了一场；管小姐的那首订婚诗还在长孙肖手中。卜成仁赔了夫人又折兵，弄了个没趣，又请他父亲卜尚书帮助，让管侍郎出使外国，使管小姐失去靠山，可以对一个文弱女子为所欲为。斗智赌计，进入了高峰。

卜成仁下了决心，一不做二不休，首先要弄死长孙肖，让管小姐死了这份心思。因此设计把长孙肖请到郊外去饮酒，以便借机行事。管小姐听弟弟说长孙肖被突然请走了，心知凶多吉少，便吩咐管家人，雇了一伙乞丐，闹了酒店，帮助长孙肖逃回来，连夜安排他回省参加乡试。——这是管小姐三用计，叫作声东击西。

长孙肖去后，卜成仁大喜。可是媒婆几次到管小姐那里说媒，都被斥回来了。强之良教唆卜成仁，说媒无用，唯有硬娶。于是，卜家像迎亲办喜事一样，大吹大擂，抬着花红，排着长队，到管家去迎亲。当卜成仁由四名丫鬟陪着直入后堂时，但见管小姐手持利刃，拍案而起，四名健妇起身把卜成仁掩倒，小姐大骂道："不杀了你这畜生，怎消我胸中之恨！"举剑上前。四名丫鬟急来相救，卜成仁吓得连滚带爬地逃走了，回到家中，心头还怦怦直跳。强之良说:“何必害怕,她哪里敢真的杀你。”于是又有第二次强娶。

第二次强娶,卜成仁“骑了一匹马,仍旧带了一二十个家人,并前日的四个侍妾,灯笼火把径往管府而来。到了府前,见门尚未关,竟一拥而入”。卜成仁见管小姐还像前次一样,持刀立着,就嬉皮笑脸地上前说道:“自揣与其生而相睽,不如死而相傍,故大胆重来,并无别念,只求小姐亲赐一剑,便含笑入地矣。”说罢,双膝跪在地下,伸长了脖子请小姐开刀。管小姐料着他会不怕死地动手抢人,没想到他竟然拿出无赖本事耍软招,只得将计就计说道:“你既有这一片好情,为何行许多恶事?……罢,罢,罢,我但自家死了,完了这场冤孽!”说罢,将刀在脖子上一横,鲜血四溅,剑离手,身倒地,众仆妇惊呼:“小姐刎死了!”围上来抢救。一阵惊呼哭叫,慌乱中卜成仁见管小姐血肉模糊倒在地上,吓得屁滚尿流逃跑了。他急急逃回家中,找强之良商议对策。哪知强之良一见事态闹大了,脚底下抹油,早已溜走了。这是管小姐第四次用计,叫作瞒天过海,苦肉计吓杀了卜成仁。

故事至此,已经达到了顶峰。卜成仁吓呆了,再不敢出来作恶;强之良吓走了,不知又到什么地方挑拨是非去了;管小姐把自己深藏在闺阁不露面,只等到管侍郎出使归来,长孙肖金榜题名,高中了榜眼,喜结良缘,连家中的仆人也不知小姐如何了。

《玉支玑》一书是谁著的?著名的版本目录学家孙楷第先生认为“各本皆题天花藏主人述,盖即撰书人”(见《中国通俗小说书目》)。此书著于何时?著名小说家郑振铎先生根据书中第一回有“国初已生过一个刘伯温先生”这句话,“定为明人作品”。刘基字伯温,是明初洪武皇帝的开国大臣。据此,这里的“国初”二字当然是指明代。但是,就在这句话的后边,原书又有“才美过人,二十岁便中了明成化年间的进士”一句,这则又是清人的口吻。显然这是一位由明入清的人写的,为了避讳,故意用明人说话的口吻。把明末清初的小说摆开排列,这部《玉支玑》是不可能著于《玉娇梨》等书以前的。至于作者是不是天花藏主人,这还是个值得怀疑的问题。

不过,《玉支玑》和天花藏主人的其他作品是有着某种内在联系的。比如长孙肖的书生气和《两交婚》中的甘颐有些相似,都是那么傻里傻气地听从着才女的吩咐,秉承着才女的意思,依计行事。

《玉支玑》着意于写管青眉小姐的智识和胆略,作者在第一回中就明确提出来了:“这个女儿生得美如春花,……不足为异;即其诗工咏雪,锦织回文,犹其才之一斑;至于俏心侠胆,奇志明眼,真有古今所不能及者。”这是管青眉这个人物的概写，几笔勾画出一个人物形象的剪影。接着便是详写：请父亲考诗择婿，辞退了卜成仁的求婚；以假玉支玑平息了一场诬告官司；让长孙肖以假玉支玑聘卜红丝，引起戏剧性风波……这可以说不只是对一位才女形象的刻画，实是一种时代的妇女群像的升华。

在理想派作家笔下的美人形象，由才、美型朝着智、识、胆型发展着；如果说《两交婚》小传中的黎瑶草是智、识过人的美人（她智深见远，什么事也不出她之所料），那么《玉支玑》中的管青眉思深虑远，料事如神，且临危不惧，历险不惊，则是颇有侠女之风了。

十二 假假真真还错错——有情无情的《人间乐》

现知这部小说有三种版本：一种是十八回不分卷本，本衙藏板，全称《新镌批评绣像锦传芳人间乐》，署天花藏主人著，原是著名收藏家齐如山的旧藏，现存于美国哈佛大学东亚系图书馆；一种是十八回四卷本，署天花藏编次，宝纶堂梓行，现存于大连图书馆；一种是孙楷第《通俗小说书目》著录的，首署“锡山老叟题于天花藏”的有序本。据初步考察，这部小说虽然署名是天花藏主人著，却不是天花藏主人的作品。

《人间乐》属于才子佳人小说类。才子佳人小说的基本特点是：一见钟情、拨乱离散、及第团圆。《人间乐》与一般才子佳人小说明显不同的一点是，没有小人拨乱和情人离散的情节。

全书以居宜男和许绣虎的婚姻故事为主线。松江府世族人家居行简，在京为官，清正廉洁，四十多岁上生一女，夫妇爱如掌上明珠，即取名掌珠。居行简满心喜爱聪明的女儿，只可惜她不是男儿，便给小姐穿戴着男孩的服装，又取名宜男，字倩若，吩咐全家上下只叫公子不叫小姐，连侍女也改扮男装侍奉。居公子自幼聘请一位饱学先生王谦六教授课业，先生到处夸讲公子是神童，于是你传我，我传你，长安城中都知道居公子貌似美女，才学超群。

嘉兴府秀水人来应聘，交结权贵，官运亨通，听说居公子才貌出众，托人做媒，要把女儿嫁给他。但居行简心中明白，居宜男是他的女儿不是儿子，怎能应允亲事？只得婉言谢绝。居行简担心来应聘会因为求婚不允，心怀不满，借机陷害报复，便上本请求辞职还乡。皇帝答应了居行简的请求，居行简急忙忙离开京城，回到家乡闲居；来应聘虽然已经升任大冢宰（宰相），也无可奈何了。

松江府进行岁考，本来已长到十五岁的掌珠小姐就要改换女装等待找婆家，由于一时高兴，又以居宜男的名字参加县考，一举考中了案首。这第一名秀才，生得又美，引得一县人家都称赞不已，人人羡慕。

这一天，居宜男拜完宗师，刚从府衙里出来，迎面走过一位少年。居宜男见了，不觉心头一动，暗想道："谁知世上真有这样美少年?"那少年见了居宜男，直着两眼看着，立住不动，直到居宜男被家人拥入轿中抬走了，还不忍离去。这位少年是谁?是许汝器，字瑚琏，号绣虎。

许绣虎，浙江嘉兴秀水人，生得人物俊秀，天资过人，十二岁上入学，十六岁时成为府县闻名的博古通今的学士，十八岁岁考一等第一名，受到宗师的嘉奖。同乡的大官僚来应聘大冢宰听说许绣虎才貌出众，便托人提亲，要把女儿嫁给他。但许绣虎坚持他的娶妻标准："必待才貌兼全，能与小侄之才旗鼓相当"的，不肯高攀权贵，谢绝了这门亲事。

来应聘生有一男一女。先是要把女儿嫁给居公子，居家不同意；这回要嫁给许绣虎，许也谢绝。这件事惹得来公子心中火冒三丈，吩咐家人，到街上劫了许绣虎来家，关在深院之中，硬逼着许绣虎和他妹妹成亲，不从命就打死他。正在许绣虎处于危急两难之中，曾受过许绣虎的父亲救济的来家的一名仆妇，解救了许绣虎，放他逃走了。为了避免来公子纠缠，许绣虎出外游学，来到松江府，遇见了居宜男。

许绣虎自从见过居宜男之后，思念不忘，总有一位美少年的影子在他的心目中。他到处寻访，一日，游览法界寺，面对着胜景，心中思念美少年的情感激动，遂作诗两首，题写在墙壁之上。这法界寺原来是由居家供奉的护法寺，居夫人前来拜佛，居宜男的使女素琴跟来看热闹，把许绣虎的诗抄回家中给小姐看。居宜男看到诗中有"匆匆惊疑是也非""玉貌依稀似女儿"的句子，猜知这位题诗人许绣虎，定是那天相遇的美少年。又见他诗中有"年来若结金兰契"的友好情意，便到寺中去，步许诗的原韵，和了两首诗。许绣虎见这两首和诗竟是署名"掌珠"之人，分明是位女子，于是读了再读，不觉惊惊喜喜，竟然癫癫狂狂起来。

许绣虎在公开请慧静和尚帮助他寻访掌珠小姐；居宜男暗中偷偷观察许绣虎的一举一动。当看出许绣虎确是一片深情时，居宜男便请父亲出面，把许绣虎请到家中，两位互相曾有一面之识的美少年得以在居家相会。居宜男以嫁妹为名，和许绣虎订下婚约；许绣虎拜别岳父居行简，进京参加春试去了。

居宜男很满意自己和许绣虎所订的婚姻，但她又想到了来小姐，想到了来家官高权重，还可能阻碍他们的婚事。于是便和父亲商量，以居公子的名义向来小姐求婚，然后和来小姐一同嫁给许绣虎。居行简完全尊重女儿的意见，托人向来公子求亲。来公子知道他父亲很喜欢居公子，曾经求婚未成，如今居家主动来求婚，就高兴地答应了。

来应聘并不知道居家向他女儿求婚这件事，当许绣虎金榜高中第三名探花时，他再次托人向许绣虎提亲。许绣虎深感不安，怕来应聘依仗势力制造事端，便上了一本，请求皇上批准，回家葬亲完婚。

许绣虎葬了父母，到居家商议完婚大事。但居家拖着不办，要许绣虎帮忙，先给居公子娶来小姐。洞房之夜，居宜男向来小姐说明了一切真情，表示了她要和来小姐一同嫁给许绣虎的意愿，来小姐十分感动，这才由居行简出面，以招赘为名，让许绣虎在居家成亲。——来小姐再次拜堂，由居宜男伴婚，将新郎新娘引入洞房。许绣虎揭开新娘的面纱一看，不得了！新娘竟然是几天前娶来的大舅嫂子来小姐！这一惊非同小可，等到居宜男当场卸下男装，露出了小姐的花容，说明缘由，乃皆大欢喜。后来居宜男又请许绣虎收了她的使女素琴为妾。

这一段婚姻故事，是由居掌珠小姐女扮男装引出来的，所以作者在评论居小姐扮男装时说：

一番佳话一番新，游戏如何却认真。

又说：

男扮女装亦常有，女扮男装世有之。

假假真真还错错，真真假假有于斯。

我们用“假假真真还错错”来作个小标题，概括了这个故事大的情节，又用“有情无情”来作副题，指出了这段婚姻故事的真相：许绣虎和居宜男的婚姻是有情的，而来小姐和许绣虎的婚姻却是无情的，无论许绣虎还是来小姐，他们都是被动的，任凭着居家父女的摆布。

作者为什么要这样写？一是追求故事情节的奇和巧，一是出于作者的对于一夫多妻婚姻制度的情趣。作者让女方自愿为男方“合理”地再娶一美，这和《麟儿报》中的幸昭华代廉清娶毛小姐的情趣是一致的。天花藏主人在《玉娇梨》《两交婚》《定情人》中同样流露出来这种情趣。这说明天花藏主人只是从提倡男女婚姻自愿、自主的角度发起了对封建婚姻制度的冲击，而不是全面反对封建婚姻制度。女方自愿、男方再娶一美，不妒不忌，似乎是对男方忠守婚约的一种“犒赏”——这是许多才子佳人小说的一个带有普遍性的缺点。

《人间乐》的故事情节并不复杂，但描述得比较细致。如许绣虎初见居宜男，“立在那里，有徘徊不忍去之态”这一句话，点出了人物的心态。接着，在大段落插叙许绣虎的经历之后，再通过许绣虎在居宜男走后的徘徊、询问他人、反复思想等具体描写，才引出“我今何不访寻彼地，与此生订一知己之交”的行动。又如从许绣虎题诗、居宜男和诗直到居行简把许绣虎请到家中、许绣虎与居宜男相见，这许多情节，只是一种才子爱才子的友情，作为男女之间的爱情则是在居宜男先产生了对许绣虎的爱慕之后才发生的。居宜男先以女装出现，让许绣虎在花园里看见楼上“窗前立着一个少年绝色女子”，引起许绣虎的幽思遐想，追问和诗的女子是谁。经过这样的细致的铺叙之后，居宜男提出把妹妹嫁给许绣虎，使男女双方都有了爱情的思想基础。对于许绣虎来说，一则从和诗中知道了对方的才，二则在花园楼上见了对方的貌，他以才、美作为婚姻的标准，是合乎情理的。

才子佳人小说，通常是采取情人离散的方式，去表现男女间坚贞爱情的牢固。正像收藏此书的齐如山先生所说的那样：“吾国旧小说的情节，大多数都是才子佳人被坏人陷害，几至家败人亡之后始得团圆，方显通体结构有起伏，有波折，意思是苦尽甘来，苦的越甚，甘味越足。”此书“虽无掀天骇浪的情节，却也不显平庸。”（引自《人间乐》一书存藏跋语）

很明显，在众多才子佳人小说中，《人间乐》是有所突破的，它没有写离散的曲折，却亦“不显平庸”，在人物心理描写和细节描写上也有所提高。这同时说明，《人间乐》是才子佳人派小说的后期产物，不可能是天花藏主人的创作。

十三　泪珠痕上又加恨——歧路坎坷的《金云翘传》

《金云翘传》不仅是明末清初时期的一部著名的小说，而且在中国小说史上也是一部重要的作品。

“金云翘”是由金重、王翠云、王翠翘三个人的姓名中各取一字组成的。把三个人的姓名联成书名，有着三位一体铸成纯真情爱的寓意，而坎坷的生活经历却由王翠翘一人承担了。

王翠翘和弟弟王观的同学金重相爱，花前月下，吟诗盟誓，相约终身。不料祸从天降，王家遭诬，翠翘老父和幼弟陷入冤狱，母病妹弱，而金重又随父到辽东奔丧去了。在家人生命难保的危难关头，翠翘眼前只有一条路：卖身解救父母弟妹。她先是卖身受骗，沦落到马秀妈的妓院中，接着被束生赎出为妾，却遭到妒妇宦氏的非人虐待和精神折磨，等到逃出了妒妇之手，又被薄幸再度骗卖到妓院，后遇大盗徐海，被聘为夫人，徐海被害，又遭督府大人的轻侮，投水自杀，赖神灵护佑，被僧尼救起，最后才得和金重以及父母弟妹团聚。故事是以顺序直叙的手法展开的，情节完整，结构严密，层次分明，脉络清晰，在朴实的描述中插入了许多真情感人的诗词歌曲，更增添了作品的感染力。

《金云翘传》的作者集中刻画了主人公王翠翘一人，还以较多的笔墨勾画了两个在中国小说史上很值得注意的两个次要人物——妒妇宦氏和大盗徐海。

在中国小说史上，以妇女为主人公的作品并不算少。如《莺莺传》《飞燕外传》《太真外传》等等，但自元末章回小说兴起以来，以二十回的篇章、十四五万字的巨帙为妇女立传的小说，《金云翘传》应算是第一部。这第一部以妇女为主人公的小说，自然是难能可贵的，它的可贵之处更在于对人物形象的描写取得了前所未有的成就，这就是：人物的性格随着人物生活环境的发展而发展着。

王翠翘虽然不是官宦人家的名门闺秀，但也是知书识礼的员外家的小姐，吟诗填词、琴棋书画，生活在既文雅又无拘束的环境之中，养成了她的文雅、稳重、大方的性格。面对着家庭生活的突变，出自孝悌之心，她牺牲自己以救活全家人，从此，她的性格发生了质的变化，作者通过她两次入妓院、三次从良过程的描述完成了人物性格的塑造。

王翠翘原是卖身给人做妾，当她得知已被骗卖到妓院之后，她挣扎着反抗，被打得昏死三日。她第二次入妓院，是被薄幸骗卖的。由她的救命恩人觉缘尼姑出面，把她嫁给薄妈妈的侄儿薄幸作妻，想不到薄幸是专做贩卖人口生意的，又把她卖到妓院。这时的王翠翘是经了世面的，她在路上就看破了薄幸的奸计，虽知无法逃避被卖的命运，却不让薄幸赚到大便宜，设计把价值六七十两银子的首饰衣物和二十两银子控制在手中。这回她见到妓院的老鸨子，也不像前次那样哭闹，而是善言应付，弄得那个老鸨子“见他这个光景，甚是得意，一下也不打他，一句也不骂他，两个且是和得来”。王翠翘第一次入妓院，被逼着接客，总是悲悲切切地弹拨着凄怨悲怆的胡琴。第二次入妓院，她自以为“岂非天之命也。这遭竟不妄想矣。便醉酒微歌。人以彼求欢，彼正借人遣兴。豪歌彻夜，放饮飞觞”。

王翠翘第一次“从良”，是老鸨子利用她良家妇女不肯为娼的自尊心而设下的奸计，由无赖子弟楚卿扮作书生骗她逃走，为的是把她捉回痛打，使她不得不屈服。这时的王翠翘是那么脆弱、单纯、幼稚，她那一颗善良的心，想不到人心还会那么险恶。

王翠翘第二次从良是嫁给束生。当束生初次提出要王翠翘嫁给他时，王翠翘回答说：“你今在平康队里见我倜傥风流，绰约多姿，故十分错爱。若一到你家中……洗清铅粉，作良家行径，你就未必如此爱我了。”“我与你，逢场作戏，露水夫妻，可聚可散……平平淡淡，尽有镜花水月光景。”这时的王翠翘，阅世深了，冷静而有主见，看透世情。

王翠翘第三次从良是嫁给徐海做夫人。当徐海还只是个一般的“出头好汉”时，王翠翘便慧眼识人，以身相托，和这位英雄结婚了。三年后，当徐海派遣大队人马来迎娶王翠翘时，她向将士发布命令：“此地居民，俱我邻佑，毋得据探劫杀、焚屋奸淫，不如令者斩首示众。”这时的王翠翘，哪里是一个青楼女子，俨然如三军的统帅。徐海领兵破了临淄，抓到翠翘的仇人马不进、楚卿、宦氏等，并带来尼姑觉缘等，请翠翘发落，这时翠翘又是那样严肃、审慎而恩怨分明，已经成为一位做事胸有成竹的女人。至于翠翘后来劝徐海投降官军，则俨然是一位军师，完全看不到大家闺秀或烟花妓女的身影了。

中国古代小说的人物塑造，存在着一个带有普遍性的倾向（或者叫作缺欠），这就是人物从出场到结束，性格不变。《水浒传》《三国演义》《金瓶梅》莫不如此。《西游记》有些不同，那大闹天宫、敢作敢为的孙悟空，被压在五行山下几百年后再次出世，反抗性格基本上变为俯首听命了。从这种角度来看，《金云翘传》在情节发展中描绘人物性格演变的尝试，尽管还不能说是完美的，但却是有意义的、有突破性的艺术创造。

《金云翘传》中所写的束生之妻宦氏，这是又一个前此未有、对后世小说颇有影响的艺术形象。

宦氏的父亲是当朝高官，她从小养成了一种骄横、妒忌而又冷酷的性格。束生瞒着宦氏，在外地娶了王翠翘为妾。这宦氏闻知，心中怒火千丈，但表面上还是风平浪静，暗自盘算着：“他瞒着我，我正好暗中将计就计；他若明说了，我倒不好落个不体贴丈夫的妒妇之名。”为了稳住束生，她假装不知束生娶翠翘之事，并将多嘴的家人打了又打，说他们存心挑拨主人和主母的关系，还狠毒地拔去一个家人的四颗门牙，以儆他人再提此事。束生以为瞒得严严实实了，就把王翠翘安置在临淄，回无锡老家办事。宦氏趁机派人劫来王翠翘，先送到她母亲家做仆人，再由她母亲送给她做家奴。这样一来，便使瞒着她娶妾的束生和王翠翘对面不敢相认。宦氏或当着束生的面打骂身为奴隶的王翠翘，或令其弹唱以助酒兴，从精神和肉体上进行折磨。她又把王翠翘一人关在观音阁里抄经文，却故意回娘家探亲，诓束生去与王翠翘会面；束生在阁楼上与翠翘互诉衷情，她早已来到阁楼下，惊得束生一身冷汗，翠翘吓得心怀鬼胎。

宦氏这个女人，“大怒不形于色，大喜不见于形”，遇到盛怒之事她反谈笑风生，“一肚皮的不合时宜，满面堆着春风和气”。她当着翠翘的面假意请求束生：“他（指翠翘）丈夫也在临淄，相公回去替他访问一声，若得他夫妇团圆，也是天上人间第一方便好事。”用王翠翘的话来说：“好利害的女娘也！真有卒然加之不惊，遽然临之不惧的手段。”这个形象，可以说是《红楼梦》中王熙凤的雏形；如果说这一艺术形象远不能比明面一团火暗地一把刀的王熙凤，那么这一艺术形象的影子至少是在《红楼梦》中的王熙凤和夏金桂之间晃动着。

《红楼梦》的作者是否受了《金云翘传》的影响，这并不重要，但两书中确有相似之处。如上述宦氏的形象，又如警幻仙姑和断肠教主的形象——《红楼梦》中有金陵十二钗册，由冥冥中的警幻仙姑掌管着；《金云翘传》中有断肠册（册中有王翠翘作的十首断肠诗），由冥冥中的断肠教主掌管着。这在我们研究文学发展的承启渊源时，是不能不留心观察的。

《金云翘传》中的徐海，实有其人，史书有传。他字明山，安徽歙县人，曾在杭州虎跑寺出家，又号明山和尚，明嘉靖年间率众造反，横行海上，自称天差平海大将军，不仅出没于东南沿海各地，而且攻掠苏州、杭州、常州等内地重郡，后被督府胡宗宪诱降，战死。这位被《明史》称为勾结倭寇骚扰国境、害民卖国的著名大海盗，在小说里居然被描写成一位英勇善战、心胸豁达、为民除害的英雄，就连和他两军对峙的胡督府也承认：“我闻徐海勇而多智，善战而得军心，横行十载，未曾遇一对手。”他对王翠翘是既同情而又深深地爱着，他是听从了翠翘的一番爱国爱民的劝告才同意投降官军的；及至发觉中了胡督府的奸计，他身陷重围，奋威步战，“身中数枪，全无惧怯”，手无寸铁，还“一手抓着一个军士头发冲锋迎战，打出营外，勇不可当”，中乱箭长叹而死，仍“立而不扑”，“两三个时辰，诸军方敢近前，犹闻叹息声，退走者数十步”。把海盗写成大义大勇的英雄，又是以督府大人的奸诈不讲信义、怯懦无能作衬托的。在作者笔下，官军贪生怕死，是一群乌合之众，就连战将的姓名也是用了谐音的贬称：“不济”“求饶”“阴谋”“纽合”“空混”，等等。

作者为什么要这样写历史上实有的人物？从文学艺术的角度来说，作者提出了一个重要的理论课题：文学作品不能是史料的重复，而应是历史真实的再现。史书上说徐海是害民祸国的海盗，小说的作者不相信史书上的记载，反其道而行之，把海盗写成英雄，把政府官员和官军写成豺狼鼠辈。我们从《金云翘传》的具体描写可以感到：作者是那样同情妓女，又那样心情激动地为造反的“盗贼”鸣不平。

在天花藏主人的眼目中是这样看王翠翘的：“略其迹，观其心，岂非古今之贤女子哉！”他为什么把一名两入娼门的妓女视为“贤女子”？因为他认为女人有“身淫”和“心淫”之分——王翠翘是迫不得已而身淫，但其心不淫，所以他说，如果不理解王翠翘，“曰此辱人贱行也，则予为之痛哭千古矣”。（以上引自本书序）天花藏主人的这种对妓女的同情之心，和《两交婚》中把妓女黎青写成为令人尊敬的智慧的才女，两者的思想倾向是一致的。

《金云翘传》是根据一定的历史事实而创造出来的故事，它是经过多次的艺术加工而最后完成的作品。这个故事最初见于明人茅坤所著《纪剿除徐海本末》的附记。在这以后，明末小说家周楫所撰《西湖二集》中的《胡少保平倭战功》，也涉及了王翠翘和徐海的故事，由于周楫这篇作品是为给胡宗宪表功而写的，所以对于王翠翘和徐海则只不过是虚演而已。王弇洲的《续艳异编》里有《王翠儿》，略记故事梗概。《虞初新志》里收有明末著名小说家和小说评论家余怀所撰《王翠翘传》，在这里，作者已把王翠翘写成为多才、多情、可怜、可敬的女子。同时，在明末还有关于王翠翘和徐海的戏曲。青心才人的《金云翘传》就是在以上作品长期流传的基础上诞生的。

“青心才人”是由“情”字拆成“青”“心”二字而成的名号（笔名），他的真实姓名如何？现在还不清楚。

《金云翘传》大约成书于清代顺治末期至康熙初期，在当时的读者中有着很广泛的影响，所以它有繁、简两种版本流传。繁本和简本，故事情节和内容文字，大体相同。繁本每回都有题回诗词，正文中也穿插有大量的诗词歌曲，简本中则没有那么多的诗词。简本和繁本，究竟谁先谁后，是先有了简本，后人进一步加工，增添许多诗词，还是先有了繁本，后刻者删除许多诗词而简化了，这也还未弄清楚。

《金云翘传》在嘉庆年间被越南诗人阮攸带回越南，用喃传的形式（越南的一种韵文通俗文学）改编成三千二百五十四句长篇叙事诗《金云翘传》，又名《断肠新声》，在越南产生了深刻的影响，并且成为家喻户晓的深入日常生活的作品。例如在越南民间，“翠翘”之名，像西施、王嫱一样被用来形容美女，“束生”一名被用来形容懦弱惧内的人，“宦姐”一名成为妒妇的代名词。不仅如此，越南诗人还写了多种多样的《咏翘》《赋翘》《祭翘》一类诗文，越南戏剧则又有《翠翘游春》《翠翘卖身》《宦氏嫉妒》等。越南长诗《金云翘传》且早已成为世界名著，被译成英、法、俄、德、日、中、捷克等多种文字。

十四　缘有因兮因有缘——梦中说梦的《幻中真》

这部小说为什么名叫《幻中真》？十回本中解释说：“只因世上的事，奇奇幻幻，犹如做梦；处着顺境如做好梦，处着逆境如做噩梦；功名富贵不过幻境，梦中之事倒是真境。”所以，世人以梦作梦，犹如梦中说梦。

但是，梦幻并不是梦，是一种追求，是一种在现实生活中挣扎着的自我陶醉的追求。《幻中真》的主人公吉梦龙，是苏州一位穷秀才的儿子，自幼聘了财主易迈之女易素娥为妻。易迈早亡，由夫人吴氏把女儿抚养成人，招吉梦龙过门成亲，一年后生了个儿子，取名兰生，一家四口人，生活得欢欢乐乐。易迈有两个侄儿，一名易任，一名易佑，吃喝玩乐，不务正业。因为易迈没有儿子，两个侄儿便天天计算着要夺取他家的遗产。当吉梦龙被招赘到易家之后，易任和易佑感到夺取遗产无望了，便恶性发作，贪财之心使他们疯狂起来，先逼着妹妹易素娥投水自杀，又买通了苏州府刑官白有灵诬告吉梦龙谋害妻子，判了死刑，关押狱中，等待秋后处决。从此，一个幸福的家庭，被弄得东离西散。这是现实，是封建社会里常见的由家产之争而酿成的灾祸。

易素娥落水以后，被徽州大盐商汪百万的夫人救起，收为义女，领回徽州去了。吉梦龙在狱中受了酷刑，自以为必死无疑。这时，刑官白有灵因贪赃枉法被免职判处，吉梦龙的冤狱得以昭雪。这种事，在当时的现实社会中，虽属偶然，但还是可能发生的。

吉梦龙出狱后，心灰意冷，出外游山玩水，无意中进入一个古洞，得到天书，熟记于心。他离开古洞，巧遇汪百万，两人结伴进京。故事进入了作家所追求的虚幻的精神世界。

汪百万的儿子汪万钟，花钱买了一名监生，在国子监里读书，准备考进士。谁知天有不测风云，人有旦夕祸福，汪万钟得急病死了。汪百万在悲痛之中认吉梦龙为义子，顶了汪万钟的名字进场参加考试，连中三元，金榜题名，皇帝钦点为状元。

汪状元夸官游街，正遇见太师何用的女儿在绣楼上抛彩球。（抛彩球：在中国戏曲小说中常见的一种情节。高官富户人家的小姐，为了招婿而架设彩楼，小姐在彩楼上把彩球抛向前来观看的人，抛中谁，谁就是小姐的爱婿。）彩球打中了汪状元，太师府的家人即将汪状元拥进太师府，悬灯结彩，让状元与小姐成亲。但是顶着汪万钟之名的吉梦龙，虽然状元及第，荣耀无比，但心中并不忘贤妻易素娥，坚决不肯再娶新妇，这惹恼了何太师，便把他软禁在太师府中。

何太师心中恼恨汪万钟，在皇帝面前推荐他领兵去山东，平山寇之乱。

山东有位放牛的青年强大梁，在自称老圣母和小圣姑的两个妖狐唆使下，占据了九尾山，攻城池，劫府县，闹得山东地方八府不安。强大梁又联络李自成、张献忠、罗汝才等，要起兵攻打北京城。

汪状元因为当年曾学过天书，不仅精通战略，而且懂得仙符神咒，故能大破妖法，平定了山东强大梁之乱，得胜回朝。皇帝要加封汪状元高官厚禄，汪状元却苦苦请求辞官，回家孝敬父母。皇帝为了成全他的一片孝心，准其所奏。汪状元因怕沿途惊动官府百姓，遂改名周孝，穿着一身便装，独自一人，回家寻亲去了。

再说吉梦龙离家以后，儿子兰生被仆人救出送到吉家，因祖父母没有能力抚养兰生，由叔父吉梦桂出面，把这个还不懂人事的孩子过继给一位姓卞的，取名卞兴祖。卞兴祖自幼聪明过人，年轻轻的就考中了秀才、举人，并且和汪万钟同科中了最后一名进士。父子二人，一个是头名状元，一个是末名进士，谁也不认识谁。这卞兴祖的过继父母在临终前给了卞兴祖一纸过继单，卞兴祖由此知道了自己原来是姓吉，父亲名叫吉梦桂。

无巧不成书，卞兴祖见同榜进士中有一位吉梦桂，大喜过望，急急到旅店拜见。两下说明了真相，原来吉梦桂是叔叔，父亲名叫吉梦龙，如今还不知下落。于是，小进士辞了官，千里寻父。当他回到家乡时，遇到了一位名叫周孝的人，也是寻找父母的，两人都存着一颗孝心，一老一少，成为知心朋友。

小进士卞兴祖先找到了祖父和祖母，听祖父母说，他母亲叫易素娥，投水以后遇救了，但不知在什么地方。卞兴祖从此再次离家，寻父又寻母。他打扮成一个年轻的小货郎，走门串户卖木梳，每把梳子都用印着兰生名字的色纸包着，便于母亲相认。

汪万钟回到家乡，不见父母，也不知道父母搬迁到什么地方去了，沿途寻找，来到了徽州，见到了义父汪百万。汪百万夫妻虽然痛惜儿子早逝，但有了个状元义子也万分高兴，忙着要给状元娶妻，也不征求男女双方的意见，就要把收养的义女嫁给义子。

汪状元府里，悬灯结彩，锣鼓喧天，府县官员和乡亲故友前来贺喜。没想到，汪状元婉言谢绝，易素娥誓死不从。汪百万亲自求情，地方官都来劝说，汪状元耐心解释。汪状元激动地诉说着他的苦衷：宁肯不做官也必须去寻妻觅子，如果妻子死了，那就更不能抛弃贤妻的恩情而另娶。这番诉说，被正在哭着闹着不肯再嫁的易素娥听见了。她先觉得话音很熟，又觉得事体很像，走到门口一看，不是他是谁？正是丈夫吉梦龙到了，她不顾一切跑上前去，两人抱头痛哭。

在良辰吉时到来的时候，拆散多年的夫妻相见了，众人惊喜。正在这时，小货郎撞进来了，认出和他一路同行的周孝原来就是汪状元，而汪状元又便是他的父亲。认父拜母，喜上添喜。一阵鞭炮声响，何太师奉着皇帝御赐婚姻的圣旨，送女儿来和状元完婚。这种事，在当时的现实生活中自然是不可能产生的，但作家把自己的追求凝聚在笔端，编织着自我安慰的梦幻。

《幻中真》有两种版本——十二回本和十回本。十二回本有署名为“天花藏主人题于素政堂”的序言，所以我们可以把它放在天花藏主人诸书中进行研究。但从文字与艺术水平方面考查，它不像是作《玉娇梨》和《平山冷燕》的那位天花藏主人所作。因为《玉娇梨》和《平山冷燕》都是在康熙元年以前写成的，而《幻中真》则最早也不过是康熙前期的作品，作者的驾驭文字的能力，不可能由《玉娇梨》和《平山冷燕》那样的熟练畅达，倒退到《幻中真》这样的幼稚和粗疏。

十回本《幻中真》是由一位别号叫曲枝呆人的人，对十二回本进行删节和篡改而成的。文字上的删繁就简，随处可见。有的地方是把十二回本中几百字的详写，改为几十字的略写；有的地方是将十二回本大段落地删掉了；

有的地方则是由曲枝呆人补写的。

十回本把小说的主人公汪万钟改为汪应钟，这只是个别字的变动。重要的是平寇与结尾的变动，这使两种本子产生了相对立的立意。首先，十二回本写新科状元汪万钟到山东征讨九尾山草寇强大梁，是依靠从天书中学来的神符仙咒，破了狐狸精老圣母的妖法；而十回本则是把山寇强大梁改为水寇贾成功，战斗也不是斗法破妖，而是汪状元招安了贾成功的部将李全忠，利用李全忠的反戈投诚，攻占了海岛。显然，十二回本是以明末的社会动乱为背景的，十回本是以清康熙中期施琅攻取台湾郑氏政权为背景的。其次，十二回本是大团圆结局，易素娥、吉梦龙、兰生夫妻、父子离散重逢，而十回本则是把易素娥处死了，吉梦龙功成名就，一梦升天。

无论十二回本还是十回本，都是平庸之作。值得注意的是十回本前面附的那个短篇故事《鸳鸯谱》（又名《司马元双订鸳鸯谱》）。这个故事文字流畅，描写细腻，人物形象比较鲜明，情节也曲折生动，其故事内容是这样的：

秀才司马元，乃是御史司马彦之子。司马彦和同僚吕祖绶联名弹劾严嵩专权误国，同时被革职为民。司马元进京赶考，路过扬州时，要买几把扇子送人，画店主人张至诚老汉拿出几十把扇子交他挑，没挑出一把中意的。司马元忽然看见一柄紫檀鸳鸯股扇上的画和字，不禁看呆了。上面画的是一幅仕女图，那淡装美人：

罗带双垂画不成，这人娇态最轻盈。
酥胸斜抱天边月，玉手轻弹水面冰。

司马元要买这柄扇，张老汉说这扇是寄卖的，索价一个元宝（十两银子）。司马元愿出十两银子买下，张老又说还得和诗一首，司马元遂提笔写成和诗，交给店主转送扇子主人。

这扇子的主人是被革职的御史吕祖绶的女儿吕玉英，她借画扇寄卖，物色人才，有择人招婿之意。吕小姐见和诗写的是：

凝眸拾翠唤真真，花比丰姿柳比身；
司马凌云空有志，先挑琴韵寄芳人。

字迹潇洒，诗情飘逸。吕小姐在详细询问过和诗人的仪容、年龄、籍贯之后，便吩咐：把和诗留下，把元宝退回给书生做路费，把扇子送给书生作纪念。司马元心领神会，知道小姐这是交换订婚信物的意思，于是他收下扇子，把元宝送给张老汉，算是对媒人的答谢。

司马元走到山东境内，遇强盗劫去了行李衣物，在酒店里结识一位美少年，姓桂名天香。桂天香慷慨解囊，赠送马匹银两，送司马元进京。原来这桂天香是遭受严嵩陷害的将军刘援之女刘桂香的化名，她为父报仇，早已化名桂天香，女扮男装，占山为寇。她在喽罗抢劫的物品中，发现了一柄扇子，知道司马元的未婚妻是吕玉英，便设法将吕小姐劫持上山，做个将来会见司马元的“人质”。

司马元考中探花，严嵩怀恨在心，即上本推荐司马元同吕祖绶二人领兵征讨厉害无比的山大王桂天香，意在借山大王之手杀了这两名政敌。谁知，桂天香把司马元生擒上山，向他说明了她家不幸的遭遇和自己女扮男装的经过，又说出了改名桂天香和他结拜的目的——愿以终身相托。于是桂天香请司马元和吕小姐一同下山，再向吕祖绶说明真相。吕祖绶招安了山寇，司马元娶吕玉英和刘桂香为妻。及至班师回朝，奸贼严嵩已经被革职查办了。

这篇《鸳鸯谱》小说的最后，写有如下几句和十回本《幻中真》相连接的话：“……成了一段姻缘，遂传为千古佳话，还不如后边的吉梦龙，一人身上，忠孝节义俱全。”这样，就把《鸳鸯谱》作为十回本《幻中真》的入话了。但是，这《鸳鸯谱》的作者绝不是删改十二回本《幻中真》为十回本的那个曲枝呆人。

从《幻中真》的现存版本看，有一个令人怀疑的问题，那就是：十二回本仅巴黎国家图书馆存有一部，它与北京清华大学图书馆佚失的那部十二回本为同一版本；而十回本竟然在日本内阁文库、天理图书馆、东京大学文学部、大谷大学以及著名汉学家泽田瑞穗家均有收藏。为什么除日本外其他国家都不见十回本呢？由此我想，曲枝呆人这个别号，或者不是中国古代小说家的别号。

十五　萧梁享位是何因——因果报应的《梁武帝演义》

《梁武帝演义》应当说是一部历史演义小说，演述南北朝时梁武帝萧衍，从立国做皇帝到出家当和尚的全过程。小说写南北朝齐帝萧宝卷，荒淫无道，听信奸臣谗言，毒死了忠臣萧懿。萧衍起兵为哥哥报仇，篡夺了齐帝的天下，自立为皇帝，改国名为梁。梁武帝即位后，南征北战，大败北魏的进攻，称雄天下。因为梁武帝信佛，终日讲经拜佛，不理朝政，放弃了政权，舍身入佛门出家了。这虽然是一部历史演义小说，却和一般的历史演义小说不同。

梁武帝在中国历史上是一位很特殊的皇帝。他不仅以篡齐建梁而显耀于南北朝时代，更由于他提倡佛教而受到历代佛教徒的尊崇。所以，梁武帝的名字常在一些宣扬佛教的小说和戏曲中出现，最有名的便是梁武帝出家当和尚的三献身故事。《梁武帝演义》蒙上了一层神秘的宗教色彩，充满了因果报应的说教，它是由一连串的因果报应故事组成的。

蒲罗尊者和水大明王下界，托生为萧衍和郗徽，后来萧衍当了皇帝，郗徽便是皇后。萧衍得到了柳庆远、王茂、陈刚等人的辅佐，大败魏军，名震天下，但因杀伤无辜太多，造下罪孽，他在位四十六年，最后得到困死台城的报应。由于萧衍还逼死了齐主两代皇帝，齐和帝萧宝融死后冤魂不散，到地府向十殿阎王控诉萧衍的残忍罪行，阎王就使萧宝融转生为侯景，把萧衍困于台城，逼宫夺取了他的王位。郗皇后生性妒忌，凡是梁武帝喜欢的宫娥美女，都被她药死或者烧死打死，并把梁武帝最喜爱的苗妃用乱箭射死后暴尸于野，让蚁虫鸟兽聚食。残忍的郗皇后死后变成了一条蟒蛇。侯景身受梁武帝的深恩重用，他不思报恩，却心怀异志，大量残杀梁朝的臣民，故他终于也被粉骨分尸。

小说中这一系列的因果报应故事，当然也反映着一定的历史情况，即南北朝时期没有正义的战争，只有争权夺位的互相残杀。但是，《梁武帝演义》的作者著书的目的并不在于演说历史，他的立意是宣扬梁武帝崇佛尊佛，从而弘扬佛法的功德。作者的这种意图，是从三个方面来表现的：

首先，小说把梁武帝说成是由佛祖身边的蒲罗尊者转世的，生来便有佛性。因为他是成了正果的佛祖的弟子，他那种种屠杀和奸淫的罪行都是奉上天之命“下界应运”，所以就连阴曹地府主持公道的十殿阎王也替他辩护说：“萧衍根行非凡，西方佛果，今来下界，是乘杀运而为帝王。”又因他“广扬佛教，流传中国”，“其功甚大”，所以“生死簿上亦不敢留名”。郗皇后作恶多端，残忍而无人性，十殿阎王闻其罪状也曾勃然大怒道：“有此大恶，快用极刑!”“将他先下油锅，复上刀山，抽筋挫骨。”谁知，往油锅里一丢，“忽然锅中涌出两朵莲花，将郗后的身体托起半空，不落在油锅之内”。这类描写都是为了宣扬梁武帝是佛门罗汉转世，应劫而称帝，兴佛教而救度众生。

其次，小说大肆吹嘘《梁王宝忏》的无量功德。

佛教的许多僧人并不真正懂得佛经的深奥的哲理，不解真正的经义，他们经常是以热闹道场去迷惑信徒，以替死者忏悔超生去愚弄百姓，所以通俗的《梁王宝忏》便受到了极其普遍的欢迎。《梁武帝演义》的作者，抓住了这一点，详细地描写了《梁玉宝忏》的诞生和它的法力。小说写道：

郗后在佛法的庇护下逃脱了地狱的酷刑，但她逃脱不了因果的报应，被变成蟒蛇，受着被他残害的苗妃的折磨。变化蟒身的郗后向梁武帝求救，梁武帝诏令全国寺院，广作道场，追荐郗皇后超生。高僧宝志公对梁武帝说，和尚们念诵的那些经文，“套语陈言，止不过使人戒律戒心，引入正路。事不相关，言不切当，安可灭人之罪，消人之灾？”他劝梁武帝亲自从《大藏经》中广泛搜集那些“言言切当”的经语，新编一部专门用来作忏悔的经，这才能赎郗后的深重罪孽。于是，梁武帝在高僧宝志公的协助下，“日日构思，斟酌精义，半年之内著成十卷真经，名为《宝忏》”。宝志和尚请来了四十九名高僧，做百日道场，到百日这天，地上一阵馨香，空中一派仙乐，云端里出现了一位天女，郗后脱了蟒身，升天去了。从此，上自皇宫，下至山乡，人人更加敬佛信佛，深信《宝忏》的法力。

再次，小说把在中国推行佛教最著名的皇帝梁武帝和东土第一代佛祖达摩密切地联结在一起。

在西土佛教中国化的过程中，有两个惹人注目的故事：一是观音菩萨女性化（观音菩萨的形象原是一位伟男子，佛教传入中国以后，被说成是庄王的第三女，在南海普陀洛迦修成正果），一是从西土来到中国的达摩，成为东土佛教的第一代佛祖。达摩把衣钵传给中国僧人慧可，这便是东土的第二代佛祖，从此佛教在中国一代接一代传了下来。

《梁武帝演义》的作者在达摩和梁武帝之间架设了一种因果关系，从而建立起神化梁武帝的内在因素。小说写道：

佛祖如来派蒲罗尊者下凡，临行时蒲罗尊者向众位罗汉告别——蒲罗尊者就要降生东土了，他恐怕被红尘的繁华迷了本性，面有难色；这时，菩提多罗罗汉便劝他，并答应将来要下界去指引他。后来菩提多罗见蒲罗尊者转世的梁武帝当了皇帝以后，残酷淫逸，果然迷了本性，想起了当年的诺言，拜求如来准许他到东土去救助；如来佛祖告诉菩提多罗说：“你去吧，你到东土去宣传佛教，要使佛教在东土代代相传。”菩提多罗遵照如来佛祖的旨意，先降生到南天竺国为香至王的三太子，修行得道，这便是达摩。

达摩于梁武帝大同三年八月二十一日来到了中国，在各处寺院显露圣迹，因而达摩的名号渐渐传开，无论民间的居士或是寺院的僧尼以及地方官吏们，都说达摩是活佛。广东刺史萧昂把达摩的事上表奏知梁武帝，梁武帝立即派遣使臣，迎请达摩进京。

梁武帝以为自己是笃信佛教的忠实教徒，便问达摩：“我自从当了皇帝以来，到处修建庙宇，天天写经讲经，广泛度人出家，这样的功德怎样呢？”达摩说：“这些算不得什么功德，不过是些表面上的让人看得见的行为。”梁武帝很不高兴，又问：“那么什么才是功德呢？”达摩说：“真正的功德是心性的悟性，万缘寂灭，四大皆空。”梁武帝不理解达摩所说的道理，谈话不欢而散。

当梁武帝想起自己慢待了活佛时，急去追赶，追到江边，只见达摩折下一片芦苇叶抛在江中，两脚踏在芦苇叶上，像立在扬帆大船上一样，乘风破浪而去。梁武帝看得呆了，心中敬服了，从此一心修行，终于立地成佛。达摩来到少林寺，面壁九年，把佛法真义留传东土，他在梁武帝升天以后，便回西天缴复佛旨去了。

《梁武帝演义》又名《梁武帝西来演义》，亦名《西来演义》，这“西来”二字，正是这部小说的立意所在——梁武帝萧衍是从西方佛祖那里来的佛子罗汉。我们从书名上就可以看出作品的主题思想了。

《梁武帝演义》虽然是以佛教思想宣传佛教的宗旨的一部小说，但它还是具有可读性，它的文字通顺流畅，也有许多情节描写得比较细致；尤其是那些基本上是按着历史叙写的宫廷内部的矛盾斗争，更有一定的认识价值。

十六　但得五湖风月在——玩世不恭的《济颠大师醉菩提全传》

这是一部讲济公故事的小说。

济公——中国古代小说中一个鲜明的人物形象，是一位深受人们喜爱的和尚。为什么济公和尚能得到千万人的喜爱？原因是复杂的。从文学角度看，可以用一句话来概括：这个人物写得很有个性。没有个性就不成为典型；作为和尚的个性，济公是佛教所宣扬的达到虚空境界的上乘人物。这个人物，正像高僧川禅师在解释《金刚经》的一句颂子里所说的那样：

虚空境界岂思量，大道清幽理更长。

但得五湖风月在，春来依旧百花香。

济公被神化了，但济公首先是一个普通人。小说所写的济公是南宋时天台府天台县李茂春的儿子，性空和尚认为他是紫金罗汉转世，给他取名叫修元。十八岁，父母双亡，到灵隐寺出家，法名道济。道济刚剃度出家时，熬不住清苦的生活，要还俗不当和尚，长老一声棒喝，点醒了道济的性灵，从此他便疯疯癫癫，不戒酒，不戒肉，口唱山歌，说着禅机，他说的预言，句句灵验。日久天长，平民百姓，地方官长，都信服道济和尚，喜欢和他交往，亲昵地叫他济颠。

灵隐寺的住持长老圆寂了，济颠不要长老留给他的衣钵，放弃了当大寺院住持的荣耀，终日在西湖岸边，饮酒作乐，醉中显露圣迹。

灵隐寺的新住持要把济颠赶出灵隐寺，济颠就主动到净慈寺去。净慈寺的长老很器重济颠，济颠就给他募化来三千贯钱修建佛殿。

小说写道：一日，济颠拿着缘簿到陈太尉府中去化缘，要化三千贯钱，陈太尉表示一时凑不齐，济颠把缘簿扔下就走了。这天夜间，太后在皇宫做了一个梦，梦见一位金身罗汉来向她募化三千贯钱，第二天太后立即召见陈太尉，吩咐他从太后的私房钱中拿出三千贯，太后并亲自送到净慈寺去，到寺中一看，夜里梦见那位金身罗汉，却正是济颠和尚。

济颠和尚的奇事一件接着一件。如募化新笋给净慈寺的和尚们尝新；弄神通伐四川的大木，从井中运来修复被火烧的寺院；作募化榜文送给皇上，感动得皇上捐赠三万贯修建佛殿钱，等等。除了为寺院做了许多善事外，济颠还广为民间造福。小说写得最有趣的是关于济颠和女人的很多故事。例如，济颠在西湖饮酒，喝得酩酊大醉，被沈五官故意送到妓院，让他和妓女同宿，但济颠醉不乱性；张老汉的女儿得了怪症，济颠不避嫌疑，赤身裸体给少女治病，解除了张家父女的痛苦；王宣教和陶秀玉是一对相爱的青年，但他们的父母要拆散他们，逼得他们走投无路，投水自杀了，家人烧化尸体，却烧不着，济颠劝说他们的父母，成全他们相爱的心愿，把两人的尸体合在一起举火烧化了。由于济颠的种种灵异善事人人传诵，当他圆寂时，显要官宦，四方平民，都来相送，称他为济公活佛，他死后也经常显灵。

神奇和尚的故事小说，自从佛教传入中国就开始不断出现了。颠僧济公的故事始于何时？有人说在宋代就有了，但此说还没有足够的根据。作为疯和尚济公的形象，现知是在明代开始形成的。嘉靖时田汝成的《西湖游览志余》里，始见记道济故事的短篇。隆庆年间出现了仁和沈孟柈述的《钱塘渔隐济颠禅师语录》，这是关于济颠故事的专集，这些故事较为完整地塑造了济公的疯癫、神奇、善良、玩世不恭的形象。此后，清康熙初期出现了西湖香婴居士（王梦吉）重编的《济公全传》（又名《鞠头陀新本济公全传》），这部《济公全传》共三十六回，内容和《钱塘渔隐济颠禅师语录》没有太大的差异，但文字的表述和描绘更通顺畅达了。另外，《济颠大师醉菩提全传》这部二十回本的济公小说，也基本上是依据《西湖渔隐济颠禅师语录》的故事而删选演化成书的。

于是在我们面前就摆出了一个问题：二十回本的《济颠大师醉菩提全传》和三十六回本的《鞠头陀新本济公全传》，何者在先，哪个晚出呢？《鞠头陀新本济公全传》有康熙戊申年的重编者自序，这个年代是不会错的。《济颠大师醉菩提全传》虽然没有明确的著作与初刊时间，而此书的作者题署有天花藏主人、西湖墨浪子等，天花藏主人是清初著名小说家，西湖墨浪子又是明末的小说家。由此看来，《济颠大师醉菩提全传》可能成书在王梦吉的《鞠头陀新编济公全传》以前。

但是，这里还有一个问题：《济颠大师醉菩提全传》版本很多，题署也很乱，有的题天花藏主人编次，桃花庵主人序；有的题西湖墨浪子偶拈，天花藏主人序，究竟是谁根据《颠师语录》改编成为这部小说呢？说不清楚。有人说，清初的天花藏主人就是明末的西湖墨浪子。是不是呢？证据还不充分。再者，辑《西湖佳话》的那位古吴墨浪子是不是西湖墨浪子呢？这许多疑问，现在只好存疑了，等待着将来有人能解开这些谜。

济公的故事，在明末清初就定型了，此后的很长的时间里没有多大发展。但到了晚清，从《评演济公前传》《评演济公后传》开始，形成了长篇连续的大部头小说，这就是现在很容易见到的《济公全传》，故事内容大大超出清初时期的规模。在这《前后评演济公全传》以后，又出现了《三续济公传》，以至《四十续济公传》（每种续书各四十回）。从清光绪、宣统年间开始，直到民国前期，由多人接续的济公传，早已面貌全非，成为仙侠、武侠、神怪、人情的混合体了。这里顺便提几句，以有助于了解济公故事演变的过程。

济公和尚在中国是个深入人心的艺术形象，但是必须指出，这个生动形象之深入人心，并不是完全靠小说的艺术成就。

关于济公的小说，合起来有五十多部，约计五千多万字，实在是世上最大的一部小说。这许多关于济公的小说，文字和艺术质量都是比较低劣的，粗糙的，都不能进入像《三国》《水浒》《西游》那样的艺术殿堂。那么，如此艺术质量低下的小说，为什么能产生光辉照人的形象呢？这就涉及中国一个特殊的民族文化现象问题。

如果我们把中国小说史上的许多作品展示一下，那就不难看到：产生穆桂英形象的《杨家府演义》，产生岳飞形象的各种《精忠传》，产生秦琼、罗成、薛丁山、樊梨花形象的《说唐》《薛家将平西》《征西说唐三传》等，原书都不能说是高质量的艺术品，这些小说中的许多人物形象，都是借助戏曲和说唱文学的再创造而发扬光大的。所以说中国古代的小说、戏曲、说唱文学结有不解之缘，这是研究中国小说史、研究中国古代小说时必须加以注意的。

济公形象之大放异彩，除了借助于戏曲和说唱文学作品的原因之外，还由于佛教自神其教的宣传，许多寺庙里都塑造有济公的神像，甚至也有济公的专门庙宇，这是一种特殊的宗教的能量，许多济公故事夹杂着宗教迷信色彩，是不难理解的。

十七　女真虽兴宋不亡——浩气长存的《后水浒传》

《后水浒传》是一部罕见的小说，大连图书馆存藏一部孤本，连鲁迅、郑振铎、孙楷第等这些老一代的小说家，都未曾见到过，在1980年由春风文艺出版社校点出版后，才得以广泛流传。作者是谁？现在还不知道，大约著于南明王朝还存在着的清顺治初期。书中题“青莲室主人辑”，序署“彩虹桥上客题于天花藏”，在这个序的落款处，又有“天花藏”和“素政堂”的两方印。按照序的这种题署和印章，可以认为作序的彩虹桥上客，就是天花藏主人，又叫素政堂主人。但辑这部书的青莲室主人是谁，青莲是不是天花，这就又不知道了。但可以肯定，这部书的作者和序的作者，对于明末李自成领导的农民起义军是同情的，这一点，从《后水浒传》的故事中流露得很明显。

书接一百二十回《水浒全传》，写宋江等一百单八将归顺宋朝，平定了方腊、杨幺之后，皇帝不肯重用，蔡京等奸臣又妒忌功臣，把宋江、卢俊义等全都害死了，唯有燕青逃走在外，隐姓埋名，到二仙山去看望公孙胜，罗真人告诉燕青说，二十八宿和九曜星君，即梁山泊的三十七位好汉，又转生人世去了。

宋江和卢俊义同时投生为孪生兄弟，他们刚刚降生，一家人就被南侵的辽兵冲散了。

湖南岳阳府柳壤村的杨得星，拾得了一个婴儿，抱回家中抚养成人，取名杨幺，这就是宋江的后身；麒麟山的寨主王突拾得一名婴儿，在寨中养大，取名王摩，这就是卢俊义的后身。其余当年梁山泊三十六天罡中的人物，也都转生于世，跟随着杨幺在洞庭湖上再创一番事业。

杨幺幼时，梦中得九天玄女赐给神力和武艺，他勇敢而讲义气，游春遇虎，被虎驮到长沙，结识了花茂、吕通以及天雄山上的大王游六艺、滕云等好汉。他因为替乡亲争夺风水地，得罪了贺太尉，被判刑发配大同府。这时的杨幺，一路上虽然又交结了殷尚赤、孙本、郜元、孙武等众位英雄好汉，但尚无造反之心，所以当众好汉大闹开封府、劫法场把他救上白云山要求他当山寨大头领时，他还是婉言辞谢了大家的好意，回家去探亲，表现出孝敬父母的赤子之心。

杨幺回到家中，得知父母因受他的牵连，已经被捕入狱，于是他亲到狱中，换出父母，没想到当他被推上断头台要开刀问斩时，他的父母已被官府处死了。众好汉第二次把他救出，他便率众上了君山，在洞庭湖上竖起了义旗，发兵攻武昌，活捉了贺太尉，为父母报了深仇大恨。接着，他建水寨，练水军，仿农民的水车制造飞轮大战船，纵横于八百里洞庭上；领兵下广陵，杀了正准备迎接金兵南下的恶霸财主董敬泉；移兵莱州，铲除了金兵傀儡皇帝张邦昌部下的莱州领兵使夏不求。

杨幺率领着三十六位好汉，雄踞洞庭湖的君山岛上，战舰三千，屡败官军，威震南方。后来岳飞带领官军进攻君山，在湖中散满乱草，制住了杨幺的飞轮战舰，还利用降将黄佐，从内部反叛杨幺，把杨幺打败。当岳飞率兵攻上君山大寨时，杨幺等进入轩辕古井之中，“进了石门，急走多时，忽见面前冲起一道黑烟，将三十六人一阵昏迷，皆扑倒在地。过了半晌，各都醒转，立起身来，竟飘飘如若云雾。再回看地下，只见地下有许多尸骸堆累”。原来三十六天罡升天去了。

从上述的《后水浒传》的故事中可以看出，作者是利用了消极的转生再世的迷信意识，反映出农民起义英雄永生不死、武装斗争精神千秋永继的积极思想。——宋江等梁山好汉死后，不是转生为一般人，而是转生为以杨幺为首的洞庭英雄，小说作者巧妙地把宋代的两大农民起义军扭结在一起。不仅如此，作者还把杨幺的失败归之于天命，人不能违背天意，由于作者不忍看到英雄们战败之后被官军残杀或俘获，故而让他们自动归天了。这种结局，或者和当时传说的李自成失败后并没有死一事有关。小说写的是宋朝的杨幺，而作者所奠祭的则是明末的李自成。

《后水浒传》是一部思想性很强的作品。作者是抱着“女真虽兴宋不亡，江山倾圮忠臣整”（第四十五回）的耿耿忠心来写这部小说的，在作者看来，皇帝如果不是听信谗言去征讨杨幺，而是用他们去抵抗入侵的金兵，则“数人之功，又岂在武穆下哉！”（《〈后水浒传〉序》）作者的这种民族意识，贯穿在一系列的故事情节之中。

《后水浒传》突出地描写了洞庭英雄们和卖国汉奸秦桧的斗争，马霳攻入秦相府，一边大杀大砍，一边不住口地骂："坏宋家、弄奸害好的贼撮鸟秦桧。"杨幺调动大军集中精力去消灭的，都是些投敌叛国的民族变节分子。如贺太尉是从抗金兵战场上败退下来的，他自己承认"按兵武昌，实是观望之心，拥兵自固，若金兵一来，则反宋归金，保全富贵"；夏不求是金兵伪皇帝的统领，窃踞广陵的恶霸盐商董敬泉，正忙着一心迎接金兵入城。洞庭义军对这些民族败类，是家仇结着民族恨，势不两立。

《后水浒传》对于《水浒传》中的"受招安"进行了激烈的批判。从《后水浒传》成书的时间看，这很可能是对李自成的残部的一种表示。

在洞庭英雄中，一号人物杨幺身上不时晃动着"受招安"的影子，而当这"受招安"的幽灵一露头，便立即遭到猛烈的抨击。例如在杨幺被救出后的宴席上，杨幺顺口说了一句；今天众兄弟救我，"实不亚当时梁山好汉劫救宋江"。王摩立即质问："哥哥可要学宋江吗?"杨幺支支吾吾作了解释后，王摩便尖锐地指出："咱王摩向来说宋江没用……你若学了宋江，将你做了寨主，岂不将俺弟兄也要被你害得零落，岂不又是一场笑话!"又如宋康王在临安即位以后，杨幺提出要下山去看看他们君臣有什么作为。王摩坚决反对，质问杨幺："他君臣好时便又怎样？敢是要做他的臣子?"马霳来得更是激烈，他抡着两把板刀，大叫着反下山去，逼得杨幺不得不说一番假话，平息了尖锐的矛盾。再如杨幺势大权重以后，不顾山寨其他人的反对，亲自到临安去面见了小皇帝，并且喝了皇帝赐的三杯御酒，做起希望皇帝"亲贤远佞"的迷梦，但马霳闯入相府，一场烧杀，大闹京城，断了杨幺的招安后路。

《后水浒传》的艺术质量，当然是难与《水浒传》相比的，但也并非没有可比之处。如果将宋江和杨幺相比，杨幺和人民群众更有着血肉联系，更有着同群众共患难的品德。贺太尉依势侵占风水宝地，杨幺不负乡亲的重托，不畏权势，挺身而出；孤弱老人的猪被人抢走，杨幺路见不平，打了抢猪的于德明；恶霸董索强娶许蕙娘，杨幺不顾个人安危，解救了这个贤德而坚贞的妇女，自己却身陷死狱。同时，杨幺不像宋江那么懦弱无能，他上擂台打汤乐，匹马救屠俏，设计擒黄佐，一根棍英勇无敌，有智有谋。《后水浒传》对义军领袖人物杨幺不仅有粗线条的勾勒，也有细致的描绘。如杨幺吃醉酒后遇虎的情节，小说写道：杨幺"正走间，忽听见旁边一高一低的喘声"，他以为这人可能和他一样喝醉了，就要去唤醒他一路结伴同行，及至走上前去，"在黑暗中低头一看，见一只毛茸茸如黄牛般大的做一堆儿蹲伏在那里喘息。杨幺看了，便自言自语道：'这是哪一家不小心，失落这只黄牛，睡在这里，若被人牵去，也值百十贯文，又没了耕种替力。何不牵到前面，叫人认去也好。'' ”不仅细致地写了杨幺的醉态，透过醉后的心理活动，又表现了杨幺关心他人、体谅群众疾苦的高贵的品质。

综合上述，我们可以说《后水浒传》是在思想上和艺术上都达到了一定水平的作品。但是，由于历史的、政治的原因，这部小说长期被湮没了。清康熙时的一位著名的评论家刘廷玑说：《后水浒传》是“一片邪污之谈，文词乖谬，尚狗尾之不若也”。（《在园杂志》卷三）刘廷玑是站在清朝政府的立场上说话的，所以他极力贬斥《后水浒传》。现在我们应该对《后水浒传》这部小说进行深入的研究，并作出新的评价。

十八　客观地对待历史——简短的结束语

在开头的几句话里，我们曾提到一个发人深思的问题：为什么一些中国古代小说在欧洲、亚洲特有名并产生过广泛影响，而在中国本土却不仅不出名，反而遭到贬抑呢？像天花藏主人这样的小说家，他写作、编辑了那么多好作品，为什么却得不到公正的评价呢？看了以上对天花藏主人有关的十五部作品的粗浅评介以后，大家可以自己去思考，得出自己的结论了。

现在要结束这本书了，没有必要再说更多的话，只请读者和我共同思考列宁的一句名言：

判断历史的功绩，不是根据历史活动家没有提供现代所要求的东西，而是根据他们比他们前辈提供了什么样的东西。”

列宁的话告诉我们，在评价历史上的作家与作品时，要客观地对待历史。

天花藏主人一派作家向中国小说史提供了“他们前辈”未曾提供的不仅风行一时而且影响深远的一系列作品——才子佳人派小说。

在今天看来，才子佳人派小说的确是很幼稚的，但它们是一定历史时期的产物，我们只能把它们放到历史的洪流中去评量它们承前启后的地位。